CADFAEL

10
18

12, AVENUE D'ITALIE. PARIS XIIIe

Du même auteur
aux Éditions 10/18

LE MASQUE DE MORT, n° 3722

Les enquêtes de Frère Cadfael

UN CADAVRE DE TROP, n° 1963
LE CAPUCHON DU MOINE, n° 1993
TRAFIC DE RELIQUES, n° 1994
LA FOIRE DE SAINT-PIERRE, n° 2043
LE LÉPREUX DE SAINT-GILLES, n° 2044
LA VIERGE DANS LA GLACE, n° 2086
LE MOINEAU DU SANCTUAIRE, n° 2087
L'APPRENTI DU DIABLE, n° 2136
LA RANÇON DU MORT, n° 2152
LE PÈLERIN DE LA HAINE, n° 2177
UN INSONDABLE MYSTÈRE, n° 2203
LES AILES DU CORBEAU, n° 2230
UNE ROSE POUR LOYER, n° 2256
▶ L'ERMITE DE LA FORÊT D'EYTON, n° 2290
LA CONFESSION DE FRÈRE HALUIN, n° 2305
L'HÉRÉTIQUE ET SON COMMIS, n° 2333
LE CHAMP DU POTIER, n° 2386
L'ÉTÉ DES DANOIS, n° 2417
LE VOLEUR DE DIEU, n° 2459
UN BÉNÉDICTIN PAS ORDINAIRE, n° 2515
FRÈRE CADFAEL FAIT PÉNITENCE, n° 2619

Les enquêtes de l'inspecteur Felse

UNE MORT JOYEUSE, n° 2546
LA COLLINE SECRÈTE, n° 2641
PRIS AU PIÈGE, n° 2683
NE TOUCHEZ PAS AUX ÉPITAPHES, n° 2705
UN AIR DE CORNEMUSE, n° 2731
UN CŒUR NOIR, n° 2767
MRS. FELSE JOUE EN SOLO, n° 2831
LA DERNIÈRE MESURE, n° 2862
RAGA MORTEL, n° 2908
MORT AUX PROPRIÉTAIRES !, n° 2927
LA PORTE FATALE, n° 3045
L'ENTERRÉ VIF, n° 3137
LA MORT DE RAINBOW, n° 3295

Trilogie historique sous le nom d'Edith Pargeter

LA PIERRE DE VIE, n° 3432
LE RAMEAU VERT, n° 3433
LA GRAINE ÉCARLATE, n° 3434

ELLIS PETERS

L'ERMITE DE LA FORÊT D'EYTON

Traduit de l'anglais
par Serge CHWAT

INÉDIT

10
18

« Grands Détectives »

dirigé par Jean-Claude Zylberstein

Sur l'auteur

Ellis Peters, de son vrai nom Edith Pargeter, est née en 1913, dans le comté du Shropshire, à la lisière du pays de Galles. Pendant la Seconde Guerre mondiale, elle entre au Women's Royal Navy Service. Ses activités au département des communications lui valent la British Empire Medal, qu'elle reçoit des mains du roi George VI.

Elle étudie, par ailleurs, la langue et la littérature tchèques, dont elle traduira plusieurs œuvres majeures en anglais. Après la guerre, elle publie ses premiers livres, des romans historiques, sous son vrai nom.

Sa trilogie – *La Pierre de vie, Le Rameau vert* et *La Graine écarlate* –, située au temps des bâtisseurs de cathédrales, rencontre un grand succès auprès de la critique et du public. Puis, en 1959, son roman policier mettant en scène l'inspecteur George Felse sera le premier d'une série de douze titres, qu'elle signe alors sous son pseudonyme. Mais c'est en 1977, avec *Trafic de reliques,* première chronique de la série médiévale « Frère Cadfael », qu'elle initie un nouveau genre dans lequel elle va passer maître. Cette série compte aujourd'hui vingt et un volumes.

Décédée en octobre 1995, Ellis Peters a été élevée au rang de OBE (officier de l'ordre de l'Empire britannique) pour services éminents rendus à la littérature.

Titre original :
The Hermit of Eyton Forest

ISBN 978-2-264-03340-6

L'ERMITE DE LA FORÊT D'EYTON

Sud-ouest de Shrewsbury

Tern
WROXETER
Eaton
The Wrekin
Cottage
Cell
Eyton
Leighton
Buildwas
Harley Brook
Miles
0

CHAPITRE PREMIER

Ce fut le dix-huit octobre de l'an de grâce 1142 que Richard Ludel, tenant héréditaire du manoir d'Eaton, mourut d'une maladie de langueur, conséquence des blessures qu'il avait reçues à la bataille de Lincoln alors qu'il combattait sous la bannière du roi Etienne.

La nouvelle fut dûment transmise à Hugh Beringar au château de Shrewsbury puisque Eaton était l'un des nombreux châteaux du comté confisqués à William FitzAlan, après que ce grand seigneur eut pris les armes, choix malencontreux, pour l'impératrice Mathilde dans le combat qu'elle menait pour la couronne. Elle lui avait confié Shrewsbury, dont il s'était enfui au moment où la cité allait tomber entre les mains du roi qui l'assiégeait. Le souverain lui avait pris toutes ses terres et c'est le shérif qui en avait désormais la suzeraineté, mais ceux qui les tenaient de longue date avaient été laissés en paix une fois qu'on se fut assuré qu'ils ne chercheraient pas à remettre en cause l'issue de la bataille et qu'ils allaient jurer allégeance au roi. Il est vrai que Ludel ne s'était pas contenté d'affirmer sa loyauté, il l'avait prouvée à Lincoln, et il semblait bien aujourd'hui avoir payé fort cher sa loyauté ; en effet, il n'avait pas plus de trente-cinq ans quand il mourut.

Hugh fut désolé, mais sans excès, d'apprendre cela : il connaissait à peine le défunt et apparemment il n'y avait aucune raison pour s'intéresser de plus près à sa fin. De la lignée il restait un garçon et pas d'autre héritier mâle, ce qui simplifiait singulièrement les choses ; par conséquent aucune raison non plus de se mêler d'une succession sans histoires. Les Ludel étaient les fidèles hommes liges d'Etienne, même si le nouveau titulaire n'était guère susceptible de prendre les armes en faveur du roi avant un joli bout de temps puisque, si Hugh avait bonne mémoire, il n'avait guère qu'une dizaine d'années. L'enfant était à l'école de l'abbaye où son père l'avait placé à la mort de sa mère, sans doute, du moins la rumeur le prétendait, pour le soustraire à l'influence d'une grand-mère dominatrice et non pas simplement pour s'assurer qu'il apprendrait à lire et à écrire.

Il semblait donc qu'à défaut du château, l'abbaye se trouvait chargée d'une responsabilité peu enviable, celle d'apprendre au petit Richard que son père était mort. Les rites funéraires n'incomberaient pas au couvent puisque Eaton avait sa propre église et un prêtre desservant la paroisse, mais la garde de l'héritier n'était pas une mince affaire. Quant à moi, songea Hugh, il ne serait pas mauvais que je m'assure que Ludel a un intendant compétent pour gérer les biens du garçon, en attendant qu'il soit en âge de s'en occuper lui-même.

— Vous n'en avez pas encore informé le père abbé ? demanda-t-il au palefrenier venu lui apporter le message.

— Non, Excellence, je me suis d'abord adressé à vous.

— Votre maîtresse vous a-t-elle donné ordre de vous entretenir avec l'héritier en personne ?

— Non ; elle préférait sûrement laisser ce soin à ceux qui s'occupent de lui quotidiennement.

— Elle n'a sans doute pas tort, acquiesça Hugh. Je vais donc me rendre moi-même auprès du père abbé. Il saura prendre la décision qui s'impose. En ce qui concerne la succession, dame Dionisia n'a nul besoin de s'inquiéter, les droits de son petit-fils ne risquent rien.

En cette période troublée où les cousins ennemis se disputaient âprement le trône et où les opportunistes des deux camps retournaient leur tunique au gré de la fortune des armes, Hugh ne pouvait que se réjouir d'être à la tête d'un comté qui n'avait changé de maître qu'une fois pour se rallier sans faiblir à la cause du roi Etienne et tenir à l'écart l'agitation qui régnait sur ses marches, que la menace vînt des armées impériales ou, plus à l'ouest, des coups de main imprévisibles des Gallois de Powys, sans oublier, au nord, les ambitions et les calculs du comte de Chester. Pour Hugh, qui avait réussi au cours de ces dernières années à équilibrer ses relations avec ses bouillants voisins, envisager de remettre Eaton à quelque inconnu aurait été de la folie pure, malgré les éventuels inconvénients dus à l'âge du nouveau bénéficiaire. Pourquoi troubler la paix d'une famille qui s'était tenue tranquille, en attendant de voir la tournure que prendraient les événements en l'absence du suzerain qui s'était enfui en France. Aux dernières nouvelles, FitzAlan serait de retour en Angleterre où il aurait rejoint l'impératrice à Oxford ; même lointaine, sa seule présence réveillerait peut-être d'anciennes loyautés parmi ses anciens obligés, mais il était inutile de s'en préoccuper tant que rien ne pouvait le laisser soupçonner. Donner Eaton à un autre tenant reviendrait peut-être à réveiller le chat qui dormait. Non, le fils Ludel profiterait de ce à quoi il avait droit. Mais il y aurait quand même lieu de tenir l'intendant à l'œil, de s'assurer qu'il était de confiance, aussi bien pour continuer à respecter les exigences de son défunt maître que pour s'occuper efficacement des terres et des intérêts du nouveau.

Hugh traversa la ville sans chercher à presser son cheval, en ce beau milieu de matinée qu'avait voilé la brume de l'aube. Il monta doucement jusqu'à la Croix Haute, redescendit la colline par le chemin sinueux de la Wyle, gagna la porte de l'est où il franchit le pont de pierre et s'engagea sur la Première Enceinte, face à la tour massive de l'église abbatiale qui se détachait sur le ciel bleu pâle. Calme autant que rapide, la Severn coulait sous les arches du pont ; elle avait encore son niveau estival modérément haut, ses deux îlets couverts de hautes herbes étaient bordés d'une mince frange brune qui blanchissait et que recouvriraient les premières fortes pluies d'orage venues du pays de Galles. A gauche, là où la grand-route s'offrait à lui, les buissons épais, les arbres qui dominaient le bord de l'eau arrivaient juste à la route poussiéreuse, avant que ne commencent les petites maisons, les cours et les jardins de la Première Enceinte. A droite le réservoir du moulin s'étalait entre ses rives herbeuses, sous son voile léger de brume. Un peu plus loin s'élevait le mur de la clôture de l'abbaye et la voûte de la loge.

Hugh mit pied à terre cependant que le portier venait prendre sa bride. Il était aussi connu que ceux qui portaient l'habit des bénédictins et vivaient au monastère.

— Si vous cherchez frère Cadfael, Excellence, l'informa obligeamment le portier, il est parti remplir l'armoire à pharmacie de Saint-Gilles, il y a maintenant une bonne heure, juste après le chapitre. S'il vous plaît de l'attendre, il ne devrait pas tarder à être de retour.

— Il faut d'abord que je voie le seigneur abbé, répondit Hugh, acceptant sans protester la supposition que chacune de ses visites était pour son vieux compère. Mais je ne doute pas que Cadfael ait bientôt vent des mêmes nouvelles, s'il ne les a pas déjà apprises ! On pourrait croire que c'est le vent qui les lui apporte invariablement avant de daigner s'occuper de nous.

— Ses obligations l'amènent à courir partout, ce qui n'est pas le cas de tout le monde, renvoya le portier avec bonne humeur. Tiens, à propos, pouvez-vous m'expliquer comment ces malheureux à Saint-Gilles s'arrangent pour en savoir autant sur ce qui se passe dans le vaste monde ? Car c'est bien rare qu'il rentre sans avoir appris du nouveau, ce qui laisse pantois tous les bonnes gens de ce côté de la Première Enceinte. Le père abbé est dans son jardin. Il a passé plus d'une heure sur les comptes, enfermé avec le sacristain, mais j'ai vu passer frère Bénédict il y a peu. Il y a du neuf à Oxford ? demanda-t-il, avançant pour caresser très respectueusement l'encolure du grand cheval gris à la lourde ossature de Hugh. L'animal, aussi solide qu'ombrageux, méprisait tous les humains à l'exception de son maître qu'il considérait d'ailleurs plutôt comme un égal envers qui il fallait se montrer poli sans familiarité.

Même au sein du cloître on ne pouvait s'empêcher de s'intéresser au siège de la ville et de laisser traîner une oreille. Si l'opération était couronnée de succès, l'impératrice pourrait bien se retrouver prisonnière, ce qui la forcerait enfin à mettre un terme aux luttes intestines qui déchiraient le pays.

— Rien de neuf depuis que l'armée royale a passé le gué et pénétré en ville. On apprendra peut-être des choses si les pérégrinations de ceux qui ont pu quitter la cité à temps les conduisent par ici. Mais il est quasiment certain que la garnison aura pris la précaution de remplir à ras bord les garde-manger du château. Je serais bien surpris si tout se terminait avant plusieurs semaines.

Un siège consiste à étrangler lentement l'adversaire et ni la patience ni la ténacité n'étaient au nombre des vertus cardinales du roi. Il risquait de trouver mortellement ennuyeux de se tourner les pouces en attendant que l'ennemi n'ait plus rien à manger, et de s'en aller chercher ailleurs une occupation plus excitante. Ce ne serait pas la première fois ni certes la dernière.

En songeant aux défauts de son maître Hugh haussa les épaules et traversa la grande cour pour se rendre chez l'abbé qu'il détournerait de ses roses favorites bien qu'un peu passées.

Frère Cadfael était revenu de Saint-Gilles et s'activait dans son atelier où il triait pour les semailles de l'an prochain quand Hugh quitta les appartements de Radulphe et prit le chemin de l'herbarium. Reconnaissant son pas vif et léger, Cadfael le salua sans tourner la tête.

— J'ai su par le frère portier que vous étiez venu, pour parler au père abbé, paraît-il. Y aurait-il du nouveau sous le soleil ? Ou en provenance d'Oxford ?

— De beaucoup plus près, répliqua Hugh, s'installant confortablement sur le banc appuyé aux planches du mur. D'Eaton, très exactement. Richard Ludel est mort. La douairière nous a dépêché un palefrenier ce matin. Le gamin serait écolier chez vous.

Alors seulement Cadfael se retourna, tenant une soucoupe d'argile pleine de graines mises à sécher sur la vigne.

— En effet. Ainsi, son père nous a quittés. On savait qu'il déclinait. Quand on nous a envoyé son fils, il n'avait pas plus de cinq ans, et il ne retourne pas chez lui très souvent. Son père a dû penser qu'il serait mieux ici, parmi des enfants de son âge, qu'au chevet d'un malade.

— Et sous la férule d'une grand-mère qui ne manque pas de caractère, s'il faut en croire les on-dit. Je ne la connais pas personnellement, murmura Hugh, pensif, seulement de réputation. Lui, je le connaissais, mais je ne l'ai pas revu depuis qu'il est rentré blessé de Lincoln. C'était un bon soldat, un homme de qualité, mais plutôt renfrogné, taciturne. Et le petit, comment est-il ?

— Intelligent, risque-tout... Un vrai petit diable, il faut l'avouer, qui cherche souvent les ennuis. Bon élève, mais il préférerait être dehors à jouer. C'est Paul qu'on chargera de lui apprendre la mort de son père, et l'héritage du manoir. Paul en sera peut-être plus affecté que son élève, qui connaissait à peine son père. Je suppose qu'il n'y a aucun doute sur ses droits ?

— Pas le moins du monde ! Je ne tiens pas à intervenir et Ludel s'en occupe à merveille. En outre, c'est une belle propriété, avec de bonnes terres dont beaucoup sont cultivées. Il y a aussi de riches pâturages, des noues, des bois, et il faut croire que tout a été bien géré car la valeur a beaucoup augmenté en dix ans. Mais il faut que je rencontre l'intendant pour m'assurer qu'il ne lèsera pas son maître.

— John de Longword, répondit promptement Cadfael, est un brave homme et un bon gestionnaire. Nous le connaissons, ayant eu l'occasion de traiter avec lui, et nous l'avons toujours trouvé raisonnable et juste. Cette terre est partagée entre les tenures de l'abbaye à Eyton, près de la Severn, d'un côté, et Aston sous

Wrekin de l'autre ; John a toujours permis de circuler librement entre ces deux endroits quand c'était nécessaire pour éviter des peines inutiles et du temps perdu. Nous acheminons par là notre bois en provenance de Wrekin. Cela nous convient parfaitement à tous. La partie de la forêt d'Eyton appartenant à Ludel empiète sur la nôtre, ce serait de la folie de se brouiller. Ces deux dernières années, Ludel s'en est entièrement remis à John. Vous n'aurez pas d'ennuis là-bas.

Hugh enregistra ces relations de bon voisinage et reprit son récit :

— L'abbé m'a expliqué que Ludel avait remis son fils entre vos mains il y a quatre ans, au cas où il mourrait avant que le petit ne devienne un homme. Il semble avoir vu la mort venir et avoir tout prévu en conséquence, ajouta-t-il d'un ton passablement sombre. C'est peut-être une chance que tous ne voient pas aussi clair, sinon ils seraient des centaines à Oxford à se dépêcher de commander des messes pour le salut de leur âme. A l'heure qu'il est le roi devrait s'être rendu maître de la ville. Elle tombera d'elle-même une fois le gué passé. Mais le château peut tenir jusqu'à la fin de l'année, au minimum, et il est impossible d'y pénétrer à moindres frais. Il n'y a pas d'autre solution que de réduire les défenseurs à la famine. Et si au jour d'aujourd'hui Robert de Gloucester n'a pas eu vent de tout ça en Normandie, c'est que ses espions sont en dessous de tout, contrairement à ce que je croyais. S'il connaît le danger que court sa sœur, il va sûrement rentrer à marches forcées. On a déjà vu des assiégeants se retrouver assiégés ; ça pourrait très bien se reproduire.

— Il aura besoin de temps pour revenir, observa Cadfael sereinement. Et selon toute vraisemblance pas en meilleur équipage que quand il est parti.

Le demi-frère de l'impératrice, et son meilleur capitaine, avait été envoyé outre-mer, à son corps défendant, pour demander de l'aide au mari qui ne débordait pas de tendresse pour sa fougueuse épouse. On murmurait, à juste titre, que le comte Geoffroi d'Anjou pensait beaucoup plus à ses ambitions territoriales en Normandie qu'à son épouse en Angleterre ; il s'était montré assez astucieux pour pousser Robert à l'aider à prendre une série de châteaux forts dans le duché au lieu de voler au secours de Mathilde dans sa lutte pour la couronne d'Angleterre. Au début juin, Robert s'était embarqué de Wareham, à contrecœur, mais il avait cédé aux supplications de sa sœur et à l'insistance de Geoffroi qui sinon aurait refusé de recevoir son ambassadeur. On était maintenant à la fin de septembre. Le roi avait repris Wareham et Robert était toujours au service de Geoffroi sans en retirer aucun profit. Non, s'il voulait se porter à la rescousse de sa sœur, ça ne serait pas une partie de plaisir. Le cercle de fer des armées royales se refermait sur le château d'Oxford et pour une fois Etienne ne montrait aucun signe de lassitude. Jamais encore il n'avait été si près de s'emparer de sa cousine et rivale et de la forcer à renoncer à ses exigences.

Cadfael referma le couvercle d'une jarre de pierre sur les graines choisies.

— Je me demande si notre souverain se rend compte à quel point il est près du but. Qu'éprouveriez-vous, Hugh, si vous étiez à sa place et que la ville allait tomber entre vos mains ?

— Dieu m'en garde ! s'exclama Hugh d'un ton fervent, avec une grimace éloquente. Je ne saurais vraiment pas comment m'en dépêtrer ! Et si on va par là, je mettrais ma main au feu que c'est aussi le cas d'Etienne. S'il avait eu un peu de bon sens, il aurait pu enfermer sa cousine dans Arundel le jour où elle a débarqué. Et au lieu de ça, il trouve le moyen de lui donner une escorte et il l'expédie à Bristol rejoindre son frère ! Mais si Mathilde tombe entre les mains de la reine, ce sera une autre paire de manches ! Car si le roi est un grand guerrier, elle est excellent général et elle sait tirer profit de ses bonnes fortunes.

Hugh se leva et s'étira ; une brise légère entra par l'ouverture de la porte et le décoiffa tout en agitant les bouquets d'herbes sèches accrochés aux poutres du plafond.

— Bon, on ne peut pas hâter l'issue du siège ; il n'y a plus qu'à s'armer de patience. Il m'est revenu qu'on avait fini par vous donner un assistant pour le jardin aux simples. C'est vrai ? J'ai remarqué que votre haie avait été retaillée. Était-ce son œuvre ?

Cadfael l'accompagna le long de l'allée de graviers entre les plates-bandes toutes propres où poussaient les herbes médicinales, un peu maigrelettes en fin de saison. Sur un côté, la haie de buis avait été fort bien élaguée des rameaux qui surgissent au déclin de l'été.

— Oui. Il s'agit de frère Winifrid — vous le verrez s'activer là où on a nettoyé les plants de haricots et bêcher dans les terrains d'alluvions. C'est un grand gaillard un peu dégingandé tout en coudes et en genoux. Il a fini son noviciat il n'y a pas longtemps. Plein de bonne volonté, mais lent. Oh ! il fera l'affaire. J'imagine qu'on me l'a envoyé à cause de sa maladresse à manier la plume ou le pinceau. Mais avec une bêche à la main, il est beaucoup plus à son aise.

A l'extérieur du jardin clos où poussaient les simples s'étendaient les parterres de légumes ; à leur droite, un peu après la pente douce, des champs de pois descendaient jusqu'à la Méole qui tenait lieu de bornage à l'enceinte de l'abbaye. C'était là que travaillait frère Winifrid, un homme solide, coiffé d'une épaisse tignasse toute raide qui se dressait autour de sa tonsure. Il avait remonté sa robe au-dessus de ses genoux bruns et de son grand pied chaussé de galoches de bois il appuyait sur le fer de son instrument qui s'enfonçait à travers les racines fibreuses et emmêlées des haricots comme si c'était tout simplement de l'herbe. Quand ils passèrent il leur adressa un regard rayonnant et retourna à son travail sans en rompre le rythme. Hugh entr'aperçut un visage bronzé d'enfant de la campagne et de candides yeux ronds.

— J'aurais assez tendance à vous donner raison, commenta Hugh, impressionné autant qu'amusé, il est doué pour manier la bêche... ou la hache d'arme. S'il y en avait une dizaine comme lui à m'offrir leurs services au château, je ne m'en plaindrais pas!

— Vous n'y êtes pas du tout, répliqua Cadfael. Comme beaucoup d'hommes de son gabarit, c'est la gentillesse même. Il jetterait son épée pour aider à se relever celui qu'il aurait aplati comme une galette. Ce sont les petits teigneux qui montrent les dents.

Ils étaient sortis du potager et se dirigeaient vers les fleurs; les rosiers se dénudaient et perdaient leurs feuilles. Tournant le coin de la haie de buis, ils émergèrent dans la grande cour, presque déserte à cette heure de la matinée, à l'exception d'un ou deux voyageurs qui traînaient vers l'hôtellerie et d'une certaine animation aux écuries. A cet instant, une petite silhouette surgit de la cour de la grange, là où il y avait des étables et des magasins sur les trois côtés d'un espace réduit, et gagna en courant le cloître dont elle sortit à l'autre extrémité une minute plus tard mais à pas lents, les yeux baissés comme il sied à un moinillon et les mains potelées, enfantines, dévotement jointes à hauteur de la taille, image même de l'innocence. Cadfael s'arrêta, méditatif, retenant Hugh par la manche pour éviter de se trouver trop ouvertement nez à nez avec l'enfant.

Le garçon atteignit le coin de l'infirmerie derrière lequel il disparut. Il y avait gros à parier qu'une fois qu'il n'y aurait plus personne pour le surveiller, il reprendrait sa course, car on aperçut un instant un talon nu, puis plus rien. Hugh grimaça un sourire. Cadfael surprit le regard de son ami sans rompre son silence.

— Laissez-moi deviner ! hasarda Hugh, un éclair de malice dans les yeux. Vous avez ramassé vos pommes hier, et vous ne les avez pas encore disposées sur des claies au grenier. Une chance que le prieur Robert n'ait pas vu le gamin avec cette bosse sous sa cotte, comme une respectable future mère de famille !

— Oh ! nous sommes quelques-uns à comprendre et à se taire. Il aura sûrement pris les plus grosses, mais quatre seulement. Il met de la modération dans ses larcins. En partie parce qu'il y est plus ou moins tenu et aussi parce que le jeu consiste à tenter le diable encore et toujours.

Les sourcils noirs et mobiles de Hugh se soulevèrent sous l'effet de la curiosité.

— Pourquoi quatre ?

— Parce que nous n'avons plus que quatre écoliers et que quand il vole, il fournit tout le monde. Il y a plusieurs novices à peine plus âgés, mais il ne se sent pas d'obligation envers eux. Ils doivent se débrouiller tout seuls ou se passer de dessert. Et savez-vous, ajouta Cadfael avec complaisance, qui est ce petit chenapan ?

— Non, mais je m'attends à une surprise.

— Oh, ça m'étonnerait bien. C'est maître Richard Ludel, le nouveau seigneur d'Eaton. Bien qu'il n'en sache encore rien, ajouta Cadfael avec un sourire en coin devant cette innocence menacée.

Richard était assis, les jambes croisées, sur la rive gazonnée dominant le réservoir du moulin, croquant, pensif, les derniers morceaux de chair blanche qui entouraient le cœur de sa pomme, quand un des novices vint le chercher.

— Frère Paul te demande, annonça le messager avec la satisfaction intérieure de ceux qui se savent vertueux et qui transmettent à autrui une convocation lourde de menaces. Il est au parloir. Si j'étais toi, je me dépêcherais.

— Moi ? s'exclama Richard, les yeux ronds, cessant de se concentrer sur le plaisir que lui donnait sa pomme volée.

Personne n'avait vraiment de raison de craindre frère Paul, le maître des enfants et des novices et qui était la bonté et la patience mêmes, mais chacun tenait à éviter un simple reproche de sa part.

— Qu'est-ce qu'il peut bien me vouloir ?

— Tu le sais sûrement mieux que personne, riposta le novice, non sans un brin de perfidie. Tu penses bien qu'il ne s'est pas confié à moi. Vas voir toi-même si tu n'as aucune idée sur la question.

Richard jeta à l'eau le fruit dont il ne restait rien et se redressa lentement.

— Au parloir ? Vraiment ?

L'usage d'un endroit aussi discret, cérémonieux, annonçait quelque chose de grave et bien qu'on n'eût à lui reprocher que des peccadilles commises durant les dernières semaines, il jugea préférable de se montrer prudent. Il s'éloigna donc sans hâte, pensivement, traînant ses pieds nus dans la fraîcheur de l'herbe, frottant délibérément leurs plantes endurcies aux pavés de la cour, et se présenta comme il convient au petit parloir sombre où des visiteurs venus du siècle étaient parfois autorisés à s'entretenir avec leurs fils qui avaient pris l'habit.

Frère Paul était debout, adossé près de l'unique fenêtre, rendant la pièce encore plus sombre que de coutume. Malgré ses cinquante ans ses cheveux courts et raides étaient encore noirs et doux autour de sa tonsure brillante et qu'il fût debout ou assis, il était ordinairement un peu penché en avant, à force de s'occuper depuis des années de créatures deux fois plus petites que lui et qu'il ne souhaitait pas, bien au contraire, impressionner par sa taille et son maintien. Il était bon, savant, indulgent et excellent professeur, capable de maintenir l'ordre parmi ses ouailles sans recours à la terreur. Le plus âgé des oblats, qu'on avait offert à Dieu quand il avait cinq ans et qui, touchant à sa quinzième année, allait aborder son noviciat, racontait des histoires épouvantables sur le prédécesseur de frère Paul qui tenait chacun sous sa férule et, d'un seul regard, pouvait vous glacer les sangs.

Richard, respect oblige, s'inclina brièvement et attendit sans broncher devant son maître, levant à la lumière un visage impassible éclairé par deux yeux bleu-vert qui lui auraient valu le bon Dieu sans confession. Il était petit et mince pour son âge, mais il avait l'agilité et la souplesse d'un chat. Des épais cheveux bouclés châtain clair, des taches de rousseur dorées sur les pommettes et l'arête haute et droite du nez complétaient le portrait. Il se taisait, les pieds bien écartés et les orteils sur les lattes du plancher. Respectueux, franc comme l'or, il fixait Paul en face, sans ciller, ce qui n'était pas pour surprendre ce dernier.

— Viens t'asseoir près de moi, Richard, murmura-t-il doucement. J'ai des choses que je dois te confier.

Il n'en fallait pas plus pour décontenancer un enfant déjà un peu mal à l'aise et lui communiquer une inquiétude beaucoup plus sérieuse, car avec ce timbre plein de considération, il risquait d'avoir besoin de réconfort d'ici peu. Mais ce que le soudain froncement de sourcils de Richard exprima d'abord fut simplement l'effarement. Il se laissa attirer sur le banc où frère Paul l'entoura de son bras; ses orteils nus qu'il tendait très fort touchaient à peine le sol. Il s'attendait à de sérieuses remontrances, mais là il se passait quelque chose d'imprévu et qu'il ne savait comment affronter.

— Tu sais que ton père s'est battu pour le roi à Lincoln et qu'il a été blessé? Et depuis, il n'était pas en très bonne santé.

Richard était en sécurité, solide; il était bien nourri et bien suivi; « être en mauvaise santé » ne lui évoquait pas grand-chose sauf que cela arrivait aux vieillards. Mais il répondit : « oui, frère Paul! » d'une petite voix courtoise, puisque c'est ce qu'on attendait de lui.

— Ta grand-mère a envoyé un palefrenier auprès du seigneur shérif ce matin. Il a apporté un message bien triste, Richard. Ton père s'est confessé pour la dernière fois et il a reçu l'extrême-onction. Il est mort, mon enfant. Tu es son héritier et tu dois te montrer digne de lui. Dans la vie comme dans la mort il est dans la main de Dieu. Comme nous tous.

Son air grave et méditatif était resté le même. Richard appuya fortement ses orteils contre le sol et ses mains agrippèrent le bord du banc sur lequel il était assis.

— Mon père est mort? répéta-t-il prudemment.

— Oui, Richard. Tôt ou tard, cela nous arrive à tous. Un jour chaque fils doit marcher dans les pas de son père et lui succéder dans ses responsabilités.

— Je vais donc être le seigneur d'Eaton à présent ?

Frère Paul ne commit pas l'erreur de prendre cette question pour de la simple vanité, alors qu'il s'agissait plutôt d'une façon intelligente de montrer qu'il avait compris ce qu'il venait d'entendre. L'héritier devait reprendre les charges et les privilèges qui avaient été ceux de son père.

— Oui, tu es le seigneur d'Eaton, ou plutôt tu le seras dès que tu en auras l'âge. Tu dois apprendre à acquérir la sagesse et à bien t'occuper de tes terres et de tes gens. C'est ce que ton père aurait voulu.

Toujours aux prises avec les aspects pratiques de sa nouvelle situation, Richard fouilla dans sa mémoire, essayant de se rappeler clairement le visage de ce père qui l'exhortait à montrer sa valeur. Au cours de ses rares visites chez lui à Noël et à Pâques, à son arrivée et à son départ, il avait été autorisé à pénétrer dans une chambre de malade qui sentait les herbes médicinales et le vieillissement prématuré ; il avait eu le droit d'embrasser une joue grise, austère, d'écouter une voix grave que la faiblesse rendait atone et qui le poussait à l'étude et à la vertu. Mais c'était à peu près tout et même ce visage s'était estompé dans ses souvenirs. Ce qu'il se rappelait l'impressionnait. Ils n'avaient jamais été assez proches pour devenir plus intimes.

— Tu aimais ton père et tu t'efforçais de lui plaire, n'est-ce pas Richard ? suggéra doucement frère Paul. Eh bien il faudra que tu continues. Et tu pourras prier pour le repos de son âme, ce qui te sera aussi un réconfort.

— Faudra-t-il que je retourne chez moi ? interrogea Richard qui cherchait beaucoup plus à obtenir des renseignements qu'un réconfort quelconque.

— Oui, certes, pour l'enterrement de ton père.

Mais pas à titre définitif ; pas encore. C'était le souhait de ton père que tu apprennes à lire et à écrire et que tu saches compter correctement. En outre, tu es encore jeune ; ton intendant prendra bien soin de ton manoir en attendant que tu sois en âge de le remplacer.

— Ma grand-mère trouve qu'apprendre tout cela ne sert à rien, répondit Richard en guise d'explication. Elle était très en colère contre mon père quand il m'a envoyé ici. Pour elle, un clerc qui connaît ses lettres suffit largement pour un manoir et les livres ne sont pas une occupation digne d'un gentilhomme.

— Elle se pliera sûrement aux volontés de ton père. D'autant plus que c'est un devoir sacré, maintenant qu'il est mort.

— C'est que ma grand-mère a d'autres projets pour moi, murmura Richard, avec une moue dubitative. Elle veut me marier à la fille de notre voisin, à cette Hiltrude qui héritera de Leighton et de Wroxeter. Grand-mère y tiendra encore plus maintenant, ajouta simplement Richard avec un regard ingénu à frère Paul qui avait l'air un peu surpris.

Il lui fallut un petit moment pour assimiler cette nouvelle et la relier à l'entrée de l'enfant à l'école de l'abbaye alors qu'il avait à peine cinq ans. Les manoirs de Leighton et de Wroxeter flanquaient Eaton de part et d'autre et offraient une perspective alléchante, mais manifestement Richard Ludel n'avait pas approuvé les plans ambitieux que sa mère formait pour son petit-fils, puisqu'il s'était arrangé pour soustraire l'enfant à l'influence de la douairière et qu'un an après il avait demandé à Radulphe d'être le tuteur de Richard, au cas où lui-même devrait abandonner sa charge trop tôt. Il serait préférable d'informer le père abbé de ce qui se tramait, songea frère Paul in petto. Car il n'approuverait certainement pas qu'on cherche à lui retirer son pupille qui n'était pas encore sorti de l'enfance.

Très prudemment, il affronta le regard du garçon qui le dévisageait avec gravité.

— Ton père n'a pas soufflé mot des projets qu'il avait pour toi, quand tu serais grand. Ce genre de problèmes se règlera en son temps et son heure lointains encore. Tu n'as pas besoin de t'inquiéter de ce mariage pour les années à venir. Tu es sous la responsabilité du père abbé ; il saura prendre les mesures qui s'imposent. Tu connais cette petite ? La fille de ton voisin ? se risqua-t-il à demander, cédant à une curiosité fort naturelle.

— Ce n'est pas une enfant, répliqua Richard, méprisant. C'est presque une vieille. Elle a déjà été fiancée, mais son promis est mort. Ma grand-mère était toute contente parce qu'après l'avoir attendu quelques années, Hiltrude n'aurait pas beaucoup de soupirants ; elle n'est même pas jolie, elle resterait donc à ma disposition.

En entendant tout cela, Paul sentit son sang se glacer dans ses veines. « Une vieille » signifiait qu'elle devait avoir dans les vingt-cinq ans, mais même ainsi la différence d'âge était inacceptable. Pourtant de tels mariages étaient courants quand il y avait des terres et de l'argent en jeu. Ce n'était pas une raison pour les encourager. Longtemps l'abbé Radulphe avait eu des problèmes de conscience et s'était demandé s'il fallait accepter les enfants que leurs parents destinaient au cloître depuis leur plus jeune âge, avant de se décider à les refuser tant qu'ils ne seraient pas en âge de choisir eux-mêmes. Il n'apprécierait certainement pas plus d'abandonner un petit garçon à la discipline aussi grave et contraignante du mariage.

— Bon, eh bien sors-toi tout ça de la tête, ordonna

fermement le moine. Tu ne dois penser pour l'instant et pour quelques années encore qu'à apprendre et à te divertir comme il convient à quelqu'un de ton âge. Maintenant tu peux retourner auprès de tes camarades si tu le souhaites, à moins que tu ne préfères rester ici un moment, au calme.

Richard se dégagea du bras qui le soutenait et sauta fermement du banc, désireux d'affronter sans attendre le monde et la curiosité de ses camarades. Après tout il n'y avait pas de raison de retarder cette rencontre, fût-ce pour un moment. Il lui fallait encore comprendre ce qui lui était arrivé. S'il était capable d'accepter la réalité, encore fallait-il y habituer son cœur.

— S'il y a quoi que ce soit que tu souhaites demander, prononça frère Paul, le regardant avec inquiétude, si tu éprouves le besoin d'être conseillé ou réconforté, reviens me trouver. Nous irons voir le père abbé, il est plus sage que moi et plus capable de t'aider dans cette épreuve.

C'était peut-être vrai, mais un petit écolier ne se soumettrait pas volontairement à un entretien avec un personnage aussi impressionnant. Le visage grave de Richard s'était changé en moue méditative comme s'il empruntait un chemin inconnu et hérissé d'épines. Il s'inclina en partant et s'éloigna d'un pas assez vif. Frère Paul le suivit des yeux par la fenêtre jusqu'à ce qu'il disparût et, constatant qu'il résistait gaillardement au choc, il alla rapporter à l'abbé les projets que dame Dionisia Ludel caressait, semblait-il, pour son petit-fils.

Radulphe l'écouta très attentivement, pensif, plissant le front. Unir Eaton à ses deux manoirs voisins était une ambition compréhensible. La propriété qui en résulterait équivaudrait à une puissance incontestable dans le comté, puissance que cette dame redoutable se croyait parfaitement capable de contrôler en reléguant au second plan la promise, son père, et le petit fiancé. La volonté d'acquérir des terres était un mobile d'une force considérable et certains n'hésitaient pas à sacrifier des enfants pour satisfaire un tel désir.

— Inutile de se mettre martel en tête, conclut Radulphe, se tournant résolument vers d'autres questions. Ce garçon est sous ma protection et il y restera. Quelles que soient ses intentions, la dame ne pourra pas me l'enlever. Cessons de penser à cela. Elle n'est une menace ni pour Richard ni pour nous.

Malgré toute sa sagesse, dans ce cas précis, l'abbé Radulphe n'allait pas tarder à s'apercevoir que nul n'est prophète en son pays.

CHAPITRE DEUX

C'était le matin du vingt octobre ; tout le chapitre était réuni quand l'intendant du manoir d'Eaton se présenta. Il avait un message de sa maîtresse et demandait audience.

Trapu, portant la barbe, John de Longwood était un homme d'une cinquantaine d'années, presque chauve, aux mouvements vifs et précis. Il s'inclina respectueusement devant l'abbé et expliqua la raison de sa présence, sans y aller par quatre chemins, comme celui qui accomplit son devoir sans marquer ni approbation ni désapprobation.

— Excellence, dame Dionisia Ludel vous adresse ses sentiments dévoués et vous prie de lui renvoyer, sous ma responsabilité, son petit-fils Richard, afin qu'il puisse prendre sa place légitime de seigneur d'Eaton dans la chambre de son père.

L'abbé Radulphe s'appuya au dossier de sa stalle et posa sur le messager un regard impassible.

— Il est évident que Richard assistera aux funérailles de son père. Quand doivent-elles avoir lieu ?

— Demain, Excellence, avant la grand-messe. Mais vous avez dû mal comprendre ma maîtresse. Elle veut que le jeune seigneur abandonne ses études ici et vienne occuper la place qui lui revient en tant que maître d'Eaton. Je dois vous informer que dame Dionisia se considère comme la seule personne capable de s'occuper de lui maintenant qu'il est en possession de son héritage et elle est persuadée qu'il lui obéira sans tarder ni causer d'embarras. J'ai ordre de le ramener avec moi.

— Je crains, monsieur l'intendant, répliqua l'abbé très décidé, que vous ne puissiez remplir votre mission. Richard Ludel m'a confié la garde de son fils au cas où il mourrait avant que ce dernier n'ait atteint l'âge adulte. Il souhaitait que son fils reçût une bonne éducation pour administrer d'autant mieux son domaine quand il en hériterait. J'entends assumer cette responsabilité jusqu'au bout. Richard restera donc sous ma tutelle jusqu'à ce qu'il soit en âge de prendre ses propres affaires en main. En attendant, je ne doute pas que vous le serviez aussi bien que vous avez servi son père, et que vous gériez son domaine de tout votre cœur.

— Je n'y manquerai pas, monseigneur, affirma l'homme avec beaucoup plus de chaleur que lorsqu'il parlait au nom de sa maîtresse. Messire Richard s'est entièrement reposé sur moi depuis la bataille de Lincoln et il n'a jamais eu à le regretter. Je ne léserai en rien son fils. Vous pouvez compter sur moi.

— J'en suis persuadé. Nous pourrons donc continuer notre tâche ici l'esprit en repos et prendre le même soin de l'éducation et du bien-être de Richard que vous de ses terres.

— Et que dois-je transmettre à dame Dionisia? demanda John sans montrer ni déception ni aigreur.

— Envoyez-lui mon salut déférent dans le Christ. Informez-la que Richard viendra demain, comme il convient, sous bonne escorte, précisa l'abbé dans la voix duquel il y avait comme un avertissement, mais que son père m'a imparti du devoir sacré de veiller sur lui jusqu'à ce qu'il soit devenu un homme et que je ne me déroberai pas à ma charge.

— Fort bien, Excellence.

Et John, avec un long regard direct et une profonde révérence, quitta la salle capitulaire à grands pas. Frère Cadfael et frère Edmond, l'infirmier, sortirent dans la grande cour juste à temps pour voir le messager enfourcher son robuste poney gallois et s'éloigner sans se presser le long de la Première Enceinte.

— Voilà, si je ne me trompe, remarqua sagement frère Cadfael, un homme qui s'en va, pas mécontent du tout d'avoir essuyé un refus clair et net. Et qui n'a pas peur de rapporter exactement ce qui s'est passé. On pourrait même croire qu'il en est plutôt satisfait.

— Il ne dépend pas du bon vouloir de sa patronne, répliqua Edmond. Il n'y a que le shérif, en tant que suzerain, qui puisse lui porter ombrage, tant que le petit ne sera pas son propre maître, et John est conscient de sa valeur. Elle aussi si on va par là. Elle n'est pas sotte et sait apprécier un bon administrateur. Pour qu'elle le laisse en paix il se pliera à sa volonté. On ne lui demande pas d'approuver, simplement de se taire.

Et comme dans le meilleur des cas John de Longwood n'était pas bavard, il ne lui en coûterait guère de garder ses sentiments pour lui et de montrer un visage impassible.

— Mais attention, prévint Cadfael, nous ne sommes pas au bout de nos peines. Si elle lorgne vraiment du côté de Wroxeter et de Leighton, elle ne renoncera pas facilement, et le gamin reste son seul moyen de s'en emparer. On n'a pas fini d'entendre parler de dame Dionisia Ludel.

L'abbé Radulphe avait pris le message très au sérieux. En se rendant à Eaton, Richard était accompagné de frère Paul, frère Anselme et frère Cadfael, garde personnelle assez solide pour décourager toute tentative de l'enlever par la force, ce qui était peu vraisemblable. Mais la dame aurait sûrement recours à la persuasion par la douceur et en appellerait aux liens du sang avec larmes et tremblements, ce qui inciterait l'enfant à lui obéir et affaiblirait le camp ennemi. Si c'était ce qu'elle avait en tête, songea Cadfael, observant à loisir le visage de Richard, elle sous-estimait l'innocence et la perspicacité du garçon. Il était en effet très capable d'évaluer correctement son intérêt et d'utiliser au mieux ses avantages. Il était assez heureux à l'école où il avait des camarades de son âge ; il ne renoncerait pas à la légère à une vie dont il connaissait les agréments pour une existence solitaire et dont il ignorait tout sauf la présence menaçante d'une fiancée qu'il trouvait très âgée. Nul doute qu'il appréciât son héritage, mais ses biens ne s'envoleraient pas et, qu'il reste à l'école ou rentre chez lui, il ne pourrait pas encore les gérer à sa guise. Non, il en faudrait plus que les pleurs et les embrassements de sa grand-mère pour s'assurer la docilité de Richard, surtout si ces effusions provenaient d'une personne qui ne lui avait jamais témoigné d'affection.

Il y avait quelque sept milles de l'abbaye au manoir d'Eaton et, par égard pour l'honneur et la dignité du monastère des saints Pierre et Paul, pour une occasion aussi solennelle, ils étaient partis montés. Dame Dionisia avait envoyé un palefrenier avec un solide petit cheval gallois pour son petit-fils, première tentative, peut-être, pour le mettre de son côté, cadeau qui avait été reçu avec grand plaisir, mais qui n'amènerait pas nécessairement des transports de gratitude. Donner c'est donner et les enfants sont assez fins pour voir clair dans les motivations de leurs aînés et prendre ce qu'on leur offre sans qu'ils aient rien demandé en s'arrangeant pour ne pas répondre comme on pouvait l'espérer. Tout heureux, Richard enfourcha fièrement sa nouvelle monture et, en cette belle matinée d'automne, humide de rosée, le plaisir de manquer l'école pour la journée relégua presque au second plan les raisons de cette chevauchée. Le palefrenier — il avait seize ans et des jambes interminables — gambadait joyeusement près de lui et tenait le poney par la bride quand ils pataugèrent à Wroxeter, dans le gué, où, des siècles auparavant, les Romains avaient franchi la Severn. Seule trace de leur séjour, un haut mur écroulé dont la couleur roussâtre se détachait sur le vert des champs et quelques pierres disséminées que les paysans avaient détournées depuis belle lurette pour leur propre usage domestique. Là où, aux dires de certains, s'étaient élevées une ville et une forteresse, il y avait aujourd'hui un manoir entouré de riches terres grasses et une église prospère qui entretenait quatre chanoines.

Cadfael regarda avec intérêt le domaine au passage car c'était l'un des deux châteaux que dame Dionisia comptait s'approprier pour les rattacher aux terres de Ludel en mariant Richard à la jeune Hiltrude Astley. Une aussi belle propriété était certes tentante. Tout le pays qui s'étendait devant eux au nord de la rivière n'était que fertiles prairies inondées et champs moutonnants qui s'élevaient çà et là en colline peu escarpée. Ici et là se dressaient des bosquets d'arbres dont le feuillage commençait tout juste à prendre ses premières nuances dorées. La terre allait jusqu'à l'horizon, pénétrait la bordure boisée de la Wrekin, grande masse forestière couvrant les collines jusqu'à la Severn et qui projetait une longue barre de toison sombre en travers des terres de Ludel, jusque dans les bois d'Eyton-sur-Severn qui appartenaient à l'abbaye. Un mille à peine séparait la grange d'Eyton, toute proche de la rivière, du manoir de Richard à Eaton. Les noms mêmes avaient une origine commune, mais le temps les avait séparés, cependant que la passion des Normands pour l'ordre avait fixé et codifié cette différence.

Cependant qu'ils approchaient la vue qu'ils avaient de la forêt changea et se raccourcit. Quand ils atteignirent le manoir, ils n'en voyaient plus que le bout et la colline était devenue une montagne escarpée avec quelques rochers dénudés traversant le rideau des arbres près du sommet. Le village reposait tranquillement au sein des prairies, à deux pas du pied des collines; entouré d'une longue palissade, le manoir s'élevait sur ses fondations, avec sa petite église toute proche. A l'origine, il s'agissait d'une chapelle dépendant de l'église voisine de Leighton, à deux milles en aval.

Ils mirent pied à terre dans la clôture et frère Paul empoigna fermement la main de Richard dès que l'enfant eut sauté de cheval, tandis que dame Dionisia, tous voiles dehors, descendait en courant les marches de la grande salle et s'avançait à leur rencontre. Elle se porta avec autorité vers son petit-fils et se pencha pour l'embrasser. Richard, un peu méfiant, leva la tête et se soumit à son étreinte, sans pour autant lâcher la main de frère Paul. D'un côté, il savait où il en était, tandis que de l'autre, il ne pouvait être sûr de rien.

Cadfael observa la châtelaine avec intérêt car, s'il la connaissait de réputation, il n'avait jamais eu l'occasion de la rencontrer. Dionisia était grande, droite comme un i, en excellente santé. Cinquante-cinq ans au maximum. En outre, c'était une belle femme, malgré son abord redoutable. Ses traits fins se crispèrent et ses yeux gris et froids laissèrent percer une flamme inquiétante quand elle examina l'escorte de Richard, histoire d'évaluer les forces de l'adversaire. Elle avait toute sa maisonnée derrière elle et le prêtre de la paroisse à ses côtés. Ce n'était pas le moment d'engager les hostilités. Plus tard peut-être quand Richard Ludel aurait été mis en terre et qu'elle ouvrirait sa maison aux personnes présentes, elle pourrait faire une première tentative. On aurait scrupule à tenir l'héritier à l'écart de sa grand-mère en un jour pareil.

Les rites solennels pour Richard Ludel se déroulèrent comme prévu. Frère Cadfael en profita pour étudier de près la maisonnée du défunt, depuis John de Longwood jusqu'au plus modeste des gardiens de troupeau. Tout donnait à penser que l'endroit s'était harmonieusement développé sous la gestion de John et que les gens étaient satisfaits de leur sort. Hugh n'aurait vraiment aucune raison d'intervenir. Des voisins étaient également venus, dont Fulke Astley qui ne perdait pas une occasion de jeter un œil sur ce qu'il aurait lui aussi à gagner si le mariage avait lieu. Cadfael l'avait vu une ou deux fois à Shrewsbury. Il avait dans les quarante ans et semblait très satisfait de sa personne bien qu'il s'empâtât sérieusement. Il se déplaçait avec majesté mais n'était pas de taille à affronter la femme infatigable au caractère difficile qui se tenait, le visage sombre, devant la bière de son fils. Elle avait Richard près d'elle et avait posé sur son épaule une main plus possessive que protectrice. Le garçon écarquillait tellement les yeux qu'ils lui mangeaient la moitié de la figure et il était aussi sombre que la tombe qu'on avait creusée pour son père et que l'on s'apprêtait à refermer. A distance, la mort est une chose, mais quand elle se manifeste à proximité, c'est une tout autre histoire. A présent seulement l'enfant se rendait réellement compte de la perte qu'il venait de subir.

La main de sa grand-mère ne quitta pas son épaule quand la procession revint vers le manoir, et qu'on déploya dans la grande salle la théorie des plats pour le repas funèbre. Les longs doigts maigres et marqués par l'âge de l'aïeule tenaient vigoureusement le tissu de la plus belle veste du petit qu'elle força à l'accompagner parmi les invités et les voisins, sans manquer l'occasion de le présenter comme le maître de la maison qui présidait aux obsèques de son père. Il n'y avait aucun mal à cela. Richard était parfaitement conscient de sa position et très capable d'en vouloir à qui lui refuserait l'exercice de ce privilège. Frère Paul qui surveillait la scène avec inquiétude murmura à l'oreille de Cadfael qu'il serait plus prudent de ramener au monastère leur protégé avant le départ de tous les invités, sinon ils pourraient se retrouver coincés, faute de témoins. Tant que le prêtre était encore là ainsi que ceux qui n'étaient pas de la maison, on ne pouvait guère le retenir de force.

Cadfael était en train d'observer ceux qu'il ne connaissait pas bien. Il y avait deux moines vêtus de gris de l'abbaye savignienne à Buildwas, à quelques milles en aval, communauté envers qui Ludel s'était montré généreux à l'occasion. Ils étaient accompagnés de quelqu'un de plus malaisément identifiable et qui se dissimulait modestement parmi la compagnie. Il portait une robe de moine de couleur noire, bien fatiguée, mais sous sa capuche on distinguait une épaisse chevelure noire sans doute non tonsurée et la lumière accrochait un reflet métallique sur son épaule : des médailles acquises au cours de nombreux pèlerinages. Un religieux errant, peut-être, désireux d'entrer au couvent. Savigny, fondé par Roger de Clinton, était rattaché à Buildwas depuis plus de quarante ans. Parfait, ces trois-là étaient des observateurs impartiaux. Devant des hôtes aussi respectables, il serait difficile de se laisser aller à la violence.

Frère Paul s'approcha courtoisement de Dionisia pour prendre discrètement congé et récupérer son protégé, mais la châtelaine sentit venir le vent.

— Permettez-moi, mon frère, murmura-t-elle d'une voix à la douceur trompeuse, de garder Richard pour cette nuit. Il a eu une journée fatigante et il commence à être las.

Mais elle oublia de préciser si elle le renverrait le lendemain et elle le tenait toujours d'une poigne de fer. Elle s'était exprimée assez fort pour que chacun l'entende s'exprimer en grand-mère attentionnée qui ne veut que le bien de sa progéniture.

— Madame, répondit Paul, qui n'était pas dans une position enviable, j'allais justement vous dire qu'à mon grand regret, nous devions partir. Je n'ai pas autorité pour vous confier Richard. On nous attend pour vêpres. Je vous prie de nous excuser.

Si le sourire de la dame était tout sucre tout miel ses yeux avaient la froideur de l'acier. Mais elle ne se découragea pas, peut-être pour prendre l'assistance à témoin de sa bonne foi, non pour obtenir gain de cause car en l'occurrence elle se savait impuissante au moins dans l'immédiat.

— L'abbé Radulphe comprendrait sûrement mon désir d'avoir cet enfant un jour de plus. Il est tout ce qui me reste de ma chair et de mon sang et je l'ai si peu vu pendant toutes ces années. Vous me laissez sans réconfort si vous me l'enlevez si vite.

— Madame, répliqua frère Paul, mal à l'aise mais décidé, je regrette de ne pas pouvoir vous donner ce plaisir, mais je n'ai pas le choix. Je suis tenu à l'obéissance envers mon abbé à qui je dois ramener Richard avant la fin de la soirée. Viens, Richard, il faut qu'on y aille.

Pendant un instant elle resserra son étreinte, tentée d'agir à tout prix, mais elle se ravisa. Le moment était mal choisi pour se mettre dans son tort. Elle ouvrit la main et Richard, pas très rassuré, s'écarta d'elle pour s'approcher de frère Paul.

— Informez le seigneur abbé, murmura Dionisia, dont les yeux flamboyaient, mais d'une voix toujours très douce, que j'aimerais m'entretenir avec lui le plus tôt possible.

— Je n'y manquerai pas, madame, promit frère Paul.

***

Elle tint parole dès le lendemain et pénétra dans l'enceinte de l'abbaye avec une escorte importante, montant un beau cheval et vêtue de ses atours les plus élégants, pour demander audience à l'abbé. Elle resta enfermée avec lui près d'une heure, mais quand elle ressortit elle était animée d'une rage froide et elle traversa la grande cour comme une tornade, dispersant des novices aussi inoffensifs que feuilles d'automne, avant de regagner son domaine à une allure que sa genette, de tempérament calme, n'apprécia pas outre mesure ; ses palefreniers, eux, suivaient sans souffler mot et préférèrent demeurer loin derrière.

— Voici une dame qui nous quitte sans avoir obtenu satisfaction, ce qui n'est pas dans ses habitudes, observa frère Anselme, mais pour une fois elle a dû trouver à qui parler.

— Elle n'a pas dit son dernier mot, si tu veux m'en croire, répliqua sèchement frère Cadfael, regardant la poussière retomber après son départ.

— Je ne mets pas son opiniâtreté en doute, acquiesça frère Anselme, mais que va-t-elle bien pouvoir inventer ?

— Quant à cela, affirma Cadfael, que la situation intéressait vivement, c'est ce qu'on verra, crois-moi, quand le moment sera venu.

Leur attente ne dura pas plus de deux jours. L'homme de loi de dame Dionisia s'annonça cérémonieusement au chapitre pour demander audience. Il était assez âgé, plutôt maigre, mais brusque dans ses manières et l'air fort irascible. Il entra en coup de vent dans la salle capitulaire, un monceau de parchemins sous le bras, et adressa à l'assistance un discours glacial, très digne, où la tristesse avait plus de part que la colère. Il s'étonna qu'un clerc et qu'un savant comme l'abbé, dont la droiture n'était un secret pour personne, pas plus que sa bienveillance, pût se permettre de négliger les liens du sang et refuser de rendre Richard à l'amour dévoué de la seule proche parente qui lui restât, puisqu'elle avait perdu tous ses descendants mâles et qu'elle ne souhaitait qu'une chose : aider, guider et conseiller son petit-fils dans l'exercice de ses nouvelles responsabilités. On lésait donc gravement, par cette séparation contre nature, et la grand-mère et son petit-fils en ne voulant pas accéder à leur besoin légitime d'affection mutuelle. En conséquence le clerc réitérait sa requête solennelle afin de mettre un terme à cet état de choses et de permettre à Richard Ludel de repartir avec lui pour son manoir d'Eaton.

L'abbé Radulphe écouta patiemment, très courtoisement et jusqu'au bout ce discours qui n'avait rien d'improvisé. Son visage demeurait impassible.

— Je vous remercie de vous être dérangé, déclara-t-il enfin d'une voix sereine, vous avez fort bien parlé. Mais je ne puis rien changer à la réponse que j'ai rendue à votre maîtresse. Richard Ludel, à présent mort et enterré, m'a confié la garde de son fils par une lettre signée de sa main et de celle de ses témoins. J'ai accepté cette mission, ce n'est donc pas maintenant que je vais y renoncer. Son père voulait que son fils fût éduqué dans cette maison jusqu'à sa majorité, date à laquelle il pourrait assumer sa vie et ses affaires. C'est ce que j'ai promis et c'est ce à quoi je me tiendrai. Avec la mort de son père, cette obligation me devient encore plus sacrée si faire se peut. Veuillez en informer votre maîtresse.

— Les circonstances ayant changé, rétorqua le clerc, qui ne s'était manifestement pas attendu à une autre réponse, et s'apprêtait à passer à la seconde phase de son ambassade, ce genre de document légal ne doit pas seulement être recevable devant un tribunal. Les juges royaux tiendront certainement à entendre les arguments d'une noble dame, veuve de surcroît et désormais privée de son fils. Elle est parfaitement capable de subvenir aux besoins de son petit-fils sans parler du soutien naturel que la présence de ce dernier lui apportera. Ma maîtresse tient à ce que vous sachiez que si vous ne lui remettez pas l'enfant elle vous traduira en justice pour le récupérer.

— Je me vois donc contraint d'approuver sa décision, répondit calmement l'abbé. Une décision de justice prise par un tribunal du roi devrait être de nature à nous satisfaire tous deux, puisque par ce biais nous ne serons pas obligés de choisir. Veuillez l'en tenir informée. Pour ma part, j'attendrai l'audience d'un cœur soumis. Mais avant que le jugement ne soit rendu, je dois agir selon ce que j'ai juré. Je suis ravi, ajouta-t-il avec un sourire frais qui s'adressait à lui seul, que nous ayons pu tomber d'accord.

Il ne restait plus au clerc qu'à se contenter de cette réponse étonnamment conciliante, et à s'incliner aussi gracieusement que possible. Un soupçon de curiosité produisit une agitation discrète dans les stalles de la salle capitulaire, que l'abbé réprima d'un regard et il fallut que les moines se retrouvent dans la grande cour et repartent à leurs travaux pour que spéculations et commentaires pussent se donner libre cours.

— Était-ce bien sage de l'encourager? s'étonna frère Edmond en se rendant à l'infirmerie en compagnie de Cadfael. Et si elle nous traînait vraiment devant les tribunaux? Il n'y aurait rien d'extraordinaire à ce qu'un juge prenne le parti d'une femme seule qui désire que son petit-fils revienne chez elle.

— Ne t'inquiète pas, répondit tranquillement Cadfael. Ce ne sont que des menaces en l'air. Elle sait parfaitement qu'un procès demande du temps et de l'argent même dans une situation normale. Alors en ce moment, avec le roi qui est au diable vauvert et qui a d'autres chats à fouetter, tu imagines le problème, et puis la moitié de son royaume n'a même pas de tribunaux. Non, elle espérait forcer la main au seigneur abbé qui céderait peut-être devant la perspective d'ennuis interminables. En ce cas, elle a manqué de perspicacité. Il sait très bien qu'elle n'a pas l'intention d'en arriver là. Mais ce qu'on peut craindre, c'est qu'elle fasse justice elle-même et qu'elle essaye d'enlever le gamin. Il faudrait, pour le reprendre, agir rapidement ou s'en remettre aux lenteurs du procès, une fois que l'enfant serait entre ses mains, et l'abbé a encore moins les moyens de recourir à la force qu'elle.

— Espérons qu'elle n'a pas épuisé tous ses modes de persuasion, si l'ultime recours doit être la violence, soupira frère Edmond, que cette hypothèse effrayait.

Personne n'était en mesure de savoir exactement ce que le petit Richard avait pu apprendre des méandres de la lutte dont il était l'enjeu et qui concernait son avenir. Il était impossible qu'il eût surpris la conversation qui avait eu lieu pendant le chapitre; aucun novice, d'autre part, n'assistait aux réunions quotidiennes, et ce n'étaient pas les religieux qui allaient s'étendre sur des questions d'intérêt au centre desquelles se trouvait un enfant. Il fallut pourtant se rendre à l'évidence : Richard était au courant de tout, ce qui lui procura un plaisir teinté de perversité. Le mal rendait la vie tellement plus palpitante, et au sein de la clôture il se sentait à l'abri de tout danger réel tout en appréciant qu'on se batte pour lui.

— Il observe les allées et venues en provenance d'Eaton, murmura frère Paul, un peu inquiet et se confiant à Cadfael, dans l'atmosphère calme du jardin aux simples, et il est assez fin pour comprendre leur signification. Ce qui s'est passé aux funérailles de son père ne lui a pas échappé. Pour son propre bien je souhaiterais qu'il soit moins subtil.

— Ne te plains pas qu'il ait oublié d'être idiot, le rassura Cadfael. Ce sont les innocents, quand ils sont malins, qui évitent les pièges. Et depuis dix jours la dame s'est tenue coite. Elle s'est peut-être résignée et a renoncé au combat.

Mais il n'en était pas du tout convaincu. Dame Dionisia n'avait pas l'habitude de se laisser marcher sur les pieds.

— Puisses-tu avoir raison, admit frère Paul, plein d'espoir. A ce qu'il paraît, elle héberge un révérend pèlerin, pour qui on a retapé le vieil ermitage dans les bois qui lui appartiennent. Elle exige qu'il prie chaque jour pour l'âme de son fils. Eilmund nous en a touché un mot quand on lui a remis ce qu'on lui devait en venaison. Souviens-toi, on a vu cet homme à l'enterrement. Il était avec deux religieux de Buildwas. Il a logé chez eux pendant une semaine. Ils ne tarissent pas d'éloge sur son compte.

Avec un grognement Cadfael, qui était penché sur un parterre de menthe passablement rabougri en cette fin octobre, se redressa.

— Celui qui portait la coquille de saint Jacques ? Et sa médaille aussi ? Oui, je m'en souviens parfaitement. Alors comme ça, il veut être des nôtres ? Et il opte pour une cellule et un petit coin de jardin en plein bois plutôt que pour la robe grise de Buildwas ? Personnellement je n'ai jamais été attiré par cette vie solitaire, mais j'en ai connu qui pensent et prient beaucoup mieux de cette manière. La cellule est restée inoccupée fort longtemps.

Bien qu'il ne passât pas souvent par là, il connaissait l'endroit. Le forestier de l'abbaye, en effet, jouissait d'une excellente santé et avait rarement besoin de ses remèdes. L'ermitage, qui ne servait plus depuis une éternité, était situé dans une combe entourée de bois touffus. C'était une cabane de pierre avec un lopin de terre jadis enclos et cultivé, maintenant en friche et laissé à l'abandon. Ici la ceinture de forêt englobait à la fois le domaine d'Eaton et les bois d'Eyton, possessions de l'abbaye. Là où était construit l'ermitage, les marches de Ludel s'enfonçaient dans le territoire voisin, tout près du bosquet préféré du forestier.

— Eh bien, il ne sera pas dérangé là-bas, s'il compte s'y établir, observa Cadfael. Et comment est-on censé l'appeler ?

— On le nomme Cuthred. Ce n'est pas mauvais d'avoir un saint dans le voisinage. A ce qu'il semble on est déjà venu le voir pour lui parler de toute cette histoire. Peut-être, suggéra Paul, très optimiste, qu'il a réussi à apprivoiser la dame. Il doit avoir beaucoup d'influence sur elle, sinon elle ne lui aurait pas demandé de rester. Voilà dix jours qu'elle n'a rien tenté. Qui sait si ce n'est pas à lui que nous en sommes redevables.

Il fallut en effet reconnaître que ce mois d'octobre clément s'écoula tranquillement, la pénombre des aubes brumeuses se changeait en belles journées voilées auxquelles succédaient des crépuscules humides couleur d'émeraude, d'un calme enchanté. Apparemment dame Dionisia avait renoncé à combattre pour récupérer le petit Richard, à se lancer dans un procès risqué, en un mot elle paraissait s'être résignée. Par l'intermédiaire du prêtre de sa paroisse, elle envoya même de l'argent à la chapelle de Notre-Dame pour que l'on célébrât des messes pour le repos de son fils, geste que l'on pouvait interpréter comme une tentative de réconciliation. C'était du moins la façon de voir de frère Francis, le nouveau gardien de l'autel de Sainte-Marie.

— Le père Andrew m'a raconté, rapporta-t-il après le départ des visiteurs, que depuis que les religieux de Savigny lui ont amené ce Cuthred, elle attache une grande importance à ses conseils et se guide sur ses avis et son exemple. L'homme bénéficie déjà d'une incontestable réputation de sainteté. D'aucuns prétendent qu'il a prononcé des vœux très stricts à l'ancienne mode et que désormais, il ne quitte jamais sa cellule ni son jardin. Le père Andrew ne tarit pas d'éloges sur lui. La vie des anachorètes n'est pas la nôtre, poursuivit très sérieusement frère Francis, mais la présence d'un saint à proximité, sur les terres d'un manoir du voisinage ne peut que nous être profitable. C'est une vraie bénédiction.

C'est ce que chacun s'accordait à penser dans le pays ; abriter un aussi révérend homme ne contribuait pas peu à la renommée du manoir d'Eaton et la seule critique qui parvint jamais aux oreilles de Cadfael à propos de Cuthred portait sur sa modestie excessive qui l'avait d'abord poussé à mépriser l'excès de louanges dont il était l'objet, avant de l'excuser. Quels que fussent les prodiges mineurs qu'il accomplissait – il avait, par ses prières, évité que tout le bétail de Dionisia fût victime de la peste, alors qu'une bête en était atteinte ; une autre fois il avait envoyé son petit serviteur prévenir de l'imminence d'un orage qu'il avait détourné par son intercession, mais il ne tolérait jamais qu'on lui attribuât le mérite de ses bienfaits et il devenait maussade, voire extrêmement désagréable, menaçant les contrevenants des foudres divines, si l'on passait outre à son interdiction. Un mois après son arrivée, ses ordres avaient plus de poids au château d'Eaton que ceux de Dionisia ou du père Andrew et sa célébrité, qu'on évitait soigneusement de crier sur les toits, se répandait de bouche à oreille tel un secret bien gardé dont on se réjouissait en privé mais dont le monde extérieur était tenu à l'écart.

CHAPITRE TROIS

Eilmund, le forestier d'Eyton, venait de temps en temps à l'abbaye pour assister au chapitre et rendre compte de son travail, des difficultés qu'il avait rencontrées ou de l'aide dont il pourrait avoir besoin. Il était bien rare qu'il eût quelque chose de sensationnel à déclarer, mais au cours de la deuxième semaine de novembre, il arriva un beau matin l'air surpris, les sourcils froncés, le visage sombre. Il semblait qu'une série de mésaventures se fût abattue sur son domaine.

Eilmund était quelqu'un de solide, il avait le teint mat, une tignasse ébouriffée; la quarantaine bien sonnée, il était d'une force peu commune et assez intelligent. Il se campa au milieu du chapitre, bien planté sur ses jambes puissantes, comme un lutteur prêt à affronter son adversaire et ne se perdit pas en propos inutiles avant d'entamer son discours.

– Seigneur abbé, il se passe des choses chez moi que je suis incapable de m'expliquer. La semaine dernière, nous avons eu de fortes pluies pendant lesquelles le ruisseau qui coule entre notre parcelle et le reste de la forêt a emporté des buissons déracinés qui ont constitué un barrage si important que l'eau a changé de cours, débordé et noyé mes dernières plantations. Je n'avais pas plutôt fini de nettoyer que je me suis aperçu que le courant avait sapé une partie de la rive de mon canal un peu plus haut en amont, et que la terre qui était tombée l'avait comblé. Le temps que je m'en rende compte, les chevreuils s'y étaient mis. Ils ont mangé toutes les jeunes pousses du terrain que nous avons dégagé il y a deux ans. Il y a sûrement des arbres qui ne survivront pas et ça prendra au moins deux ans avant qu'ils atteignent leur taille normale. Voici détruit tout ce que j'avais prévu, se lamenta Eilmund, chagrin de voir que ses soins attentifs n'aboutiraient à rien, sans parler de la perte que cela représente.

Cadfael connaissait l'endroit ; Eilmund en était particulièrement fier. C'était la seule partie cultivée de la forêt, aussi bien entretenue que n'importe quel hallier du comté, où la coupe régulière, tous les six ou sept ans, du vieux bois laissait pénétrer la lumière à chaque récolte, si bien que la terre et les fleurs sauvages avaient gardé l'une toute sa richesse, les autres toute leur variété. Certains arbres, le frêne par exemple, repoussaient à partir du tronc originel, juste en dessous de l'endroit où on l'avait taillé. L'orme et le tremble, en revanche, jaillissaient de sous le sol entourant la souche ancienne. Certaines d'entre elles, grâce aux soins d'Eilmund, après avoir connu plusieurs fois la cognée, avaient produit des bosquets nouveaux dont le centre avait deux bons pas de large. Aucune catastrophe naturelle n'avait jamais blessé le forestier dans son orgueil professionnel. Il ne fallait pas s'étonner qu'il fût tellement affecté. Et pour l'abbaye, le manque à gagner était important. Le bois de coupe, pour se chauffer, fabriquer du charbon, des manches d'outils, des planches pour les charpentiers ou Dieu sait quoi, rapportait des sommes rondelettes.

— Et attendez, ce n'est pas fini, poursuivit Eilmund, morose. Hier, quand j'ai fait ma tournée de l'autre côté du petit bois, là où le fossé est à sec mais suffisamment profond et la rive escarpée, je vous le donne en mille, les moutons d'Eaton étaient passés par une planche mal fixée juste là où le domaine d'Eaton touche le nôtre et comme vous le savez, Excellence, les moutons se moquent bien d'une rive qui tient les chevreuils en respect. Ils n'aiment rien tant à se mettre sous la dent que les petits frênes quand ils sortent de terre. Ils ont nettoyé tout ce que je venais de planter avant que j'aie eu le temps de les chasser. Et ni John de Longwood ni moi ne comprenons comment ils ont pu se faufiler par une ouverture aussi étroite, mais vous savez, quand la brebis qui mène les autres a une idée en tête elle ne l'a pas aux pieds, et les autres suivent. J'ai l'impression que ma forêt est ensorcelée.

— Vous ne croyez pas plutôt, suggéra le prieur Robert, le regardant sévèrement du haut de sa hauteur, qu'il y a eu négligence, tout simplement, de votre part ou de celle du voisin ?

— Père prieur, répliqua Eilmund avec la brusquerie de celui qui a conscience de sa valeur et qui sait également qu'il n'a qu'un seul maître, pendant toutes les années où j'ai travaillé pour l'abbaye, personne n'a eu à se plaindre de moi. J'ai effectué ma surveillance quotidienne, ça oui, et aussi la nuit, et fréquemment, mais je ne peux pas ordonner à la pluie de ne pas tomber ni être partout à la fois. Une telle avalanche de malheurs en aussi peu de temps, je n'ai jamais vu ça. Je ne peux non plus m'en prendre à John de Longwood, qui s'est toujours montré bon voisin.

— C'est la vérité, trancha l'abbé Radulphe. Nous avons eu toutes les raisons de nous louer de son bon vouloir, ce n'est pas maintenant que je vais le mettre en doute, pas plus que vos qualités ni votre dévouement. Cela ne m'a jamais effleuré auparavant, et aujourd'hui non plus. Les épreuves nous sont envoyées pour que nous puissions en triompher et nul ne peut prétendre y échapper toujours. Nous sommes capables d'assumer ces pertes. Agissez donc au mieux, maître Eilmund, et si vous éprouvez le besoin d'avoir un aide supplémentaire, vous l'aurez.

Eilmund, qui s'était toujours montré à la hauteur de sa tâche et qui était très fier de se suffire à lui-même, remercia du bout des lèvres, mais déclina cette offre pour le moment et promit d'avertir s'il se produisait quelque chose qui le forcerait à changer d'avis. Il s'en alla aussi vivement qu'il était venu retrouver sa chaumière dans la forêt, sa fille et sa rancune envers le destin puisqu'en toute honnêteté, il ne pouvait tenir aucun humain pour responsable de ces dégâts.

Sans qu'on sût comment le petit Richard fut informé des raisons de la visite d'Eilmund, et tout ce qui avait trait à sa grand-mère ainsi qu'à tous ceux qui vivaient ou travaillaient au manoir d'Eaton le passionnait littéralement. L'abbé avait beau être un tuteur aussi sage qu'attentif et son intendant parfaitement compétent, il lui incombait de surveiller son domaine par lui-même. S'il se passait quelque chose de bizarre à Eaton, il brûlait de savoir quoi, et il était nettement plus susceptible que l'abbé Radulphe de tenir pour responsable de ces agissements un être de chair et de sang, même si on ne savait pas comment il s'y était pris ; après tout il s'était souvent retrouvé lui-même à l'origine d'actions répréhensibles, sans l'avoir certes toujours voulu.

Si les moutons d'Eaton avaient jeté leur dévolu sur

les frênes d'Eyton, ce n'était pas par la volonté du Saint-Esprit, mais parce qu'on leur avait ouvert la porte et qu'on les avait poussés à aller se régaler et Richard tenait à savoir qui était le coupable et pourquoi. Après tout, il s'agissait de ses moutons.

En conséquence, il surveilla de près les allées et venues à l'heure approximative du chapitre, chaque matin et la curiosité le dévora quand il remarqua, deux jours après la visite d'Eilmund, l'arrivée à la loge d'un jeune homme qu'il n'avait vu qu'une seule fois auparavant et qui demanda fort civilement la permission de se présenter au chapitre avec un message de la part de son maître Cuthred. Il était tôt et il lui fallut attendre, ce à quoi il se soumit tranquillement et ce qui convenait admirablement à Richard qui ne pouvait décemment pas manquer l'école, mais quand le chapitre serait terminé, il serait libre de tendre un guet-apens au visiteur qui lui apprendrait ce qu'il voulait tant savoir.

Tout ermite digne de ce nom, qui a fait vœu de rester au même endroit et donc de ne pas quitter sa cellule ou son jardin clos, s'il a des dons de voyant et le devoir sacré de les mettre au service de ses voisins, doit avoir un jeune garçon auprès de lui pour se charger de ses commissions et transmettre ses exhortations et ses reproches. L'assistant de Cuthred n'était, semblait-il, que depuis peu avec son maître qu'il avait accompagné dans ses récentes pérégrinations, à la recherche d'un endroit que Dieu lui désignerait et où le saint homme pourrait se retirer. Son messager pénétra dans la salle capitulaire de l'abbaye, silencieux, sûr de lui, permettant aux religieux de l'examiner à loisir, sans se laisser démonter par tous ces regards inquisiteurs.

De la stalle éloignée qu'il préférait, Cadfael regarda le jeune homme avec intérêt. Il eût été difficile d'imaginer serviteur plus incongru pour s'attacher à un saint et à un anachorète dans le vieux sens celtique du terme, c'est-à-dire qui ne tenait nullement à être canonisé, mais Cadfael n'aurait pas su expliquer immédiatement ce qui justifiait son impression. Le garçon avait une vingtaine d'années, il était vêtu d'une tunique et de hauts-de-chausses grossiers de drap brun, passé et rapiécé, jusque-là, rien d'anormal. Il était à peu près aussi mince que Hugh, à qui, cependant, il rendait une bonne largeur de main ; il avait le teint mat, la finesse et la grâce d'un faon et il se déplaçait avec la même beauté animale, anguleuse. Même dans le calme qu'il affichait on devinait quelque brusquerie farouche, comme celle d'une bête sauvage à l'affût. Il devait courir vite, sans bruit et avoir, lorsqu'il bondissait, la détente d'un lièvre. On voyait à son visage, encadré par d'épais cheveux souples évoquant le feuillage cuivré du hêtre, qu'il était sans cesse sur le qui-vive. C'était un long visage ovale, au grand front, au long nez droit, aux narines dilatées comme celles d'un animal sauvage toujours à prendre le vent pour s'assurer qu'il n'y a pas de danger, avec une bouche mobile, un peu tordue par un perpétuel sourire, même au repos, comme si quelque chose de vaguement troublant l'amusait, et de longs yeux d'ambre qui remontaient légèrement vers les tempes sous d'obliques sourcils cuivrés qui abritaient sans chercher à le dissimuler le feu de son regard ainsi que ses paupières bombées et des cils dorés aussi longs et fournis que ceux d'une femme.

Qu'est-ce qui avait bien pu pousser un vieux saint homme à employer un être aussi singulier que cet elfe ?

Après avoir attendu un long moment qu'on ait fini de l'étudier des pieds à la tête, le garçon leva les yeux, montrant à l'abbé Radulphe, devant lequel il s'inclina d'un geste aussi charmant que respectueux, une figure candide à l'innocence enfantine. Ne voulant pas parler avant qu'on ne lui adressât la parole, il attendit qu'on l'interrogeât.

— Vous venez de la part de l'ermite d'Eyton ? demanda doucement l'abbé, posant sur les traits calmes, presque souriants, du jeune homme un regard attentif.

— Oui, Excellence. Le bienheureux Cuthred vous envoie un message par ma bouche, lança-t-il d'une voix sereine, claire, un peu haute, qui résonna comme une cloche sous les voûtes.

— Quel est votre nom ?

— Hyacinthe, seigneur.

— J'ai connu un évêque ainsi nommé, souffla l'abbé avec un bref sourire, car la créature mince et brune qui se tenait devant lui n'avait manifestement rien d'un évêque. Est-ce en son honneur qu'on vous a ainsi nommé ?

— Non, Excellence. C'est la première fois que j'entends parler de lui. On m'a dit une fois que dans une histoire du temps jadis, il y avait un garçon qui s'appelait comme ça. Il était aimé de deux dieux et le perdant l'a tué. Il paraît que des fleurs ont poussé là où il avait perdu son sang. Je tiens cela d'un prêtre, ajouta-t-il innocemment, avec un rapide sourire en coin aux membres du chapitre, très conscient de l'émoi passager provoqué par son récit parmi ces êtres voués à la chasteté, émoi auquel l'abbé était resté insensible.

« Ce vieux récit te convient beaucoup mieux, mon garçon, que cette atmosphère d'église et tu le sais fort bien », songea Cadfael, l'observant avec un intérêt mêlé de plaisir. « D'église ou d'ermitage, si on va par là. Mais où diable ton maître a-t-il pu te rencontrer et comment s'y est-il pris pour t'apprivoiser? »

— Puis-je vous transmettre mon message? interrogea ingénument le garçon dont les grands yeux dorés ne se détournaient pas de l'abbé.

Amusé, ce dernier demanda s'il l'avait appris par cœur.

— Il le faut bien, Excellence. Il n'est pas question que j'en déplace un iota.

— Quel messager fidèle! Parlez, je vous en prie, nous sommes tout ouïe.

— Je dois être la voix de mon maître, commença le jeune homme qui prit sur-le-champ une intonation nettement plus grave que la sienne avec une telle capacité d'imitateur que Cadfael au moins le regarda avec une attention décuplée. Il m'est revenu, ce qui me désole profondément (il s'exprimait comme un ermite d'occasion), à la fois par l'intendant d'Eaton et le forestier d'Eyton, que votre parcelle de forêt a été gravement éprouvée. J'ai prié et médité et j'ai toutes les raisons de craindre qu'il ne s'agisse que d'avertissements et que le pire soit encore à venir, à moins qu'on ne puisse trouver une solution à un déséquilibre ou à une discorde entre le bien et le mal. Et je ne vois pas ce qui pourrait nous menacer dans cet ordre d'idées, sauf le déni de justice dont dame Dionisia Ludel est la victime, elle à qui on refuse de rendre son petit-fils. Il faut bien sûr tenir compte du vœu d'un père, mais on ne saurait négliger non plus le chagrin d'une veuve qui pense à ses descendants et qui souffre, abandonnée de tous. Je vous prie donc, seigneur abbé, pour l'amour de Dieu, de bien réfléchir à vos agissements, car je sens peser sur nous l'ombre du mal.

L'étrange adolescent avait tout débité d'un trait de cette voix lourde et sombre qui n'était pas la sienne ; c'était indéniablement un tour impressionnant et parmi les jeunes moines, les plus superstitieux commencèrent à s'agiter, bouche bée, et à se concerter à voix basse, très inquiets. Ayant terminé son discours, le héraut releva ses yeux d'ambre et sourit comme si ces paroles ne le concernaient pas le moins du monde.

L'abbé Radulphe resta silencieux un long moment, sans cesser de dévisager le jeune homme qui lui retourna sereinement son regard, droit dans les yeux, satisfait d'en avoir fini.

— Ce sont les propres mots de votre maître ?

— Exactement, Excellence, tels qu'il me les a appris.

— Vous a-t-il demandé de poursuivre la discussion pour lui ? Y a-t-il quelque chose que vous souhaitiez ajouter ?

— Moi, Excellence ? s'écria le jeune homme, écarquillant les yeux, stupéfait. Mais, j'en suis incapable. Je le représente, c'est tout.

— On a déjà vu des anachorètes donner un abri et un emploi à des simples d'esprit, glissa avec morgue le prieur Robert à l'oreille de l'abbé, c'est un acte de charité. C'est évidemment le cas ici.

Il s'était exprimé à voix basse, mais pas assez pour échapper à une créature dont l'ouïe avait presque la finesse de celle du renard car le regard de Hyacinthe pétilla et il eut un bref sourire éclatant. Cadfael, qui avait surpris cet aparté, doutait fort que Radulphe partageât cette opinion. Derrière le front de ce faune au teint bronzé logeait une intelligence vive même s'il trouvait pratique de passer pour un imbécile.

— Eh bien, conclut l'abbé, il ne vous reste plus qu'à

retourner auprès de votre maître, Hyacinthe, avec tous mes remerciements pour le soin qu'il prend de nous et pour ses prières. Informez-le que j'ai bien réfléchi et que je réfléchis encore à toutes les causes d'insatisfaction que j'ai pu donner à dame Dionisia et que j'ai agi et continuerai d'agir selon ce qui me paraît juste. Quant aux désastres naturels qui lui causent tant d'anxiété, les hommes ne peuvent ni les commander ni les contrôler, bien que la foi soit en mesure de les vaincre. Ce à quoi nous ne pouvons rien, il nous faut nous en accommoder. Ce sera tout.

Sans ajouter un mot, le garçon lui adressa une révérence aussi gracieuse que profonde, tourna les talons et quitta la salle capitulaire sans hâte, d'un pied léger, évoquant presque dans sa démarche l'insolente élégance d'un chat.

Dans la grande cour, quasiment déserte à pareille heure, puisque les religieux étaient au chapitre, le visiteur n'avait pas lieu de se presser de retrouver son maître. Il s'attarda au contraire, curieux de visiter les lieux, depuis les appartements de l'abbé avec les roses de son petit jardin jusqu'à l'hôtellerie et l'infirmerie, et il termina son inspection des bâtiments conventuels par la loge et la grande allée au sud du cloître. Richard, qui l'attendait depuis quelques minutes, apparut discrètement par la voûte de la porte sud et s'avança pour croiser la route de l'étranger.

Puisqu'on tenait évidemment à lui parler, Hyacinthe s'arrêta avec courtoisie, observant d'un œil intéressé la frimousse solennelle, pleine de taches de rousseur, qui l'étudiait tout aussi passionnément.

— Bonjour, mon jeune monsieur! s'exclama-t-il aimablement. En quoi puis-je vous être utile?

— Je sais qui tu es, répondit Richard. Tu es le serviteur de l'ermite; tu es venu avec lui. Il paraît que tu avais un message de sa part. Qu'est-ce qu'il voulait?

— Il me serait plus facile de répondre, avança Hyacinthe avec bon sens, si je savais qui est Votre Seigneurie et pourquoi mon maître s'intéresserait à du menu fretin.

— Je ne suis pas du menu fretin, répliqua dignement Richard. Je m'appelle Richard Ludel, seigneur d'Eaton, et l'ermitage de ton maître est sur mes terres. Et puis tu sais très bien qui je suis. N'étais-tu pas avec les domestiques à l'enterrement de mon père ? Si ton message me concernait, il me semble que j'ai le droit d'être tenu au courant. Ce n'est que justice.

Et Richard, bien campé sur ses pieds nus, avança son petit menton carré, défiant les rigueurs de la loi d'un œil bleu-vert fort résolu.

Pendant un long moment Hyacinthe, plutôt méditatif, lui retourna son regard. Puis il s'exprima d'un ton vif, uni, d'égal à égal :

— Il y a du vrai là-dedans. Je suis de ton côté, Richard. Bon, où peut-on discuter sans qu'on nous dérange ?

Le centre de la grande cour manquait peut-être un peu d'intimité pour qu'on s'y livre à de longues confidences et Richard était déjà assez excité par ce curieux étranger qui le changeait agréablement de son environnement monastique pour avoir envie d'en savoir plus long à son sujet maintenant qu'il en avait l'occasion. En outre, le chapitre allait se clore d'ici peu et il serait malsain, en de telles circonstances, d'attirer imprudemment l'attention du prieur ou, pire encore, celle de frère Jérôme et son nez de fouine. Avec une confiance hâtive, il prit Hyacinthe par la main et l'entraîna à sa suite par la grande cour en direction du guichet retiré qui permettait de passer de la clôture au moulin. Là, sur l'herbe dominant l'étang, on ne les gênerait pas ; ils s'adosseraient au mur, le gazon était accueillant et le soleil de midi relativement chaud sous son voile de nuages.

— A nous deux ! s'écria Richard prenant les choses en main avec sévérité. J'ai besoin d'un ami qui ne me raconte pas n'importe quoi. Il y a tant de gens qui veulent réglementer ma vie et qui ne sont pas capables de se mettre d'accord. Comment pourrai-je m'occuper de moi et être prêt à les affronter si personne n'est là pour m'informer de ce qu'ils ont derrière la tête ? Si tu es mon allié, je saurai mieux m'y prendre. Qu'en penses-tu ?

Hyacinthe s'appuya confortablement à la muraille de l'abbaye, étendit ses longues jambes fines et ferma à demi les yeux pour se protéger du soleil.

— Écoute-moi bien, Richard, afin que tu puisses utiliser au mieux les renseignements que je te fournirai. Si je veux pouvoir t'être utile, il faut que je sache le pourquoi et le comment de toute cette histoire. Moi, j'en connais la fin pour le moment et toi le début. Je te propose d'assembler tout ça et de voir ce qui en sortira.

— Tope-là ! s'exclama Richard en battant des mains. Parle-moi d'abord du message de Cuthred !

Hyacinthe s'en acquitta mot pour mot comme lorsqu'il était au chapitre, imitation mise à part.

— Je le savais ! s'écria l'enfant, frappant l'herbe épaisse de son petit poing. Je me doutais que cela me concernait de près ou de loin. Alors comme ça, grand-mère s'est arrangée pour embobiner ce saint homme ou le pousser à plaider sa cause. J'avais entendu parler de ces événements bizarres qui s'étaient produits dans le hallier. Mais ça, on n'y peut rien. Il va falloir que tu préviennes ton maître d'être méfiant, même si elle se prétend sa bienfaitrice. Raconte-lui toute l'histoire, inutile d'espérer qu'elle le fera.

— Tu peux compter sur moi, acquiesça Hyacinthe chaleureusement, quand je la connaîtrai moi-même, cette histoire.

— Ah bon? Tu ne sais pas pourquoi ma grand-mère veut me récupérer? Ton maître ne t'en a pas parlé?

— Qu'est-ce que tu crois? Je suis son domestique, pas son confident.

Lequel domestique, dépourvu de curiosité, semblait avoir tout son temps pour rentrer car il s'installa encore plus agréablement contre le mur moussu et croisa ses chevilles minces. Richard se coula un peu plus près et Hyacinthe se poussa gentiment pour laisser de la place au petit corps anguleux qui se pressait contre son flanc.

— Elle veut me marier pour s'emparer des deux manoirs qui encadrent le mien. Et même pas à une fiancée attirante. Hiltrude est âgée — elle a au moins vingt-deux ans...

— Une vraie douairière, admit gravement Hyacinthe.

— Et puis même si elle était jeune et jolie, je ne veux pas d'elle. Je ne veux pas de femme. Je n'aime pas les femmes. Je ne vois vraiment pas à quoi elles servent.

— En ce cas, tu as trouvé l'endroit idéal pour leur échapper, suggéra obligeamment Hyacinthe et sous ses longs cils cuivrés brilla une envie de rire. Tu deviens novice, tu en as fini avec le monde et tu es tranquille.

— Ah non! Ça n'est pas drôle non plus. Écoute-moi, je vais tout t'expliquer.

Et il lui raconta tout de A jusqu'à Z.

— Alors, reprit-il quand il eut terminé, tu ouvriras l'œil pour moi et tu me rapporteras tout ce que je dois savoir ? Il me faut quelqu'un qui soit honnête avec moi, au lieu de tout me cacher comme si j'étais encore un gosse.

– D'accord ! promit Hyacinthe avec un sourire satisfait. Je serai l'homme lige de Votre Seigneurie, ses yeux et ses oreilles dans le camp ennemi.

– Et tu présenteras ma version des faits à Cuthred ? Je ne voudrais pas qu'il ait une mauvaise opinion du père abbé qui exécute simplement ce que mon père attendait de lui. Mais tu ne m'as pas donné ton nom, il faut que je sache comment tu t'appelles.

– Hyacinthe. Il paraît qu'un évêque s'appelait comme ça, mais ça n'est pas moi. Tes secrets sont plus en sûreté avec un pécheur qu'un saint et je suis plus discret qu'un confessionnal, ne t'inquiète pas.

Ils se sentaient si bien ensemble qu'il fallut que l'estomac du Richard crie famine pour qu'ils s'aperçoivent que c'était l'heure du dîner et finalement celle de se séparer. Richard trotta à côté de son nouvel ami le long du sentier qui bordait le mur de clôture jusqu'à la Première Enceinte, où il le laissa et il regarda la silhouette mince, dansante, s'éloigner sur la grand-route avant de se retourner joyeusement et de s'engouffrer par le guichet du mur.

Hyacinthe parcourut les premiers milles du chemin du retour de sa démarche longue, élastique, non qu'il fût pressé ni taraudé par le sens du devoir mais parce qu'il prenait plaisir à marcher ainsi et à sentir que son corps répondait avec précision et rapidité. Il traversa le fleuve au pont d'Attingham, pataugea dans les noues de son affluent, la Tern, et à Wroxeter prit vers le sud, en direction d'Eyton. Quand il arriva à l'orée de la forêt, il adopta un pas de promeneur ; la balade était si agréable qu'il n'avait aucune envie de rentrer. Il fallait emprunter les terres de l'abbaye pour parvenir à l'ermitage qui était situé à la pointe extrême du domaine de Ludel et s'enfonçait dans les bois voisins. Il avançait en sifflant comme un pinson le long du sentier qui bordait le ruisseau, près de la limite septentrionale du hallier d'Eilmund. La rive qui s'élevait un peu plus loin, protégeant l'essart pris sur la forêt, était haute et en pente raide, mais comme elle était aussi bien gazonnée qu'entretenue, elle n'avait encore cédé en aucun point et le cours d'eau n'était ni assez large ni assez rapide pour la saper... du moins en principe, car cela n'était plus vrai.

Le sol dénudé exposait une profonde cicatrice sombre bien visible d'assez loin. Hyacinthe jeta un coup d'œil en approchant, se mordant pensivement les lèvres, puis, tout aussi brusquement il haussa les épaules en riant.

— Où serait le plaisir sans malice? murmura-il à mi-voix et il s'avança vers l'endroit où la berge avait subi l'assaut des eaux.

Il était encore à quelques toises de la partie la plus sérieusement touchée quand il entendit un cri étouffé qui lui sembla sortir des entrailles de la terre, auquel se mêlait un bruit de lutte, un cri de souffrance suivi d'une volée de jurons. Bien que surpris, il réagit aussitôt; prenant sa course, il se précipita vers le bord du fossé que seul le cours tranquille et encore heureux du ruisseau remplissait tout en s'élevant d'heure en heure. De l'autre côté de la petite rivière il y avait eu un second éboulement et un vieux saule solitaire, dont les racines avaient été partiellement découvertes par le premier, s'était écroulé perpendiculairement au cours d'eau. Ses branches se tordaient et s'agitaient sous les efforts de quelqu'un qui se trouvait coincé en dessous, à moitié submergé par le ruisseau. Un bras réussit à se faufiler par un trou dans le feuillage, cherchant désespérément à se libérer, effort qui provoqua un long gémissement. A travers les feuilles palpitantes, Hyacinthe eut une vision fugitive du visage sali et crispé d'Eilmund.

— Tenez bon ! s'écria-t-il. Je descends !

Il entra dans l'eau jusqu'à mi-cuisse et se glissa sous les premiers rameaux pour y passer le dos et soulever cette masse végétale en sorte que le forestier qu'elle tenait prisonnier pût se dégager. Grognant, le souffle court, Eilmund enfonça ses deux poings dans le sol derrière son sauveteur et se libéra en partie de la grosse branche qui le retenait par les jambes, effort qui lui arracha un hurlement de douleur à moitié étouffé.

— Vous êtes blessé ! cria Hyacinthe, l'empoignant sous les aisselles et repoussant de son dos souple les lourds rameaux, ce qui fit osciller l'arbre. Allez ! Poussez !

De nouveau, Eilmund banda ses muscles. Hyacinthe en fit autant cependant que le sol continuait à s'ébouler avec moins de violence sur les deux hommes, mais le saule bascula et tomba bruyamment dans la rivière. Le forestier gisait par terre, haletant, les pieds dans l'eau. Hyacinthe, maculé de boue et de sève, s'agenouilla auprès de lui.

— Il va falloir que j'aille chercher de l'aide. Je ne peux pas vous emmener d'ici seul. Et pour le moment, je ne vous vois pas trotter comme un lapin. Et si vous vous reposiez pendant que je cours demander l'assistance des gens de John de Longwood qui travaillent aux champs ? On aura besoin de plusieurs personnes et d'une claie ou d'un volet pour vous transporter. A moins qu'il n'y ait quelque chose de plus grave qui m'aurait échappé.

Mais c'était déjà assez grave comme ça et sous les taches de boue le blessé paraissait secoué autant qu'effaré.

— J'ai la jambe cassée, souffla Eilmund, laissant précautionneusement retomber ses larges épaules sur la terre meuble avec un long et profond soupir. J'ai eu une sacrée veine que vous soyez passé par là, j'étais coincé comme un rat et l'eau remontait. C'est arrivé tandis que j'essayais de consolider la berge. Eh bien mon gars, ajouta-t-il avec un petit rire qui tenait plutôt du gémissement, rien qu'à vous voir, on se douterait jamais que vous êtes aussi costaud.

Hyacinthe leva un regard anxieux vers la rive au-dessus d'eux, mais seules de petites mottes inoffensives déboulaient et glissaient sans danger, quant au bord entamé, tout recouvert d'herbe et de racines, il paraissait relativement sûr.

— Vous pouvez rester comme ça un petit moment ? Je vais aller le plus vite possible. Je ne serai pas long.

Et aussitôt il se mit à courir à longues foulées régulières en direction des champs d'Eaton où il héla les premiers paysans qu'il aperçut. Ils accoururent en hâte avec une barrière empruntée à un parc à moutons et avec tous les soins possibles provoquant les jurons bien sentis, et fort justifiés, de la victime, ils y installèrent Eilmund qu'ils ramenèrent jusqu'à sa chaumière dans la forêt. Se rappelant qu'il avait une fille qui vivait avec lui, Hyacinthe prit sur lui de partir devant pour la prévenir et la rassurer, lui donner le temps aussi de préparer le lit du blessé.

La chaumière était située dans un essart pris sur la forêt, entourée d'un petit jardin, et quand Hyacinthe arriva à la porte, elle était ouverte et il vit à l'intérieur une jeune fille qui chantonnait doucement tout en travaillant. Bizarrement, alors qu'il avait couru de toutes ses forces pour arriver jusqu'à elle, Hyacinthe dut presque se forcer pour frapper à la porte ou entrer sans frapper. Pendant qu'il hésitait sur le seuil, elle cessa de chanter et sortit voir qui, par sa course rapide, avait ébranlé les cailloux de l'allée.

Elle était petite mais robuste, avec un très joli corps, un regard bleu plein de franchise, un teint de la fraîcheur d'une rose sauvage et des cheveux parfaitement nattés, brillants, dont la nuance châtain clair évoquait le chêne poli. Elle le regarda avec une curiosité mêlée de candeur, si amicale que pendant un instant elle lui imposa silence alors qu'il parlait avec tant d'éloquence. C'est elle qui dut prendre la parole la première malgré l'urgence de ce qu'il avait à lui apprendre.

– Vous voulez voir mon père? Il est parti au hallier, vous le trouverez là où la berge a cédé.

Et sous l'effet de l'intérêt et de l'approbation, ses yeux bleus se mirent à pétiller; ce qu'elle voyait lui plaisait.

– C'est bien vous qui êtes venu avec l'ermite de la vieille châtelaine? Je vous ai vu travailler dans son jardin.

Hyacinthe répondit oui et son cœur battit plus fort en se rappelant la teneur de son message.

– C'est vrai, madame, et mon nom est Hyacinthe. Votre père est sur le chemin du retour à l'heure qu'il est à la suite d'un accident qui l'obligera à garder la chambre un bout de temps, je le crains. Je suis désolé de vous apprendre cette mauvaise nouvelle mais il fallait vous avertir avant qu'on ne le ramène. Oh n'ayez aucune crainte, ses jours ne sont pas en danger et, avec du temps, il se rétablira. Mais il a la jambe cassée. Il y a eu un nouvel éboulement et un arbre lui est tombé dessus dans le canal. Il s'en remettra, c'est sûr et certain.

Elle pâlit, très inquiète, mais ne cria pas. Assimilant ce qu'elle venait d'entendre, elle se secoua d'un geste brusque et se mit aussitôt au travail ; elle ouvrit toutes grandes les portes intérieure et extérieure afin de laisser place à la claie et au blessé et de disposer le lit où on le coucherait ; ensuite elle mit de l'eau à chauffer sur le feu. Tout en s'activant elle s'entretint avec Hyacinthe d'une voix calme sur le ton de la conversation.

— Ce n'est pas la première fois qu'il se blesse, mais il ne s'était encore jamais cassé une jambe. Alors comme ça, un arbre s'est abattu sur lui ? Le vieux saule, hein ? Je savais qu'il penchait, mais je n'aurais jamais cru qu'il tomberait. C'est vous qui l'avez trouvé ? Et qui êtes allé chercher de l'aide ?

Elle se tourna et lui sourit.

— Il y avait des gens d'Eaton à proximité qui nettoyaient un canal d'écoulement. Ce sont eux qui le ramènent.

Ils approchaient de la maison à présent aussi vite qu'ils le pouvaient. Elle s'avança à leur rencontre, Hyacinthe la suivant comme son ombre. Il semblait qu'il avait autre chose à lui communiquer et que pour l'instant il n'en avait pas l'occasion, car il restait à la périphérie de cette agitation, silencieux mais déterminé, cependant qu'on transportait Eilmund dans la maison, qu'on l'allongeait sur son lit et qu'on lui retirait avec mille précautions ses bottes et ses hauts-de-chausses humides dans un concert de gémissements et de jurons étouffés. Sa jambe gauche était tordue en dessous du genou, mais pas au point que l'os ait traversé la chair.

— Je suis resté à barboter plus d'une heure dans le ruisseau, marmonna-t-il, les dents serrées sous la douleur cependant qu'on s'occupait de lui, et si ce jeune homme n'était pas passé par-là, je ne serais pas parmi vous, car j'étais incapable de me débarrasser de ce poids et il n'y avait personne à portée de voix. Jour de Dieu ! ce garçon est autrement plus musclé qu'on pourrait le croire. J'aurais voulu que vous le voyiez à l'œuvre.

Fort curieusement les joues maigres et lisses de Hyacinthe prirent une teinte rouge sombre sous leur hâle doré, ce qui ne devait pas lui arriver tous les jours, mais il faut croire qu'il en était encore capable.

— En quoi puis-je vous être utile ? s'empressa-t-il. Ce sera avec plaisir ! Vous aurez besoin de quelqu'un d'adroit pour redresser cette jambe. Ce n'est pas du tout dans mes cordes, mais je peux très bien aller prévenir un médecin. Le reste me dépasse un peu.

La jeune fille se détourna un instant du lit, le dévisageant intensément de ses grands yeux bleus lumineux.

— Eh bien, si cela vous est possible, ce serait très gentil et nous serions encore plus vos débiteurs. Pourriez-vous aller à l'abbaye et demander à frère Cadfael de venir ?

— Très volontiers ! s'exclama Hyacinthe aussi chaleureusement que si elle lui avait offert un cadeau de valeur. Mais alors qu'elle s'écartait de lui il hésita et la saisit brièvement par la manche tout en lui murmurant à l'oreille d'une voix anxieuse : Il faut que je vous parle seule — plus tard, quand on l'aura soigné et qu'il se reposera tranquillement.

Et, avant qu'elle pût lui répondre oui ou non, même si ses yeux ne le repoussaient pas, il s'était éloigné à travers les arbres et repartait en direction de Shrewsbury.

CHAPITRE QUATRE

Hugh arriva au milieu de l'après-midi ; il voulait voir frère Cadfael et il était porteur des premières nouvelles, encore peu sûres, en provenance d'Oxford depuis que le siège avait commencé.

— Robert de Gloucester est de retour, commença-t-il. Je le tiens d'un armurier qui a eu l'esprit de quitter la ville avant qu'il ne soit trop tard. Certains ont eu la chance de deviner d'où soufflait le vent. D'après lui Robert a débarqué à Wareham au nez et à la barbe de la garnison royale. Tous ses vaisseaux sont intacts et il s'est emparé de la ville. Pas du château toutefois, enfin pas encore, mais il l'assiège. Il n'a pratiquement rien obtenu de Geoffroi, quelques chevaliers peut-être mais pas plus.

— S'il a débarqué sans dommage et qu'il tient la cité, objecta Cadfael avec bon sens, en quoi la forteresse peut-elle l'intéresser ? J'aurais cru qu'il gagnerait Oxford à marches forcées afin de sortir sa sœur du piège où elle est enfermée.

— Il essaye plutôt d'attirer Etienne à lui, et donc de rompre le siège d'Oxford. Selon mon informateur, la garnison de Wareham n'est pas trop solide ; ils ont obtenu une trêve et ont demandé au roi de les secourir à une date précise — il se mêle un peu de tout, mon bonhomme, mais il est en général bien informé, même si dans ce cas précis il ne connaît pas le jour exact — et si Robert les laisse choir, ils se rendront. Cela convient à Robert. Il sait que ça n'a rien d'un exploit de détourner Etienne de ses préoccupations ; je crois pourtant qu'il tiendra bon cette fois. Une chance pareille ne se présentera pas deux fois. Même lui ne peut pas se permettre de la négliger.

— Il n'y a pas de limite aux folies des hommes, constata calmement Cadfael. Il faut cependant être juste, c'est sa générosité qui l'a conduit à agir comme un imbécile ; on ne saurait en dire autant de l'impératrice. J'aimerais tellement que tout se termine avec le siège d'Oxford. S'il s'empare du château, de sa cousine et de tout le reste, elle sera en sécurité avec lui, c'est plutôt lui qui serait en danger. A part cela, quoi de neuf dans le sud ?

— On parle beaucoup d'un cheval qu'on a trouvé en liberté pas loin de la ville, dans les bois à proximité de la route de Wallingford. C'était il y a déjà quelque temps, à l'époque où toutes les routes sortant d'Oxford étaient barrées et la ville incendiée. Le cheval avait une selle tachée de sang et des fontes ouvertes au couteau, vides. Un palefrenier qui s'était sauvé avant l'encerclement a reconnu l'animal et son harnachement ; ils appartenaient tous deux à un certain Renaud Bourchier, chevalier au service de l'impératrice et l'un de ses proches confidents. Mon bonhomme affirme qu'elle l'avait chargé de sortir de la ville avec mission de tenter de franchir les lignes royales pour porter un message de sa part à Wallingford.

Cadfael cessa de manier la binette qu'il passait sans hâte entre ses parterres d'herbes médicinales et il concentra toute son attention sur son ami.

— En d'autres termes, à Brian FitzCount?

Ce dernier, seigneur de Wallingford, avait été le partisan et le compagnon le plus fidèle de l'impératrice après le comte de Gloucester, son frère. Au nom de Mathilde, il avait tenu le château, avant-poste le plus exposé de son territoire car situé le plus à l'est, mais campagne après campagne, dans les bons et les mauvais moments, il lui avait gardé une loyauté indéfectible.

— Mais comment se fait-il qu'il ne soit pas avec elle à Oxford? Il ne la quitte pratiquement jamais, à ce qu'il paraît.

— Personne ne s'attendait à ce que le roi se déplace aussi vite. Et maintenant voici notre homme séparé d'elle. En outre, elle a besoin de lui à Wallingford, car si jamais elle perd la ville, il ne lui restera plus qu'un territoire isolé dans l'ouest, sans aucune voie d'accès vers Londres. Peut-être s'est-elle adressée à lui au dernier moment, dans la situation désespérée où elle se trouve maintenant. Et s'il faut en croire la rumeur Bourchier lui apportait un trésor, pas tant en pièces qu'en bijoux. Ce qui n'aurait rien d'impossible, il faut bien qu'il paie ses hommes. Ils ont beau être loyaux de nature, ils doivent vivre et manger. Lui s'est déjà ruiné pour elle.

— On murmurait cet automne, émit Cadfael avec un froncement de sourcils méditatif, que l'évêque Henri de Winchester s'était donné bien du mal pour attirer Brian dans le camp du roi. L'évêque a assez d'argent pour acheter ceux qui sont à vendre, mais je doute qu'il puisse augmenter les enchères au point de tenter FitzCount. Pendant cette longue période, il s'est montré incorruptible. Elle n'a nul besoin de proposer encore davantage pour conserver ses services.

— Certes. Mais elle a peut-être jugé utile, quand elle a été prise dans l'étau des armées du roi, de lui montrer à quel point elle l'estimait, profitant de ce que la route était encore ouverte. Cela lui semblait valoir la peine de risquer le coup et la vie d'un homme courageux. Les choses étant ce qu'elles sont, elle a pu penser que c'était sa dernière chance pour lui de passer ce genre de message.

Cadfael réfléchit à l'argument et reconnut qu'il y avait du vrai. Quelle que fût la rivalité qui opposait les deux cousins, jamais le roi Etienne n'attenterait aux jours de Mathilde, mais une fois qu'elle tomberait entre ses mains, il serait forcé de la tenir à l'œil, dans son propre intérêt à lui. Parce que même en prison, on la voyait mal renoncer à récupérer sa couronne et accepter de s'entendre avec lui même si cela devait lui permettre de s'en tirer à bon compte. Il est vrai qu'ainsi séparés, des amis et alliés couraient le risque de ne jamais se revoir.

— Un homme courageux a donc tenté sa chance, reprit Cadfael sans emphase, et on a trouvé son cheval à l'abandon, son harnachement en piteux état, ses fontes vidées de leur contenu et du sang sur la selle et le tapis de selle. Ce Renaud Bourchier, où est-il à présent? L'a-t-on assassiné pour le voler? L'a-t-on enterré quelque part dans les bois? Ou jeté dans la rivière?

— Que peut-on envisager d'autre? On n'a pas encore retrouvé son corps. Dans les environs d'Oxford, on a dans l'immédiat d'autres chats à fouetter que de fouiller la forêt pour chercher un mort. Des morts, il y en a eu assez à enterrer après le pillage et l'incendie d'Oxford, remarqua, Hugh, amer, d'une voix sèche, presque résigné aux massacres imprévus d'une guerre civile capricieuse.

— Je me demande combien de gens au château étaient au courant de cette mission. Je suppose qu'elle n'a pas crié ses intentions sur les toits, n'empêche que quelqu'un a eu vent de la chose.

— C'est ce qu'il semble, et il a mis ce renseignement à profit sans le moindre scrupule, soupira Hugh en se secouant pour ne plus penser à ces problèmes lointains qui n'étaient pas de son ressort. Dieu merci, je ne suis pas shérif du comté d'Oxford ! Nos difficultés à nous sont plus bénignes, une querelle domestique où l'on échange quelques coups, un vol par-ci par-là, le retour des braconniers à la belle saison. Mais j'oubliais le mauvais sort qui s'est abattu sur votre hallier.

Cadfael lui avait raconté ce que l'abbé n'avait pas jugé utile de lui confier, que Dionisia avait réussi à mettre l'ermite de son côté dans le conflit qui les opposait et que le saint homme avait pris son engagement très au sérieux dans le camp de la dame cruellement privée de la présence réconfortante de son unique petit-fils.

— Et d'après lui, le pire est encore à venir ? Je me demande ce qui se prépare à Eyton.

Ce qu'ils ignoraient, c'est que les dernières nouvelles d'Eyton étaient précisément en chemin, qu'elles venaient de franchir la haute haie de buis, portées par un novice que le prieur avait dépêché en hâte depuis la loge. Il arriva au pas de course, le bas de son habit volant au vent, avec juste assez de souffle pour transmettre son message sans attendre qu'on l'interroge.

— Frère Cadfael, on a besoin de vous, c'est urgent. Le domestique de l'ermite est revenu vous dire qu'on vous attend chez Eilmund. Le père abbé vous prie de prendre un cheval et de partir aussitôt. A votre retour vous l'informerez de l'état de santé du forestier. A la suite d'un nouvel éboulement, un arbre s'est abattu sur lui, lui occasionnant une fracture de la jambe.

*
**

On offrit à Hyacinthe de prendre du repos et un bon dîner pour sa peine, mais il refusa de rester. Aussi longtemps qu'il en fut capable, il avança, se maintenant à hauteur de l'étrier de Cadfael, et quand il se trouva obligé de ralentir le pas et de laisser Cadfael partir devant, il continua obstinément à marcher, comme s'il tenait bien plus à regagner la chaumière dans la forêt que la cellule de son maître. Eilmund lui devait certes une fière chandelle, mais quand le garçon serait enfin rentré chez son légitime maître, il encourrait une sévère réprimande ou pis. A la réflexion, toutefois, Cadfael avait peine à imaginer ce jeune être si indépendant se laissant quereller sans réagir, et encore moins battre.

C'était à peu près l'heure de vêpres quand Cadfael franchit la barrière basse du jardin d'Eilmund où il mit pied à terre. Une jeune fille ouvrit la porte à la volée et s'avança vers lui d'un pas décidé.

— Je ne vous attendais pas si tôt, mon frère. Le serviteur de Cuthred a dû parcourir tout ce chemin sur les ailes du vent ! Et après avoir sorti mon père du cours d'eau par-dessus le marché ! On peut vraiment lui être reconnaissants et aussi envers son maître, on aurait pu attendre des heures que quelqu'un d'autre passe, qui sait ?

— Comment va-t-il ? demanda Cadfael, détachant sa besace et se dirigeant vers la maison.

— Il a la jambe cassée en dessous du genou. Après qu'il s'est allongé, je l'ai pansé et immobilisé du mieux que j'ai pu, mais je suis loin d'avoir votre habileté. Et puis il est resté longtemps dans l'eau avant que ce jeune homme ne tombe sur lui. J'espère qu'il n'a pas pris froid.

Dans son lit, Eilmund était bien couvert et à présent, il avait commencé à s'habituer, sans enthousiasme, à sa situation. Il se soumit stoïquement aux mains de Cadfael, les dents serrées, sans piper mot quand ce dernier lui redressa la jambe et remit l'os en place.

— Cela aurait pu être pire, conclut Cadfael, soulagé. La fracture est nette, la chair a à peine souffert, dommage seulement qu'on ait dû vous déplacer.

— C'est que j'avais des chances de me noyer, grommela Eilmund, l'eau montait. Et j'aimerais que vous demandiez au seigneur abbé d'envoyer des gens enlever cet arbre avant qu'on recommence à avoir un lac dans le secteur.

— Mais oui, mais oui ! Maintenant, tenez bon ! Je ne tiens pas à vous laisser avec une jambe plus courte que l'autre.

Et, le prenant par le talon et le cou-de-pied, il mania fermement le membre brisé de façon qu'il ait la même taille que son jumeau.

— Annette, mets tes mains où j'ai les miennes et tiens la jambe dans cette position.

Elle ne s'était pas tourné les pouces en attendant ; elle avait été chercher des bouts de bois bien droits dans la réserve d'Eilmund, avait préparé de la laine pour le pansement et des bandes de tissu pour attacher les attelles. A eux deux, ils firent de la bonne besogne. Eilmund se renversa sur son oreiller en poussant un grand soupir. Son visage, buriné par les intempéries, était néanmoins très rouge aux pommettes, ce qui ne plaisait pas du tout à Cadfael.

— Si vous pouviez dormir un peu, ce serait parfait. Laissez-moi le soin de me charger du père abbé, de l'arbre et de tout ce dont il faut s'occuper ici. J'y veillerai, croyez-moi. Je vais vous préparer une potion qui vous soulagera et vous aidera à trouver le sommeil.

Malgré les protestations méprisantes d'Eilmund il la concocta et la lui administra. Le blessé l'ingurgita sans barguigner.

— Comme ça, il va dormir, glissa Cadfael à la jeune fille, comme ils se retiraient dans l'autre pièce. Mais veille à ce qu'il reste bien au chaud et ne se découvre pas cette nuit. Je m'arrangerai pour avoir la permission de revenir dans un jour ou deux, jusqu'à ce que je sois sûr qu'il n'y aura pas de complications. S'il se montre grognon, prends ton mal en patience, cela signifiera qu'il va plutôt bien.

Elle eut un petit rire, elle n'était pas inquiète.

— Oh, il me mangera dans la main. Il aboie mais il ne mord pas. Je sais comment le prendre.

Le crépuscule commençait à descendre quand elle ouvrit la porte de la maison. Au-dessus de leur tête, le ciel prenait une teinte d'or léger avec une étrange lueur humide qui répandait sa lumière entre les branches noires des arbres entourant le jardin. Et là, dans l'herbe, auprès du portail, Hyacinthe était assis, immobile ; il attendait avec la patience infinie de l'arbre auquel il était adossé, le dos bien droit. Il y avait dans son immobilité quelque chose d'une bête sauvage à l'affût. Ou encore, songea Cadfael, à qui l'idée parut meilleure, d'une bête sauvage poursuivie par un prédateur et qui se fie à son silence et à son immobilité pour se rendre invisible aux yeux du chasseur.

Dès qu'il vit la porte s'ouvrir, il sauta sur ses pieds d'un seul mouvement souple, mais il ne pénétra pas dans l'enclos.

Crépuscule ou pas Cadfael distingua le regard qu'échangeaient les deux jeunes gens, comme s'il les liait l'un à l'autre. Le visage de Hyacinthe, de la couleur du bronze, était impassible, mais un reflet de la lumière qui disparaissait accrocha ses yeux d'ambre, farouches et secrets comme ceux d'un chat, qui réfléchirent soudain, en s'assombrissant, la rougeur, le plaisir et la surprise d'Annette. La fille était charmante et le garçon incontestablement attirant, d'autant plus qu'il venait de rendre un service inestimable à son père. Quoi de plus naturel et humain que les circonstances le rapprochent du père et de la fille et les rapprochent tous deux de lui ? Il n'est rien de plus agréable, qui vous lie plus à autrui, que de lui avoir rendu service. Pas même la satisfaction d'avoir bénéficié de ce service.

— Bon, il faut que je m'en aille, lança Cadfael à la cantonade, enfourchant son cheval sans bruit, pour ne pas rompre le charme qui unissait les deux adolescents.

Mais, depuis le couvert des arbres, il se retourna. Les jeunes gens se tenaient exactement comme il les avait laissés. Il entendit clairement la voix du garçon, solennelle dans le crépuscule :

— Il faut que je vous parle !

En guise de réponse, Annette tira doucement la porte derrière elle et s'avança pour le rejoindre au portail. Cadfael s'éloigna dans la forêt, se rendant vaguement compte qu'il souriait. Pourtant, à y regarder de plus près, il n'était pas sûr qu'une rencontre aussi inattendue prêtât à sourire. Qu'est-ce que ces deux-là pouvaient bien avoir en commun pour que leur plaisir de se retrouver ait un avenir ? La fille du forestier de l'abbaye était un parti enviable pour tout jeune homme industrieux de ce côté-ci du comté, mais pas pour cet étranger sans racines, dépendant de la charité d'un bienfaiteur et qui ne possédait ni terre, ni métier, ni famille.

Il rentra son cheval à l'écurie et le pansa avant d'aller rendre compte à l'abbé Radulphe de la situation à Eyton. Il y avait encore de l'agitation malgré l'heure tardive : des hôtes de dernière minute qui arrivaient avec leurs montures et dont il fallait s'occuper. Ces derniers temps un calme relatif avait régné dans le comté, pendant l'été les marchands étaient constamment par monts et par vaux, mais, avec l'avènement de l'automne, tout cela s'était apaisé. Plus tard, quand la fête de la Nativité approcherait, l'hôtellerie serait de nouveau pleine de voyageurs pressés de rentrer chez eux, de gens rendant visite à leurs parents, mais en cette tranquille période intermédiaire, on avait le loisir d'observer les entrées et les sorties et d'éprouver une curiosité bien naturelle de la part de qui s'était voué à une vie stable par rapport à ceux qui prenaient la route au gré des marées et des saisons.

A ce moment précis un homme coléreux sortit des écuries à grands pas ; rien qu'à sa façon de traverser la cour on le sentait sûr de lui. C'était manifestement quelqu'un d'important dans son domaine, richement vêtu, élégamment chaussé et portant épée et poignard. Il passa près de Cadfael à hauteur de la loge ; il était grand, solide, brusque. La torche fixée à la porte éclaira soudain son visage qui disparut tout aussi vite dans l'ombre. Il avait une tête massive, bien en chair, dure cependant et d'une beauté brutale. Ses muscles évoquaient les bras d'un lutteur. Pour le moment il ne semblait pas en colère mais il était constamment prêt à se mettre en rage. Ses joues rasées de près rendaient ses traits d'autant plus impressionnants, et, en comparaison, ses yeux qui dominaient tout d'un air impérieux paraissaient nettement trop petits, ce qui était probablement une impression fausse, due à toute cette chair dans laquelle ils étaient enchâssés. A en juger par les apparences, il valait mieux ne pas s'attaquer à cet homme-là. On lui donnait la cinquantaine, mais l'âge ne semblait l'avoir adouci en rien. De granit il était, de granit il restait.

Son cheval attendait dans la cour de l'écurie, devant la porte d'une stalle; sa robe fumait doucement, comme si on venait de lui retirer son tapis de selle. Un palefrenier le bouchonnait en siflottant discrètement. Il était maigre avec des muscles longs; il commençait à grisonner. Il était habillé de drap brun passé et d'une veste de cuir qui avait connu des jours meilleurs. Il jeta à Cadfael un regard en dessous, le salua silencieusement, si habitué à se méfier de tout le monde qu'il préférait se tenir à l'écart même d'un bénédictin. Cadfael lui souhaita joyeusement le bonsoir et se mit à desseller sa propre monture.

— Vous venez de loin? C'est votre maître que j'ai croisé à la porte?

L'homme acquiesça sans lever le nez, se gardant bien du moindre commentaire.

— Je ne le connais ni d'Ève ni d'Adam, poursuivit Cadfael. D'où êtes-vous? Les hôtes ne courent pas les rues à pareille époque.

— De Bosiet. C'est un manoir à l'autre bout de Northampton, à quelques milles au sud-est de la ville. C'est lui Bosiet — Drogo Bosiet. Il possède le manoir et une bonne partie du comté alentour.

— Il est bien loin de chez lui, remarqua Cadfael, très intéressé. Où va-t-il donc? Nous ne voyons pas souvent des voyageurs de par là-bas.

Le palefrenier se redressa afin de regarder de plus près celui qui l'accablait de questions; manifestement il était un peu plus détendu et trouvait Cadfael aussi sympathique qu'inoffensif. Mais il n'en devint pas pour autant moins morose ni plus loquace.

— Il chasse, répliqua-t-il avec un sourire en coin qui ne s'adressait qu'à lui-même.

— Sûrement pas le chevreuil, risqua Cadfael, l'examinant à son tour et surpris par l'étrangeté de ce sourire. Ni, je le parierais, un quelconque gibier.

— Et vous ne perdriez pas. Il est aux trousses d'un homme.

— Un fuyard? s'étonna Cadfael, plutôt incrédule. Si loin de chez lui? Un vilain qui s'est sauvé vaut-il qu'on se donne tant de mal?

— Celui-là, oui. Il sait plein de choses et il est adroit. Mais ça n'est pas tout, confia l'homme, renonçant à se montrer soupçonneux ou réticent. Mon seigneur a un compte à régler avec lui. Il a appris qu'on l'aurait vu dans le nord-ouest et il a passé au peigne fin chaque ville, chaque village entre là-bas et ici. Il m'a forcé à le suivre sur une route pendant que son fils et un autre palefrenier en prenaient une autre. Il ne s'arrêtera qu'à la frontière du pays de Galles. Quant à moi, si je voyais quelqu'un qu'il poursuit, je regarderais de l'autre côté. Je ne dénoncerais pas un chien qui se serait enfui de chez lui. Alors, un homme, vous pensez.

Il était devenu tout feu tout flamme à présent et, pour la première fois, il se tourna vers son interlocuteur si bien que la torche l'éclaira en plein. Il y avait sur une de ses joues une ecchymose noirâtre et le coin de sa bouche était gonflé et déchiré. La blessure avait l'air de commencer à s'infecter.

— C'est sa marque? demanda Cadfael avec un coup d'œil à la plaie.

— Son « sceau » serait plus adéquat, car ça vient de sa chevalière. Je n'ai pas été assez empressé pour l'aider au montoir hier matin.

— Je suis disposé à vous soigner, murmura Cadfael, si vous pouvez attendre que je me sois entretenu d'autre chose avec mon abbé. Cela me paraîtrait préférable, si vous ne voulez pas que ça tourne mal. Dans le même ordre d'idée, vous n'êtes pas très loin de la frontière et suffisamment loin de chez lui, si jamais vous aviez vous aussi envie de prendre la clé des champs.

— C'est que j'ai une femme et des enfants à Bosiet, répliqua-t-il avec un rire bref et sans joie. J'ai les mains liées. Mais Brand était jeune et célibataire, il court plus vite que moi. Il vaut mieux que je rentre son cheval et que j'aille servir mon seigneur sinon il faudra que je lui tende l'autre joue.

— En ce cas, venez me rejoindre sur les marches de l'hôtellerie, suggéra Cadfael, brusquement rappelé à ses propres devoirs, quand il dormira à poings fermés ; je vous nettoierai cette vilaine éraflure.

L'abbé Radulphe écouta très attentivement et non sans soulagement le rapport de Cadfael. Il promit d'envoyer des gens dégager le saule dès potron-minet et aussi de nettoyer le canal et d'étayer la berge au-dessus ; il s'inquiéta en apprenant qu'Eilmund était resté longtemps dans l'eau, ce qui risquait de compliquer sa convalescence, alors que la fracture elle-même ne présentait aucun problème.

— J'aimerais retourner le voir demain, lui confia Cadfael, et m'assurer qu'il reste au lit. Il pourrait être un peu fiévreux et vous le connaissez, père. Sa fille aura beau le gronder, ce n'est pas ça qui le calmera. Si les ordres viennent de vous il en tiendra compte. Je prendrai ses mesures pour lui fabriquer des béquilles, mais je ne les lui laisserai à portée de la main que quand je jugerai qu'il peut se lever.

— Vous avez ma bénédiction, agissez comme bon vous semble. Autant vaut continuer à vous servir du cheval, dans ce cas. Le voyage serait beaucoup trop long à pied, et on aura besoin de vous ici une partie de la journée, frère Winifrid ayant encore bien des choses à apprendre.

— Le petit Hyacinthe a pourtant été merveilleusement rapide, répliqua Cadfael avec un sourire. Il a fait le trajet quatre fois, un aller-retour pour son maître et l'autre pour Eilmund. J'espère seulement que l'ermite n'a pas mal pris son retard.

Cadfael avait envisagé que le palefrenier de Bosiet pût avoir trop peur de son maître pour se risquer à sortir la nuit ; mais il n'en fut rien. Il se présenta quand son seigneur fut couché, au moment où les religieux sortaient de complies. Prenant par les jardins, Cadfael le conduisit à l'herbarium et il alluma une lampe dans son atelier pour se pencher sur la chair lacérée qui marquait le visage de l'homme.

Le petit brasero avait été couvert de terre pour la nuit mais pas éteint ; il était évident que frère Winifrid y avait veillé au cas où on en aurait besoin. Il apprenait vite et, curieusement, la délicatesse qui lui manquait quand il maniait la plume ou le pinceau se laissait deviner quand il s'occupait d'herbes médicinales et de remèdes. Cadfael découvrit le feu, le ranima en soufflant dessus et mit de l'eau à chauffer.

— Votre maître dort, vous en êtes bien sûr ? Ne craignez-vous pas qu'il se réveille ? Mais quand bien même, il n'y a aucune raison pour qu'il ait besoin de vous. N'importe, ne perdons pas de temps.

Le palefrenier s'assit docilement et se laissa soigner de bonne grâce en se tournant vers la lumière de la lampe. Sa joue meurtrie, au bord de l'ecchymose, passait du noir au jaune, mais de la plaie au coin de la bouche gouttaient du sang et du pus. Le moine baigna la croûte suintante et nettoya la blessure avec une lotion d'eau de bétoine et de sanicle.

— Eh bien, quand il frappe, votre maître n'y va pas de main morte, constata tristement Cadfael. Je vois là une double trace.

— En général, il préfère donner deux coups plutôt qu'un, répliqua le palefrenier d'un ton morne. Il y en a beaucoup comme lui parmi ses semblables mais il y a pire. Que Dieu vienne en aide à ceux qui les servent. Son fils marche gaillardement sur les traces de son père. Il a toujours vécu comme ça, on ne peut guère s'attendre à autre chose. Il nous rejoindra dans un ou deux jours. Et si, d'ici là, il n'a pas mis la main au collet de Brand — Dieu nous en préserve ! — la chasse continuera.

— Vous pourrez donc vous reposer un ou deux jours, ce qui laissera à votre blessure le temps de se refermer. Quel est votre nom, mon ami ?

— Garin. J'ai appris le vôtre par le frère hospitalier. Ah ! je me sens beaucoup mieux.

— J'aurais cru que votre maître se serait d'abord adressé au shérif, s'il avait vraiment à se plaindre de ce garçon. Les membres de la guilde de la ville se seraient vraisemblablement tus, même s'ils savaient quelque chose, un ouvrier qualifié, c'est toujours bon à prendre. Mais les officiers royaux, que ça leur plaise ou non, ont prêté serment d'aider les gens à récupérer ce qui leur appartient.

— Vous avez constaté que nous sommes arrivés trop tard pour tenter la moindre démarche dans ce sens avant demain matin. En outre, mon maître sait mieux que personne que Shrewsbury dispose d'une charte et que si son homme est arrivé jusqu'ici, il pourrait ne pas pouvoir reprendre ce qui lui appartient. Il compte bien aller voir le shérif mais puisqu'il loge sur place et qu'il imagine que l'Église lui doit assistance, tout comme les représentants de la loi, il a demandé à soumettre son cas au chapitre de demain ; après seulement, il ira se présenter au shérif. Il est prêt à tout pour avoir la peau de Brand.

Cadfael songea, sans en souffler mot, qu'il aurait largement le loisir de prévenir Hugh de filer avant la visite de Bosiet.

— Mais pourquoi diable votre patron en veut-il autant à ce jeune homme? demanda-t-il.

— Ben, il a toujours été à deux doigts d'avoir des ennuis parce qu'il n'a jamais aimé qu'on lui dicte sa conduite ni celle des autres, et aux yeux de Drogo c'est déjà une manière de crime. Je ne sais pas au juste ce qui s'est passé ce dernier jour ; toujours est-il, et ça je l'ai vu, qu'on a ramené l'intendant du manoir, qui se conduit souvent comme son maître, sur une civière, et qu'il lui a fallu un bon moment avant de se lever. Il faut croire qu'ils s'étaient querellés et Brand l'a étendu pour le compte. On a su après que Brand demeurait introuvable et qu'on le recherchait sur toutes les routes sortant de Northampton. Seulement ils sont rentrés bredouilles et ils sont encore sur ses traces. Si jamais Drogo l'attrape, il l'écorchera vif. Non, peut-être qu'il ne l'abîmera pas, ce serait un vrai gâchis. Mais il se paiera sur la bête de toute la rancune qu'il a accumulée et il en tirera le maximum jusqu'à la fin de ses jours, en s'assurant que Brand ne puisse jamais plus s'enfuir.

— Alors il a intérêt à prendre ses distances dès maintenant, reconnut Cadfael, et si cela peut l'aider qu'on lui souhaite bonne chance, nous n'y manquerons pas. Maintenant ne bougez pas pendant un moment – voilà ! Emportez donc ce baume et n'hésitez pas à vous en servir. Il calme la douleur et aidera la peau à dégonfler.

Garin tourna curieusement la petite fiole dans sa main et porta le doigt à sa joue.

– Qu'y a-t-il là-dedans pour que ce soit si efficace ?

– Du mille-pertuis et de la pâquerette, c'est bon pour les plaies. Si l'occasion se présente demain, j'aimerais vous revoir, que je sache un peu comment vous allez. Et restez hors de portée ! conseilla chaleureusement Cadfael, avant de se tourner pour recouvrir le brasero avec de nouvelles mottes de terre grâce auxquelles le feu couverait jusqu'au matin.

Grand, fort en gueule, autoritaire, Drogo Bosiet apparut au chapitre à l'heure due. En pareille assemblée un être plus sage aurait compris que l'autorité était entre les mains de l'abbé et qu'elle ne souffrait aucun partage en dépit de sa voix paisible et mesurée et de son visage austère. Tant mieux, songea Cadfael, observant la scène avec attention et non sans quelque inquiétude, depuis sa stalle retirée. Radulphe saura évaluer cet individu en évitant de se découvrir trop tôt.

– Seigneur abbé – tel fut l'exorde de Drogo qui arpenta le sol dallé comme un taureau se préparant à charger –, je suis à la recherche d'un malfaiteur qui a attaqué, blessé mon intendant et fui mes terres. On sait qu'il a pris le chemin de Northampton, mon manoir auquel il est attaché se trouvant à quelques milles au sud-est de cette ville, et j'ai dans l'idée qu'il aurait pu se diriger vers le pays de Galles. Nous sommes toujours sur ses traces. A Warwick j'ai suivi la route de Shrewsbury tandis que mon fils empruntait celle de Stafford. Nous devons nous rejoindre en ces lieux. Je veux simplement savoir si un étranger d'une vingtaine d'années est arrivé par ici.

— Je suppose, répondit l'abbé après un long silence pensif, et un examen rigoureux du visage massif et de la position arrogante de son visiteur, que cet homme est votre vilain.

— Exact.

— Vous n'ignorez pas non plus que, dans la mesure où il semblerait que vous n'ayez pas pu le reprendre au bout de quatre jours, vous serez dans l'obligation d'en appeler aux tribunaux pour avoir de nouveau des droits sur lui ? poursuivit l'abbé doucement.

— Cela ne pose aucun problème, répliqua Drogo avec une impatience teintée de mépris, mais il faudrait d'abord que je sache où il est. Cet homme est à moi et j'entends bien qu'il le reste. Il m'a toujours valu des difficultés et je n'aime pas beaucoup perdre ce qui m'appartient. La justice sera de mon côté quand je le ramènerai là où il a violé les lois.

Il n'en fallait pas douter ; si cela se passait ainsi dans son comté, il lui suffirait de claquer des doigts.

— Si vous voulez bien nous expliquer à quoi ressemble ce fugitif, suggéra l'abbé avec bon sens, frère Denis pourra vous dire aussitôt si nous avons eu un hôte qui corresponde.

— Il se nomme Brand — il a vingt ans, des cheveux noirs avec des reflets roux, il est mince, solide, imberbe...

— Non, coupa frère Denis sans la moindre hésitation, personne n'a logé ici qui réponde à cette description et ce depuis au moins six semaines. S'il avait déniché du travail auprès d'un commerçant ou d'un marchand chemin faisant, certains transportent des marchandises et sont accompagnés de trois ou quatre serviteurs, oui, il aurait pu passer par ici. Mais un jeune homme seul, non, certainement pas.

— De toute manière, trancha l'abbé, afin d'empêcher quiconque de prendre la parole, bien que seul le prieur eût pu oser parler avant lui, je ne saurais trop vous conseiller d'interroger le shérif au château. Ses hommes sont nettement plus susceptibles que nous de savoir s'il y a eu des arrivées en ville. C'est à eux que revient de poursuivre les criminels et les contrevenants de toute nature, comme celui dont vous nous avez parlé, par exemple, et ils prennent leur travail très à cœur. Les membres de la guilde sont également prudents et très jaloux de leurs droits ; ils ont d'excellentes raisons d'ouvrir l'œil et de veiller au grain. Je vous recommande de vous adresser à eux.

— J'en ai certes l'intention, seigneur. Mais vous voudrez bien vous souvenir de ma requête, et si l'un d'entre vous se rappelle quoi que ce soit, je désire être tenu au courant.

— Chacun dans cette maison agira selon sa conscience, affirma l'abbé avec une autorité glaciale et il resta absolument impassible cependant que Drogo Bosiet s'inclinait à peine pour prendre congé, pivotait sur les talons de ses bottes et sortait à grands pas de la salle capitulaire.

L'abbé jugea inopportun de se livrer au moindre commentaire ou de donner une conclusion quelconque à cette scène après le départ du requérant, comme s'il n'éprouvait pas le besoin de fournir d'instructions supplémentaires, son intonation lui paraissant amplement suffisante. Quand le chapitre eut pris fin, un peu plus tard, Drogo et son palefrenier avaient sellé leurs chevaux et s'étaient éloignés, très certainement en direction de la ville et du pont, pour aller rendre visite à Hugh Beringar au château.

Frère Cadfael avait eu l'intention de passer rapidement à l'herbarium et à son atelier pour voir si tout allait bien et confier à frère Winifrid une tâche simple qu'il ne faudrait pas surveiller, ensuite, il comptait partir pour la chaumière d'Eilmund, mais les événements en décidèrent autrement. Il y eut en effet, ce jour-là, un décès parmi les religieux les plus âgés résidant à l'infirmerie, et frère Edmond, qui avait besoin d'un compagnon pour veiller avec lui après que le vieillard fatigué eut murmuré les quelques mots quasiment inaudibles de son ultime confession et reçu l'extrême-onction, se tourna tout naturellement vers son meilleur ami qui était également son plus fidèle compagnon en ce lieu. Ils avaient accompli ce même service ensemble en de nombreuses occasions au cours des quarante ans d'une vocation imposée depuis la naissance chez Edmond — l'enthousiasme n'était venu qu'après — et que Cadfael avait choisie après avoir passé la moitié de sa vie dans le siècle. Ils représentaient les visages opposés de l'oblat et du convers et se comprenaient si bien que les mots leur étaient à peine nécessaires pour communiquer.

Le vieillard était mort paisiblement, lui qui jadis avait èu l'esprit si vif et si pénétrant. La lumière qui s'éteignait n'avait pas vacillé, baissé seulement dans cet apaisement total, d'instant en instant, si mystérieusement qu'ils ne s'aperçurent pas du moment où la dernière étincelle disparut. Ils ne commencèrent à comprendre que quand le visage marqué par les stigmates de l'âge redevint presque lisse.

— Ainsi passent tous les braves gens ! s'exclama Edmond avec ferveur. Voilà ce qu'on peut appeler une belle mort ! Je voudrais que Dieu se montre aussi clément envers moi quand mon heure viendra !

Ils s'occupèrent ensemble du défunt et sortirent

dans la grande cour pour que l'on prît les dispositions nécessaires afin que l'on transportât le corps dans la chapelle mortuaire. Et là, Cadfael fut arrêté par un autre contretemps, dû au plus jeune des élèves de frère Paul : il avait raté une marche dans l'escalier de jour dont il avait descendu la moitié sur les fesses, s'écorchant les genoux sur les pavés de la cour. Il fallut le relever, le baigner, le panser, et le renvoyer à ses jeux avec une pomme pour le récompenser d'avoir été aussi courageux et d'avoir obstinément refusé de se plaindre. Cadfael fut dans l'incapacité de se rendre à l'écurie et de seller le cheval qu'on lui avait attribué alors que l'heure de vêpres approchait.

Il traversait la cour au pas et allait franchir le portail quand Drogo Bosiet apparut sous la voûte. Il n'était plus aussi élégant. Ayant passé sa journée à courir sans résultat, il était couvert de poussière et avait le visage sombre, fatigué. Garin, le palefrenier, le suivait à quelques pas, prudemment attentif à accourir au moindre geste, désireux surtout de se faire oublier et de passer inaperçu. Il ne fallait pas être grand clerc pour comprendre que la proie avait disparu et qu'à l'approche du soir les chasseurs étaient rentrés la gibecière vide. Garin serait bien inspiré de se tenir hors de portée du poing lourd de son maître.

Rassuré autant que satisfait, Cadfael sortit de l'abbaye et se dirigea à vive allure vers la maison de son patient, à Eyton.

CHAPITRE CINQ

Richard avait passé toute l'après-midi dehors avec les autres enfants dans les jardins principaux de l'abbaye, au bord du fleuve, où l'on venait tout juste de cueillir les dernières poires. Les petits avaient le droit de donner un coup de main et, dans une limite raisonnable, de se servir, bien que les fruits dussent encore mûrir après la cueillette. Mais ceux-là étaient restés si longtemps sur l'arbre qu'ils étaient déjà presque mangeables. Cette journée de soleil et de liberté leur avait été bien douce, ils avaient un peu pataugé dans l'eau, là où les hauts-fonds ne présentaient pas de danger et Richard n'avait pas grande envie de rentrer pour vêpres, avant de souper et d'aller se coucher. Il flânait à l'arrière de la colonne traînant les pieds sur le sentier longeant la rive, grimpant la pente verdoyante, buissonneuse, qui menait à la Première Enceinte. Dans l'immobilité de cette fin d'après-midi des nuées de moucherons tournoyaient encore au-dessus de l'eau que des poissons essayaient paresseusement d'attraper. Sous le pont, le flot semblait presque arrêté, alors qu'il était rapide et profond. Jadis un moulin flottant avait été amarré là, fonctionnant grâce au courant.

Edwin, neuf ans, l'allié fidèle de Richard, lambinait lui aussi, non sans jeter parfois un regard anxieux afin d'évaluer la distance les séparant du bout de la procession. On l'avait complimenté pour son stoïcisme après sa chute et il ne tenait pas à perdre la réputation flatteuse que cet incident lui avait value en arrivant en retard à l'office. Mais il ne pouvait guère abandonner son compagnon préféré de gaîté de cœur. Il s'arrêta, frottant son genou bandé qui le lançait encore un peu.

— Allez, viens, Richard. Il ne faut pas musarder. Regarde, ils ont presque atteint la grand-route.

— On les rattrapera sans mal, répondit Richard, trempant ses orteils dans les hauts-fonds. Mais vas-y, toi, si tu veux.

— Pas sans toi. Seulement je ne peux pas courir aussi vite. Mon genou est trop raide. Allez viens, on va être en retard.

— Moi ? Ça m'étonnerait, je serai arrivé avant que la cloche sonne, mais j'avais oublié pour ta jambe. Rejoins-les donc ! Je te rattraperai avant que tu sois au portail. Je veux simplement savoir à qui est ce bateau qui descend vers le pont.

Edwin hésita, pesant dans la balance sa tranquillité d'esprit et son abandon de poste ; pour une fois il choisit selon ses désirs. Le dernier habit noir au bout du cortège parvenait juste à hauteur de la grand-route avant de disparaître. Nul ne s'était retourné pour appeler les traînards, ni les gronder, c'était à eux de décider en conscience. Edwin prit son élan pour rattraper ses camarades aussi vite que le lui permettait son genou douloureux. Au sommet de la côte, il se retourna : Richard, dans la petite anse, avait de l'eau jusqu'aux chevilles, les cailloux qu'il lançait rasaient adroitement la surface de la rivière, dessinant des pointillés d'où jaillissaient des embruns argentés. Edwin opta pour la vertu et le planta là.

Richard n'avait jamais eu l'intention de faire l'école buissonnière, mais son jeu le retenait car chaque jet représentait un progrès sur le précédent et il se mit à chercher sous la berge des galets plus lisses, plus plats, désireux qu'il était d'atteindre la rive opposée. Et puis un des gamins de la ville qui s'était baigné sous l'avancée de terre couverte de gazon le défia et, bondissant nu dans les hauts-fonds, commença à lui renvoyer une avalanche de pierres dansantes. Richard était si absorbé par cette compétition que les vêpres lui sortirent complètement de l'esprit et qu'il fallut le tintinnabulement lointain de la cloche pour le rappeler brusquement à son devoir. Il laissa tomber son galet, abandonna le champ de bataille à son rival et remonta hâtivement sur la rive pour y récupérer ses souliers et détaler comme un lapin vers la Première Enceinte et l'abbaye. Il était parti trop tard. Au moment où il arrivait tout essoufflé au portail dont il franchit prudemment le guichet pour éviter qu'on le remarque, il entendit qu'on entonnait le premier psaume à l'intérieur de l'église.

Ma foi, ce n'était pas un péché mortel de manquer un office ; malgré tout, il ne tenait pas à l'ajouter à son palmarès alors que des problèmes graves, n'ayant rien à voir avec le couvent, le tracassaient. Fort heureusement les enfants des intendants et des serviteurs laïcs avaient aussi coutume de venir entendre vêpres, ce qui augmentait sensiblement le nombre des gamins présents, de sorte qu'on ne remarquerait sûrement pas l'absence de l'un des écoliers, qui pourrait ainsi se glisser parmi ses congénères quand ils sortiraient de l'église, et le tour serait joué. Ne pouvant trouver une meilleure solution, il devrait se contenter de celle-là. Il se faufila donc dans le cloître et se roula en boule dans la première niche de l'allée sud d'où il pouvait voir la porte sud de l'église par laquelle apparaîtraient les moines, les hôtes et les garçons à la fin du service. Une fois que les obédienciers et les religieux du chœur seraient passés, quoi de plus facile que de se fondre parmi ses camarades sans qu'on le remarque.

Au bout d'un long moment, l'abbé Radulphe, le prieur Robert et tous les autres se dirigèrent en procession vers le réfectoire, suivis, dans un certain désordre, par les plus jeunes membres de la communauté. Richard se préparait à quitter sa cachette dans le mur et à se réfugier parmi les siens quand une voix familière, revêche, s'éleva juste de l'autre côté de la muraille, sous la voûte où les écoliers étaient tenus de passer.

— Silence là-dedans ! Que je ne vous entende pas bavarder dès après l'office divin ! Est-ce ainsi qu'on vous a appris à quitter ce lieu sacré ? Allez ! En rang, deux par deux ! Et tâchez de ne pas vous conduire comme des sauvages !

Richard s'arrêta net, pressant le dos contre la pierre froide, puis il se recula au plus profond de sa niche à pas de loup. Quelle mouche avait piqué frère Jérôme pour qu'il laissât ses collègues continuer sans lui et vînt jouer les matamores parmi des enfants inoffensifs ? Il était là, formidable, les obligeant à se remettre en rangs et Richard à rentrer dans son trou et à laisser filer sa meilleure chance de terminer l'après-midi tranquille dans la grande cour : il était fait comme un rat ! Car de tous les religieux, frère Jérôme était bien le dernier de qui il eût accepté sans broncher de recevoir un sermon déshonorant. Et maintenant les petits étaient loin, quelques hôtes s'attardaient encore devant la porte de l'église, et Jérôme, dont il distinguait la maigre silhouette sur les pavés, continuait à tenir la place.

Il apparut soudain qu'il attendait l'un des hôtes car son ombre en intercepta une autre beaucoup plus volumineuse dans laquelle elle se fondit. Richard avait bien vu de qui il s'agissait, une espèce de grande brute tout en muscles, au visage aussi avenant qu'une porte de prison et vêtu d'une belle robe indiquant un certain degré de noblesse, pas un baron ni même l'un de ses principaux vassaux, mais quelqu'un d'important toutefois.

— Je vous attendais, monsieur, commença Jérôme, très content de lui, mais respectueux, pour vous parler un instant. J'ai repensé à ce que vous nous avez dit au chapitre ce matin. Voulez-vous que nous allions nous asseoir en privé ?

Richard crut que son cœur allait s'arrêter de battre car il se tapissait précisément sur le banc de pierre de la niche qui se trouvait juste à côté d'eux et il était terrorisé à l'idée qu'ils allaient tomber sur lui. Mais non, apparemment Jérôme tenait à rester un peu à l'écart, comme s'il ne voulait pas qu'on le vît de l'église dont le sacristain par exemple n'allait pas tarder à sortir. Pour garder cette entrevue secrète il attira son compagnon au plus profond de la troisième niche et s'y assit avec lui. Maintenant que la voie était libre, Richard aurait pu aisément se sauver et quitter le cloître, mais il resta là, immobile, silencieux, retenant son souffle, écoutant de toutes ses oreilles, dévoré d'une fort humaine curiosité.

— Le chenapan que vous avez mentionné, celui qui a agressé votre intendant avant de s'enfuir, comment s'appelait-il déjà ?

— Brand. Pourquoi ? Ça vous rappelle quelque chose ?

— Non, ce nom ne m'évoque rien. Mais je suis intimement persuadé, poursuivit vertueusement

Jérôme, que c'est le devoir de chacun de vous aider à reprendre cet individu s'il le peut. D'après vous, il a dans les vingt ans, imberbe, des cheveux brun-roux...

— Oui, oui, vous connaissez quelqu'un qui lui ressemble ?

— Ce n'est peut-être pas le même homme, mais il y a un jeune qui répond à cette description, un seul à ma connaissance, à être récemment arrivé par chez nous. Cela vaudrait la peine de poser la question. Il a suivi ici un saint homme qui a élu domicile dans un ermitage à seulement quelques milles de l'abbaye, au manoir d'Eaton. Il sert cet ermite. Si c'est bien lui, il a dû surprendre la bonne foi de son maître qui, dans sa candeur et sa bonté, lui a fourni du travail et un toit. S'il en est ainsi, c'est justice de lui révéler quel serviteur il abrite. Et s'il s'avère que ce n'est pas notre homme, nul n'en aura souffert. Mais, en vérité, j'ai eu des doutes la seule et unique fois où il est venu nous transmettre un message. Il y a en lui une manière d'insolence courtoise qui convient bien mal à qui sert un saint.

Richard était tout ouïe, désireux seulement de ne pas perdre un seul mot de ce dialogue, ne battant pas un cil, les genoux remontés sous le menton.

— Et où est-il, cet ermitage ? demanda Drogo dans la voix duquel passa l'excitation de la chasse. Et comment ce garçon prétend-il s'appeler ?

— On le nomme Hyacinthe, et l'ermite Cuthred. Tout le monde à Wroxeter ou à Eaton pourra vous montrer où il habite.

Il n'y eut pas besoin de prier Jérôme pour qu'il se lance dans des explications détaillées quant à la route à suivre, ce qui l'absorba tant que même s'il y avait eu des petits bruits en provenance de la niche voisine, il n'y aurait pas prêté attention. Mais, ses pieds nus frôlant à peine les pavés, Richard fila complètement inaperçu. Il franchit hâtivement la voûte et gagna les écuries, ses souliers à la main. Maintenant qu'il avait quitté la niche étroite et sombre et qu'il était hors de portée de ces deux voix dont l'une marquait le contentement de soi et l'autre, pleine de méchanceté, tramait la capture et la ruine de Hyacinthe, celui qu'il considérait comme son ami, il se moquait bien que ses plantes de pieds endurcies résonnent comme des galets sur les pavés au risque d'être entendu. Il se jurait d'empêcher le piège de fonctionner. Même si les indications de Jérôme étaient claires comme de l'eau de roche, il faudrait bien que ce bonhomme qui tenait tant à récupérer son vilain et qui n'était sûrement pas animé des meilleures intentions à son égard cherchât son chemin sans se tromper alors que Richard connaissait l'itinéraire par cœur et saurait prendre au plus court, à condition de pouvoir seller son poney et s'esquiver discrètement avant que l'ennemi n'envoie son valet aux écuries et ne quitte l'abbaye. En effet, s'il avait un domestique, il le chargerait de préparer son cheval. S'enfoncer dans les bois au crépuscule n'effrayait pas Richard, tant cette aventure le passionnait.

Hasard? Providence? A cette heure où chacun, le portier compris, prenait son souper, il avait de l'avance et il franchit le portail sans qu'on le vît. Peut-être le religieux se demanda-t-il qui sortait si tard, mais il ne réagit pas. Richard, bien assis sur sa selle, put prendre un bon trot sur la Première Enceinte et filer vers Saint-Gilles. Ayant oublié qu'il avait faim, il tourna, sans faiblir, le dos à son repas. En outre, il était le préféré de frère Petrus, le cuisinier, et il trouverait bien le moyen d'obtenir quelque chose à se mettre sous la dent quand il rentrerait. Peu importait ce qui se passerait lorsqu'on découvrirait son absence, ce qui se produirait inéluctablement au moment d'aller se coucher, à supposer qu'on n'ait rien remarqué au souper, ça n'avançait à rien de se poser de telles questions. Ce qui comptait, c'était de dénicher Hyacinthe et de l'avertir, s'il ne faisait qu'un avec Brand, qu'il serait bien inspiré de se cacher au plus vite, car les chiens étaient lâchés et ne tarderaient pas à être là. Après, advienne que pourra!

Il tourna dans la forêt après Wroxeter et prit une allée de belle taille qu'Eilmund avait dégagée pour transporter le bois de son hallier. Elle menait droit à la chaumière du forestier et permettait aussi de couper au plus rapide, de croiser une sente continuant jusqu'à l'ermitage, endroit où il avait le plus de chances d'apercevoir le serviteur de Cuthred. Cette partie de la forêt était surtout plantée en vieux chênes, le sol, pratiquement nu, était recouvert de couches de feuilles tombées au cours de nombreux automnes, ce qui rendait la chevauchée de Richard quasi silencieuse. Parmi ces arbres centenaires, il ralentit l'allure tandis que son poney foulait avec plaisir ce terrain si moelleux. Sans ce silence, l'enfant n'aurait pas entendu un garçon et une fille se parler à voix basse sur un ton trop confidentiel pour qu'on pût distinguer leurs paroles. Puis il les vit, à l'écart du sentier, immobiles et très proches, près du vaste tronc d'un chêne. Ils ne se touchaient pas et pourtant n'avaient d'yeux pour personne d'autre et leurs propos semblaient être de la plus haute importance. Au cri de Richard, quand il les aperçut, ils sursautèrent et se séparèrent tels des oiseaux effarouchés.

— Hyacinthe! Hyacinthe!

Il dégringola de son poney plus qu'il n'en descendit et courut vers eux alors qu'ils s'avançaient à sa rencontre.

— Hyacinthe, il faut que tu te caches — il faut que tu te sauves. Tout de suite ! Si c'est toi Brand, ils sont à ta poursuite. Alors, c'est toi ? Il y a un homme qui te cherche, il affirme vouloir retrouver un de ses vilains qui porte ce nom-là...

Hyacinthe, sur le qui-vive, frémissant, le prit par les épaules et s'agenouilla afin d'être à sa hauteur.

— Un homme ? Quel genre ? Un domestique ? Ou le maître en personne ? Et ça date de quand ?

— Après vêpres. J'ai surpris leur conversation. Frère Jérôme lui a expliqué qu'un jeune homme venait d'arriver dans la région qui pourrait bien être celui auquel il tient tant. A présent il sait où aller et il est en route pour l'ermitage, là, cette nuit. C'est un type effrayant, qui crie tout le temps, et vigoureux en plus. J'ai couru prendre mon poney pendant qu'ils continuaient à parler. Mais il ne faut pas que tu retournes chez Cuthred. Va te cacher, tout de suite.

Hyacinthe étreignit l'enfant qu'il serra brièvement, joyeusement dans ses bras.

— Tu es vraiment un ami, on peut compter sur toi et tu n'as pas peur. Mais ne t'inquiète pas pour moi, maintenant que je suis prévenu, ils en seront pour leurs frais. Pas de doute ! C'est lui ! Faut-il que Drogo Bosiet m'estime pour perdre son temps et son argent, sans oublier ses hommes, à me courir après.

— Alors tu t'appelles Brand ? Et tu as été son vilain ?

— Grand merci de ne plus me considérer comme tel. Oui, on m'a baptisé Brand il y a longtemps, c'est moi qui ai choisi ce nom de Hyacinthe. Pour toi et pour moi, je le garde. Il faut qu'on se sépare, mon ami, d'ailleurs tu dois repartir pour l'abbaye sans tarder, tant qu'il y encore de la lumière, avant qu'on ne remarque ton absence. Viens, je vais te raccompagner jusqu'à l'orée du bois.

— Ah non alors ! s'écria Richard, indigné. J'irai seul, je n'ai pas peur ! Toi, disparais, tout de suite !

La jeune fille avait posé la main sur l'épaule de Hyacinthe, Richard vit ses grands yeux briller. Elle était plus décidée qu'inquiète, dans le crépuscule qui tombait.

— Il va partir, Richard. Je connais un endroit où il sera en sécurité.

— Tu devrais essayer d'aller au pays de Galles, murmura Richard, inquiet, voire un peu jaloux, c'était lui l'ami venu à la rescousse et il n'appréciait pas trop que Hyacinthe dût en partie son salut à une autre personne, une femme par-dessus le marché.

Hyacinthe et Annette se regardèrent brièvement et se sourirent, un sourire qui illumina les bois.

— Non, répliqua doucement Hyacinthe, pas question. Si je dois me sauver, je ne compte pas aller loin. Mais ne te tracasse pas pour moi. Je serai en sûreté. Maintenant, à cheval, messire, allez vous mettre à l'abri sinon je reste là.

Cette menace décida rapidement l'enfant. Il se retourna une fois et leur adressa un grand signe de la main. Ils étaient toujours là où il les avait laissés et le suivaient des yeux. Bientôt le lieu où ils se tenaient disparut parmi les arbres et le silence retomba sur la forêt. Richard se rappela que lui n'était pas sorti de l'auberge et, un peu inquiet, prit le trot sur la route du retour.

En ce début du crépuscule, Drogo Bosiet chevauchait sur les sentiers que lui avait indiqués frère Jérôme. Péremptoirement il demandait aux villageois de Wroxeter de lui confirmer qu'il ne s'était pas égaré et qu'il se dirigeait bien vers l'ermitage de Cuthred. Il eut le sentiment qu'on tenait le digne homme pour hautement respectable, comme c'était souvent le cas pour les ermites celtes dans l'ancien temps, car plus d'un parmi ceux qu'il interrogea désigna l'ermite sous le nom de saint Cuthred.

Drogo pénétra dans les bois près de l'endroit où les terres d'Eaton, s'il fallait en croire un berger qui était aux champs, jouxtaient celles d'Eyton, et le sentier qu'il emprunta le mena, au bout d'un mille, à une petite clairière dégagée entourée d'épaisses fûtaies. La cabane de pierre, solidement bâtie, se recroquevillait sous un toit bas ; on voyait sans peine qu'après avoir été à l'abandon pendant des années, elle avait été récemment remise en état. Elle était protégée par une clôture carrée avec, à l'intérieur, une palissade peu élevée ; une partie du terrain avait été nettoyée et plantée. Drogo descendit de cheval à l'orée de la clairière et s'avança vers la haie, tenant sa monture par la bride. Le calme du soir était si pur qu'on aurait pu croire qu'il n'y avait âme qui vive à un mille à la ronde.

La porte de la cabane était pourtant grande ouverte, et, loin à l'intérieur, on distinguait un rai de lumière. Drogo attacha son cheval et, toujours sans entendre aucun son, se dirigea vers l'entrée. La pièce dans laquelle il pénétra, exiguë et sombre, ne contenait qu'une paillasse disposée contre le mur, une petite table et un banc. Une lumière brûlait à l'intérieur dans une autre pièce, et comme il n'y avait pas de porte, il se rendit compte qu'il s'agissait d'une chapelle. Un cierge était allumé sur un autel de pierre, devant une petite croix d'argent placée sur un coffre-reliquaire en bois gravé et, devant la croix, sur l'autel, un élégant bréviaire à la reliure dorée était ouvert. Deux chandeliers d'argent, cadeaux probables de la châtelaine, flanquaient la croix de part et d'autre.

Un homme priait agenouillé, immobile, au pied de cet autel. Il était grand, vêtu d'une robe noire grossière dont la capuche était tirée pour dissimuler le visage. La silhouette sombre qui se dessinait sur la mince flamme droite était impressionnante avec son dos allongé, droit comme une lance, et sa tête non pas baissée mais fièrement dressée ; elle incarnait l'image même de la sainteté et réussit à réduire Drogo au silence un moment, mais pas plus. Ses besoins et ses désirs étaient trop exigeants et les prières d'un ermite pouvaient bien, non, devaient leur céder le pas. Petit à petit le soir glissait dans la nuit, et il n'avait pas de temps à perdre.

— C'est vous, Cuthred? demanda-t-il d'une voix ferme. A l'abbaye, on m'a expliqué où vous trouver.

Son interlocuteur resta de marbre, puis décroisa ses mains à peine visibles et d'un ton mesuré, impassible, consentit à répondre :

— Oui, c'est bien moi. En quoi puis-je vous être utile? Parlez sans crainte. Entrez donc.

— Vous avez un jeune homme à votre service. Où est-il? Je veux le voir. Peut-être a-t-il surpris votre bonne foi, car c'est une canaille que vous employez.

A ces mots la silhouette tout de noir vêtue se tourna et le visage encapuchonné se leva vers l'étranger. La lumière oblique qui tombait de la lampe d'autel mit en valeur une tête maigre, barbue, aux yeux profondément enfoncés dans les orbites, un long nez aristocratique et une masse de cheveux sombres sous le capuchon cependant que Drogo Bosiet et l'ermite de la forêt d'Eyton se mesuraient longuement du regard.

Frère Cadfael était assis au chevet d'Eilmund, dînant de pain, de fromage et de pommes car, à l'instar de Richard, il avait sauté son repas du soir, plutôt satisfait de l'état de son patient passablement grincheux quand Annette revint après avoir nourri et enfermé les poules et trait l'unique vache qu'ils gardaient pour leur usage personnel. Elle avait beaucoup lambiné, ce que son grognon de père lui signifia sans y aller par quatre chemins. Il n'avait plus du tout de fièvre, ne souffrait plus ou presque, mais l'immobilité à laquelle il était condamné le mettait de fort méchante humeur ainsi que l'impatience qui le rongeait de retourner s'occuper de ses arbres, persuadé qu'il était que, malgré leur bonne volonté, les gens qu'enverrait l'abbé seraient incapables de prendre soin de sa forêt. Son mauvais caractère était la meilleure preuve qu'il avait recouvré la santé. Quant à sa jambe blessée, elle était toute droite et ne lui occasionnait plus de souffrance. Oui, Cadfael avait lieu d'être content.

Annette rentra discrètement et rit d'entendre son père bougonner car elle ne le craignait aucunement.

— Je t'ai laissé en excellente compagnie, et je savais que si je n'étais pas là pendant une bonne heure, tu ne t'en porterais pas plus mal, ni moi non plus si je n'étais pas près de toi pendant un moment. Tu ne te rends pas compte, mais tu n'arrêtes pas de ronchonner. Alors pourquoi voudrais-tu que je me dépêche alors que la soirée est si agréable ? Tu sais que frère Cadfael s'occupe très bien de toi. Laisse-moi respirer un peu.

Il suffisait toutefois de la regarder pour comprendre qu'elle avait apprécié quelque chose d'autrement important que la douceur de l'air. Il y avait en elle un je ne sais quoi de lumineux et frémissant, comme si elle avait bu un vin capiteux. Cadfael remarqua que quelque mèches de ses cheveux parfaitement coiffés pendaient sur ses épaules comme si elle s'était frayée un chemin parmi des branches basses qui s'étaient prises dans ses tresses et elle avait les joues toutes roses, ce qui rehaussait encore l'éclat de ses yeux. Des feuilles mortes récemment tombées s'accrochaient sous ses semelles. Il était vrai que l'étable se trouvait sous les arbres, à l'orée de la clairière, mais il n'y poussait pas de chênes de belle taille.

— Maintenant que te voilà pour te charger de lui, dit Cadfael, il vaudrait mieux que je rentre avant que la nuit ne soit complètement tombée. Essaye de l'empêcher de se lever pendant quelques jours encore, ma petite, et je le laisserai se servir de béquilles dès qu'il sera raisonnable. Enfin, il n'aura pas attrapé froid après ce long séjour dans l'eau, c'est déjà une chance.

— Nous la devons à Hyacinthe, le serviteur de Cuthred, leur rappela-t-elle.

Elle jeta un bref coup d'œil à son père, manifestement ravie de l'entendre s'exclamer du fond du cœur :

— Ah ça ! C'est bien vrai ! Il a été comme un fils pour moi ce jour-là, et je ne suis pas près de l'oublier !

Était-ce un effet de son imagination ou les joues d'Annette avaient-elles pris une nuance plus soutenue ? Certes, le garçon avait été comme un fils pour lui qui n'avait pas d'héritier mâle pour le seconder avant de lui succéder, mais seulement une fille aimante, discrète, pleine de confiance et de joie de vivre.

— Armez-vous de patience, lui conseilla Cadfael en se levant, et vous recommencerez vite à trotter comme un lapin. Ça vaut la peine d'attendre un peu. Et ne vous inquiétez pas pour le hallier, Annette vous confirmera que les travaux de nettoyage du ruisseau ont bien avancé, et le surplomb de la berge est terminé. Ça tiendra.

Il se leva, ramassa sa besace et se tourna vers la porte.

— Je vous accompagne jusqu'à la grille, déclara Annette qui sortit avec lui dans le crépuscule profond de la clairière, où son cheval broutait paisiblement.

— Tu resplendis comme une rose, ce soir, ma petite fille, murmura Cadfael, le pied à l'étrier.

Elle avait relevé ses tresses décoiffées qu'elle lissa pour les remettre en ordre. Elle le regarda en souriant.

— Mais j'ai plutôt l'air d'être passée dans un buisson d'épines, observa-t-elle.

Cadfael se pencha sur sa selle et retira délicatement une feuille de chêne de sa chevelure. Elle leva les yeux ; il tenait la tige entre ses doigts et lui imprimait un mouvement tournant. Elle eut un sourire merveilleux sur lequel il la laissa, heureuse et sûrement décidée à traverser tous les buissons d'épines qu'il faudrait sans craindre de s'y blesser afin d'atteindre le but qu'elle s'était fixé. Elle n'était pas encore disposée à se confier à son père, mais ça ne la gênait pas le moins du monde que Cadfael eût deviné ce qui se tramait. Elle n'avait pas peur non plus que tout cela n'aboutisse à rien. Mais d'autres pouvaient trembler pour elle. Et à juste titre !

Cadfael traversa sans se presser les bois noirs. La lune était déjà levée et éclairait la forêt là où les futaies n'étaient pas trop épaisses. L'office de complies devait être terminé depuis des heures, et les religieux se préparer à aller se coucher. Les enfants, eux, étaient au lit depuis longtemps. Il régnait une fraîcheur agréable sous les arbres et il appréciait cette chevauchée tranquille et solitaire qui lui laissait le temps de songer à des choses intemporelles. L'esprit n'était pas libre durant l'agitation des jours, et parfois même pendant la sainte messe, voire pendant les moments consacrés à la prière ce qui était une manière de paradoxe. Là, il pouvait réfléchir à loisir, sous ce ciel nocturne encore parcouru de vagues clartés à peine discernables. Cadfael s'abandonnait donc à ses pensées en traversant la partie la plus impénétrable des bois, avec un reste de lumière émanant des champs dégagés devant lui.

Ce fut un mouvement indistinct sur sa gauche, parmi les arbres, qui le tira de sa rêverie. Quelque chose d'indéfinissablement pâle qui cheminait à ses côtés, dans la pénombre, et il perçut le tintement léger de la bride et du mors d'un cheval. Un cheval sans cavalier, errant à l'aventure, mais sellé et bridé car les petits sons métalliques étaient nettement audibles. Il fallait donc croire qu'un cavalier le montait quand il avait quitté l'écurie. L'éclat de la lune entre les branches lui permit d'apercevoir une silhouette blême qui se rapprochait du chemin. Cadfael avait déjà vu ce rouan à la robe claire, et pas plus tard que cette après-midi, dans la grande cour de l'abbaye.

Il sauta hâtivement à terre, appela et avança la main pour saisir la bride flottante et caresser le chanfrein pommelé. La selle était encore en place mais les courroies qui avaient servi à maintenir une bourse avaient été tranchées. Et où diable était passé le cavalier ? Pourquoi était-il reparti à pied après être revenu bredouille de sa partie de chasse ? Lui aurait-on fourni une piste lui permettant de poursuivre sa proie même à une heure aussi tardive ?

Cadfael écarta les buissons et quitta le sentier là où il avait vu pour la première fois le cheval pâle. Rien ne semblait avoir été dérangé, les branches entremêlées ne paraissaient pas avoir livré passage à quiconque. Il recula un peu pour revenir sur le sentier et là, à l'écart, sous les taillis, si bien caché qu'il était passé devant sans rien voir, il trouva ce qu'il redoutait de découvrir.

Drogo Bosiet gisait étendu face contre terre, profondément enfoui dans l'herbe riche de l'automne ; mais sur la couleur sombre de sa robe Cadfael distingua assez aisément une tache de sang plus foncée qui coulait de l'omoplate gauche, là ou une main inconnue avait enfoncé puis retiré une dague meurtrière.

CHAPITRE SIX

Étant donné l'heure tardive, il n'y avait guère de chances de trouver immédiatement de l'aide, soit au château, soit à l'abbaye, pas plus que de dénicher le moindre indice dans la forêt qui devenait de plus en plus sombre. Seul comme il était, Cadfael ne pouvait que s'agenouiller près du corps silencieux et vérifier si son cœur et son pouls battaient toujours ou s'il respirait encore, fût-ce imperceptiblement. Mais bien que Drogo fût encore tiède et qu'il eût gardé toute sa souplesse, Cadfael ne perçut pas le moindre souffle, et, dans la vaste poitrine, percée par le coup reçu dans le dos, le cœur s'était arrêté. Il n'était sûrement pas mort depuis longtemps mais le sang, qui avait jailli quand l'assassin avait repris son arme, ne coulait plus et commençait à sécher sur les bords en formant une croûte plus noire. D'après les indices dont il disposait, Cadfael estima que le meurtre avait été commis une heure auparavant, deux au maximum. Et en plus on l'avait volé. Ici, dans nos bois ! On n'avait jamais vu des brigands rôder si près de la ville. Un coupe-jarret aurait-il eu vent de l'accident d'Eilmund et, le sachant immobilisé, serait-il venu tenter sa chance au cas où un voyageur viendrait, seul, à passer ? Rien ne pouvait aider Drogo désormais, et quand le jour serait levé, on tomberait peut-être sur une piste susceptible de conduire au criminel. Le mieux était de laisser le mort où il était et d'aller avertir au château où il y avait en permanence une sentinelle de garde qui pourrait informer Hugh de la situation dès le point du jour. A minuit, les moines se lèveraient pour matines, la sinistre nouvelle serait transmise et parviendrait aux oreilles de l'abbé Radulphe. Le défunt étant l'hôte de l'abbaye, et son fils étant attendu dans les prochains jours il fallait donc y ramener son corps dont on s'occuperait comme il convient.

Non, il n'y avait décidément pas d'autre service que Cadfael pût rendre à Drogo Bosiet mais il devait au moins reconduire son cheval à l'écurie. Remontant en selle, il saisit la bride flottante de l'animal qui le suivit docilement. Il adopta un pas de promenade. Inutile d'essayer de gagner du temps, même s'il se mettait au lit avant matines, il ne parviendrait pas à dormir. Mieux valait s'occuper des chevaux et attendre l'appel de la cloche.

L'abbé Radulphe arriva tôt à l'église pour matines; c'est là qu'il rencontra Cadfael qui l'attendait sous le porche sud alors qu'il sortait de son appartement. La cloche commençait à peine à sonner au dortoir. Il ne faut pas des heures pour annoncer sans fioritures la mort d'un homme, causée par une main criminelle, sans que Dieu l'ait rappelé à lui.

Radulphe n'avait pas la réputation de se perdre en considérations inutiles; il resta fidèle à sa façon d'être en apprenant qu'un hôte de sa maison n'était pas mort de mort naturelle, et que le crime avait eu lieu dans la forêt de sa propre abbaye. Ce terrible affront, ce tort encore plus grave, il les accepta dans un silence lugubre ; quant au châtiment, il relevait autant de l'Église que du bras séculier. Il s'inclina devant les faits avec un hochement de tête et ses lèvres minces et fermes se contractèrent. Tandis qu'ils réfléchissaient en silence, ils entendirent le bruit feutré des sandales des religieux sur les marches de l'escalier de nuit.

— Avez-vous laissé un mot pour Hugh Beringar ? interrogea l'abbé.

— Chez lui et au château.

— Je ne vois pas ce qu'on peut faire d'autre, avant le jour évidemment. Il faut aller le chercher, son fils va arriver. Mais vous — on va avoir besoin de vous, vous seul pouvez nous conduire sur place. Allez, je vous dispense de l'office. Allez vous reposer un peu. A l'aube vous partirez avec le shérif. Informez-le que j'enverrai des gens plus tard pour rapporter le corps.

Aux premières lueurs hésitantes d'un matin glacial, Hugh Beringar, Cadfael, un sergent de la garnison de Hugh et deux hommes d'armes se penchaient sur le cadavre de Drogo Bosiet. Sans souffler mot, ils observaient la grande tache de sang séché qui marquait le dos de son coûteux manteau. L'herbe était tout aplatie par le poids de la rosée, comme après une forte pluie, et l'humidité qui étoilait les buissons et rehaussait l'argent des fils de la vierge avait formé de lourdes perles dans la laine épaisse des vêtements du mort.

— Puisque l'assassin a retiré la lame de la plaie, commença Hugh, on est en droit de supposer qu'il a emporté le poignard. Mais on va malgré tout jeter un coup d'œil, au cas où il s'en serait débarrassé. Et d'après vous les cordons de sa bourse auraient été tranchés ? Après le meurtre, donc et il fallait un couteau pour cela. C'était plus rapide et plus sûr dans le noir que de les dénouer ; celui qui a commis ce crime ne tenait pas à s'attarder. C'est drôle pourtant qu'un cavalier soit victime d'une agression de ce genre. Au moindre bruit, il lui suffisait de piquer des deux et de prendre ses distances.

— Je croirais plutôt, répliqua Cadfael, qu'à cet endroit il était à pied et tenait son cheval par la bride. Il n'était pas d'ici, le sentier est très étroit et il y a des arbres tout autour, de plus la nuit était tombée ou allait tomber. Regardez, il y encore des feuilles mortes sous les semelles de ses bottes. Il n'a pas eu le temps de se retourner, un seul coup et c'était terminé. D'où venait-il ? Je l'ignore, tout ce que je sais, c'est qu'il rentrait à l'hôtellerie quand il a été attaqué. Pas de lutte et pratiquement aucun bruit. Sa monture n'a pas eu très peur et ne s'était écartée que de quelques pas.

— Ce qui semble dénoter un brigand qui s'y connaît et aussi un voleur, nota Hugh. Cela vous semble-t-il possible ? Dans ma juridiction et si près de la ville ?

— Non. Mais une canaille qu'on ne connaît pas, un voleur occasionnel venu de la cité, pourrait se risquer une seule fois sachant qu'Eilmund est bloqué chez lui. Mais c'est une simple supposition, murmura Cadfael, avec un hochement de tête. Un braconnier pourrait aussi être tenté de commettre un meurtre s'il croisait un riche voyageur, seul et en pleine nuit. Seulement, ces devinettes ne nous amènent pas très loin.

Déjà les gens envoyés par l'abbé Radulphe pour ramener le corps de Drogo Bosiet se frayaient un chemin sur le sentier sinueux avec leur brancard. Cadfael s'agenouilla dans l'herbe, détrempant sa robe à hauteur des genoux dans la rosée abondante et retourna précautionneusement le corps qui devenait rigide. La lourde musculature des joues s'était affaissée, les yeux si ridiculement petits par rapport au visage massif étaient à moitié ouverts. Dans la mort il paraissait plus âgé, moins brutal ou arrogant. Il était redevenu comme les autres, pour un peu, on l'aurait plaint. La main qui était restée cachée sous le corps portait une lourde chevalière d'argent.

— Voilà quelque chose qui a échappé au voleur, remarqua Hugh, dont les traits exprimaient surprise et regret devant cet être si fort et qui n'était plus rien.

— Une preuve de plus que l'assassin était pressé, ou il aurait fouillé les vêtements à fond. Sa victime gît comme elle est tombée, le visage tourné vers Shrewsbury. C'est bien ce que je pensais, Drogo était sur le chemin du retour.

— Alors comme ça, son fils serait sur le point d'arriver? Venez, proposa Hugh, vos gens vont le prendre en charge et mes bonshommes vont passer au peigne fin tous les bois alentour au cas où on pourrait mettre la main sur quelque chose, mais je n'ai pas grand espoir. Vous et moi allons retourner à l'abbaye et voir un peu ce que l'abbé pourra nous apprendre au chapitre. Parce qu'il a bien fallu que quelqu'un mette des idées dans la tête de ce pauvre homme pour qu'il reparte aussi tard.

Bien que pâle et voilé, le soleil éclairait le bord du monde tandis qu'ils se mettaient en selle et reprenaient l'allée étroite. Des buissons émaillés de toiles d'araignées renvoyaient les premiers rayons qui percèrent la brume, projetant des lueurs vives, tels des diamants. Quand ils arrivèrent à l'air libre et aux champs dégagés, leurs chevaux foulaient une mer peu profonde de vapeurs couleur de lilas.

— Qu'est-ce que vous savez de ce Bosiet? demanda Hugh. Avec moi, il a été plutôt avare de confidence, et il a fallu que je me fasse une opinion par moi-même.

— Pas grand-chose, je le crains. Il possède plusieurs manoirs dans le comté de Northampton, et il n'y a pas longtemps un de ses vilains, pour une raison très valable à ce que je crois, a flanqué une bonne correction à son intendant, qui a dû rester couché pendant plusieurs jours. Comme il n'est pas idiot, l'homme a filé avant qu'on l'ait attrapé. Et depuis, Bosiet et les siens sont à ses trousses. Ils ont dû perdre pas mal de temps à le chercher dans le reste du comté, j'imagine, avant d'apprendre, Dieu sait comment, qu'il se dirigeait vers Northampton d'où il avait pris la route du nord-ouest. Tous ensemble, ils l'ont suivi jusque-là, en prenant vers le nord et vers l'ouest à chaque halte. Il leur a sûrement coûté beaucoup plus qu'il ne vaut, aussi précieux qu'il puisse être, selon eux, mais c'est qu'ils veulent avant tout avoir sa peau, et apparemment ils estiment que celle-ci l'emporte sur ses autres qualités, quelles qu'elles soient. J'ai senti une haine très forte, affirma Cadfael avec conviction. Elle m'a frappé durant le chapitre. L'abbé ne tenait pas du tout à l'aider à assouvir la vengeance qu'il ne manquerait pas d'exercer.

— Et dont notre Drogo était prêt à me charger, répliqua Hugh, avec un bref sourire. Oh, je ne lui en veux pas, je me suis rallié à vos suggestions et je me suis tenu à l'écart tant que j'ai pu. De toute manière, je ne pouvais lui être d'aucune aide. Vous avez d'autres informations à son sujet?

— Il a un palefrenier qui se nomme Garin et qui a suivi son maître depuis qu'ils sont partis, mais pas pour sa dernière chevauchée. Enfin, je crois. Peut-être l'avait-il chargé d'autre chose, et lui quand il a eu son renseignement, il n'a pas pu attendre et il est parti seul. C'est un homme qui n'hésite pas — n'hésitait pas — à lever la main sur ses serviteurs à la moindre peccadille, ou pour rien. En tout cas, il a ouvert la joue de Garin et, s'il faut l'en croire, ce n'était pas la première fois que ça se produisait. Toujours selon Garin, le fils a de qui tenir, et lui aussi il vaut mieux l'éviter. Il devrait arriver de Stafford d'un jour à l'autre.

— Pour apprendre qu'il lui incombe de mettre son père en bière et de le ramener chez lui pour qu'on l'enterre, murmura Hugh à regret.

— Et aussi qu'il est le nouveau seigneur de Bosiet. C'est l'autre face de la réalité. Impossible de savoir ce qui lui paraîtra le plus important.

— Mais c'est que vous devenez cynique sur vos vieux jours, mon ami, remarqua Hugh avec un sourire en coin.

— Je réfléchis aux raisons qui peuvent pousser un homme au meurtre, reconnut Cadfael. L'appât du gain en est une, qui se développe parfois chez un fils qui trouve son héritage trop long à venir. La haine en est une autre et un domestique maltraité pourrait s'en servir volontiers si l'occasion se présentait. Mais il y en a d'autres encore, plus étranges sans doute, qu'un simple désir de commettre un vol tout en s'assurant du silence de la victime. C'est grande pitié, Hugh, que tant de gens meurent avant l'heure, alors que la mort finira par nous atteindre tous, tôt ou tard.

Quand ils arrivèrent sur la grand-route, à Wroxeter, le soleil était déjà haut et la brume se dissipait, même s'il restait encore sur les labours des ondes vaporeuses, couleur de perle. Ils ne traînèrent pas pour rejoindre Shrewsbury et ils franchirent le portail juste à la fin de la grand-messe. Les religieux se dispersaient et retournaient à leurs occupations en attendant l'heure du repas de midi.

Dès qu'il vit le moine et le shérif, le portier sortit de sa loge et les informa que l'abbé les avait demandés.

— Il est dans son parloir en compagnie du prieur et il vous prie de l'y rejoindre incontinent.

Ils confièrent leurs chevaux aux palefreniers et se rendirent aussitôt aux appartements de l'abbé. Dans le parloir aux murs couverts de boiseries, Radulphe leva la tête de son bureau et le prieur Robert, très droit et sévère, les toisa de toute sa hauteur depuis son banc près de la fenêtre, avec une expression marquée de désapprobation. La justice, le crime, la chasse à l'homme étaient choses trop sordides pour avoir droit de cité dans un monastère. L'abbé déplorait la nécessité de reconnaître que tout cela existait et le simple fait de devoir affronter le mal quand il se frayait un chemin dans la clôture. Tout près de lui, invisible dans son ombre, se trouvait l'inévitable frère Jérôme avec ses maigres épaules voûtées, ses lèvres pincées et ses mains pâlichonnes dissimulées dans ses manches, image même de la vertu assaillie et qui porte sa croix avec humilité. Il y avait invariablement dans l'humilité de Jérôme un élément d'évidente satisfaction; cette fois, pourtant, on sentait qu'il était sur le qui-vive, comme si sa droiture avait été remise en question ne fût-ce qu'implicitement.

— Ah, vous voilà de retour! s'exclama l'abbé. Auriez-vous ramené le corps de notre hôte dans un délai aussi bref?

— Non, père, pas encore. Les autres nous suivent, mais à pied, ça va prendre un certain temps. Vous avez eu de frère Cadfael un rapport exact cette nuit. Notre homme a été poignardé par-derrière alors qu'il tenait son cheval en main, le chemin à cet endroit étant étroit et presque recouvert par la végétation. Vous savez aussi sans doute qu'on l'a également dévalisé. D'après les observations de frère Cadfael quand il a découvert le cadavre, cela a dû se passer à peu près à l'heure de complies, un peu avant peut-être. Mais jusqu'à présent, aucun indice pour nous conduire au coupable. On peut supposer que le voyageur était en train de revenir à l'hôtellerie. C'est ce que nous avons déduit de la manière dont il est tombé ; d'ailleurs le corps n'a pas été déplacé, sinon on lui aurait pris sa chevalière, et il la porte toujours. Mais nous ignorons complètement où il avait bien pu aller.

— M'est avis, répliqua l'abbé, que sur ce chapitre, nous avons des choses à vous signaler. Frère Jérôme va vous répéter ce qu'il a confié au prieur Robert et à moi-même.

Jérôme n'avait ordinairement que trop tendance à s'écouter parler, soit qu'il prononçât un sermon, une homélie ou qu'il adressât des reproches à l'une de ses ouailles. Mais en l'occurrence il ne fallait pas être grand clerc pour comprendre qu'il avait quelque difficulté à trouver ses mots.

— Notre homme était notre hôte et quelqu'un de très honorable, commença-t-il. Il nous avait expliqué au chapitre qu'il poursuivait une fripouille qui avait violé la loi et s'en était pris à la personne de son intendant qu'il avait sérieusement blessé avant de s'enfuir de chez son maître. Je me suis avisé après coup qu'un étranger était effectivement arrivé par chez nous, qui pourrait bien être la personne en question. Il m'a paru que c'était le devoir de chacun de prêter assistance à qui défendait la loi et l'ordre. Je me suis donc adressé au seigneur de Bosiet. Je lui ai parlé de ce jeune homme qui sert l'ermite Cuthred et qui correspondait si bien à la description qu'il nous en avait donnée. Oui, ce vilain que nous connaissons sous le nom de Hyacinthe pourrait se nommer Brand en réalité. Son âge et sa couleur de cheveux conviennent. Nous ignorons tout de ce qui le concerne. J'ai cru bien faire en disant à son maître ce qu'il en était. Si ce garçon se trouvait ne pas être Brand, il ne lui arriverait rien de mal.

— Vous lui avez expliqué, je suppose, remarqua Radulphe d'un ton neutre, comment parvenir à la cellule de l'ermite, afin d'y trouver le jeune homme en question.

— Oui, père, j'en avais le devoir.

— Et il s'est aussitôt mis en route?

— Oui, père. Il avait chargé son palefrenier d'une commission en ville. Il a été obligé de seller lui-même, mais il ne voulait pas attendre à cause du soir qui allait bientôt tomber.

— Je me suis entretenu avec Garin, le palefrenier, depuis que nous avons été informés de la mort de son maître, confirma l'abbé, en regardant Hugh. On lui avait demandé de se mettre en quête d'un artisan qui sache travailler le cuir car il semble que c'était le travail du nommé Brand. Bosiet pensait qu'il aurait pu trouver un emploi à Shrewsbury auprès de qui serait intéressé pas ses talents. Il n'y a rien à reprocher à Garin. Quand il est rentré, son maître était mort depuis longtemps. Il semble que son enquête ne pouvait pas attendre au lendemain. Je suppose que cela résout le problème de savoir où il se trouvait, poursuivit-il d'une voix calme et mesurée ne trahissant ni approbation ni désapprobation.

— J'irai vérifier en personne, déclara Hugh, satisfait. Je vous remercie, père, de m'avoir indiqué par où je dois commencer. Si notre hôte a vraiment rendu visite à Cuthred, on pourra au moins savoir ce qui s'est passé et s'il a obtenu la réponse qu'il souhaitait, même s'il est évident qu'il rentrait seul. S'il ramenait un prisonnier, il lui aurait attaché les mains et pris son couteau. Avec votre permission, père, je vais garder frère Cadfael comme témoin plutôt que d'emmener des gens d'armes dans un ermitage.

L'abbé n'hésita pas.

— Je vous en prie. Ce malheureux était l'un de nos hôtes et tous nos efforts lui sont acquis afin de capturer son meurtrier. Pour notre part, nous l'honorerons autant que nous le pourrons. Robert vous voudrez bien veiller à ce que son corps soit accueilli avec tout le respect qui lui est dû ? Vous assisterez le prieur, frère Jérôme. Puisque vous tenez tant à vous rendre utile, je ne voudrais pas vous contrarier. Vous le veillerez cette nuit et prierez pour son âme.

Il y aurait donc deux morts à reposer côte à côte dans la chapelle mortuaire la nuit prochaine, songea Cadfael en sortant du parloir avec son ami : le vieillard dont la vie s'était terminée sans heurt, telle une fleur fanée qui répand ses pétales, et le seigneur disparu sans crier gare, dévoré par la haine et la méchanceté avant d'avoir pu solder ses comptes avec Dieu et les hommes. L'âme de Drogo Bosiet aurait grand besoin de toutes les prières.

— Il ne vous est pas venu à l'esprit, demanda brusquement Hugh quand ils empruntèrent la Première Enceinte pour la seconde fois de la journée, qu'avec le zèle qu'il montre pour la justice, frère Jérôme a eu sa part de responsabilité dans la mort de Bosiet ?

Si tel était le cas Cadfael ne manifesta aucun désir de s'étendre sur le sujet.

— Il était sur le chemin du retour, risqua-t-il prudemment, les mains vides. Ce qui signifie qu'il n'a pas obtenu satisfaction : le serviteur de l'ermite n'a rien à voir là-dedans.

— Vous ne vous avancez pas un peu ? Et s'il avait senti venir le vent et trouvé le moyen de disparaître ?

Cela n'a rien d'impossible. Il est dans les bois depuis assez longtemps pour les connaître à fond. C'est peut-être lui qui a joué du couteau.

Il fallait avouer qu'il y avait du vrai là-dedans. Qui aurait eu une meilleure raison d'administrer un coup de poignard à Drogo Bosiet que celui qu'il comptait ramener jusqu'à son manoir, où il recevrait une solide correction et d'où il ne pourrait jamais plus s'échapper ?

— C'est ce que tout le monde racontera, acquiesça Cadfael, l'air sombre. Sauf si nous trouvons Cuthred et son domestique assis tranquillement chez eux à s'occuper de leurs affaires et pas du tout de celles des autres. Mais à quoi bon jouer aux devinettes tant qu'on ne saura pas ce qui s'est vraiment passé là-bas ?

Ils s'approchèrent de l'avancée des terres d'Eaton par le chemin qu'avait suivi Bosiet, et ils virent la petite clairière parmi l'épaisseur des bois s'ouvrir aussi soudainement devant eux que la veille devant Cadfael, à ceci près qu'il faisait grand jour, alors qu'il était arrivé au début du crépuscule. Le soleil voilé qui filtrait à travers les branches transformait le gris soutenu des pierres en or bruni. Les pieux bas de la palissade qui délimitait le jardin étaient si loin les uns des autres qu'ils n'avaient qu'une valeur symbolique ; ils n'auraient constitué un obstacle ni pour un homme ni pour une bête et la porte de la cabane était grande ouverte, si bien qu'ils voyaient la pièce où une lampe était toujours allumée sur l'autel de pierre avec sa flamme minuscule qui disparaissait presque sous l'effet de la lumière qui tombait de la petite fenêtre sans volet. Apparemment la cellule de saint Cuthred était ouverte à tout venant.

Une partie du jardin clos était encore à l'abandon bien que les herbes folles y eussent été coupées. C'est là que travaillait l'ermite en personne, armé d'une bêche et d'une pioche, soulevant de lourdes mottes de terre sous lesquelles il retournait le sol au fur et à mesure qu'il le nettoyait. Ils l'observèrent attentivement : il n'y entendait pas grand-chose mais il était patient et tenace; manifestement il n'avait pas l'habitude de ce genre d'outils ni de ce labeur que Hyacinthe aurait dû exécuter. Quant à ce dernier, on ne le voyait nulle part.

L'ermite était grand, maigre, très droit, avec de longues jambes et un long corps; sa robe noire était remontée à hauteur des genoux et sa capuche rejetée sur ses épaules. Il les aperçut du coin de l'œil et se redressa, sans cesser de tenir sa pioche. Il leur montra un visage puissant, émacié, au teint olivâtre, aux yeux profondément enfoncés dans les orbites, encadrés par une chevelure et une barbe noires épaisses. Il les dévisagea tour à tour et répondit au salut de Hugh en s'inclinant profondément mais sans baisser le regard.

— Si c'est auprès de l'ermite Cuthred que vous vous rendez, commença-t-il d'une voix basse et sonore, pleine d'assurance et d'autorité, entrez et soyez les bienvenus, car c'est moi.

Puis, se tournant vers Cadfael qu'il observa un moment :

— Il me semble vous avoir vu à Eaton lors de l'enterrement du seigneur Richard. Vous êtes de l'abbaye de Shrewsbury.

— En effet, j'étais de ceux qui ont accompagné son héritier. Et voici Hugh Beringar, shérif de ce comté.

— Je suis très honoré, seigneur shérif. Voulez-vous entrer dans ma cellule?

Détachant sa ceinture de corde effilochée, il secoua sa robe qui retomba sur ses pieds et les pria de le suivre. Ses cheveux emmêlés effleurèrent la pierre au-dessus du seuil quand ils entrèrent : il avait une bonne tête de plus que ses visiteurs.

Dans la pénombre de la pièce la lumière de l'après-midi pénétrait par une unique fenêtre étroite et un vent léger y apportait le parfum de l'herbe coupée et des feuilles mortes humides. Comme il n'y avait pas de porte pour aller à la chapelle, ils virent ce qu'avait vu Drogo : la dalle de pierre de l'autel, le reliquaire gravé, la croix et les chandeliers d'argent, le bréviaire ouvert placé devant la petite lampe. L'ermite suivit le regard de Hugh posé sur le livre; il alla le fermer respectueusement et le rangea avec soin et dévotion dans l'alignement du coin du coffret. Les beaux ornements dorés, la reliure de cuir délicatement ouvragée brillaient doucement à la lueur de la bougie.

— Et en quoi puis-je être utile au seigneur shérif? demanda Cuthred, les yeux toujours tournés vers l'autel.

— J'ai besoin de vous poser quelques questions à propos d'un assassinat, répondit Hugh délibérément.

Cette phrase provoqua une violente réaction, et l'homme le dévisagea, effaré, stupéfait.

— Comment? Un assassinat? Mais quand? Je n'ai entendu parler de rien. Exprimez-vous clairement, je vous prie.

— La nuit dernière, un certain Drogo Bosiet, qui logeait à l'abbaye, est venu vous rendre visite, poussé en cela par un de nos religieux. Il recherchait un vilain en fuite, un garçon d'une vingtaine d'années, et il voulait rencontrer Hyacinthe, votre serviteur qui est étranger, a le même âge, afin de voir s'il ne s'agissait pas du personnage qui s'est enfui de Bosiet. Est-il arrivé jusque-là? Si oui, avec le chemin qu'il avait à parcourir, la soirée devait être bien avancée.

— Certes oui, celui dont vous parlez est effectivement venu, répliqua aussitôt l'ermite, mais je ne lui ai pas demandé son nom. Cela n'a aucun rapport avec un meurtre, puisque tel est le mot que vous avez employé.

— Ce même Drogo Bosiet a été poignardé par-derrière et laissé près du chemin à environ un mille d'ici alors qu'il revenait au monastère. Frère Cadfael l'a trouvé mort, avec son cheval qui errait, à l'abandon, la nuit dernière alors qu'on n'y voyait goutte.

Les yeux creux de l'ermite, du fond de leurs orbites, lancèrent des lueurs rougeâtres en fixant ses interlocuteurs. Il avait peine à comprendre.

— J'ai du mal à croire qu'il puisse y avoir des coupe-jarrets et des hors-la-loi dans une région bien cultivée et policée comme celle-ci, et dans votre juridiction, monsieur l'Officier, si près de la ville. Est-ce un simple crime ou cela cache-t-il quelque complot plus grave? A-t-on volé la victime?

— Oui, on lui a pris le sac qu'il portait sur sa selle, mais j'ignore ce qu'il contenait. On lui a laissé sa robe et sa chevalière. Le coupable devait être pressé.

— Des brigands l'auraient complètement dépouillé, assura Cuthred. Je ne pense pas que ces bois servent de refuge à des bandits. Il s'agit d'une histoire très différente.

— Quand il est venu vous voir, que voulait-il? Et après, que s'est-il passé?

— A son arrivée je célébrais vêpres, ici, dans la chapelle. Il est entré et a demandé à rencontrer le garçon qui est à mon service; selon lui je ne manquerais pas de remarquer que j'avais été trompé et que j'avais pris une canaille pour domestique. Lui poursuivait un serf qui s'était sauvé et d'après les détails qu'il avait eus sur Hyacinthe, il pensait que c'était peut-être son homme. Il m'a tout raconté, et cela concordait trop bien avec le moment et l'endroit où j'ai rencontré et pris Hyacinthe en pitié pour que je n'en sois pas troublé. Seulement ça s'est arrêté là, ajouta simplement Cuthred. Le garçon n'était pas dans les parages. Une bonne heure auparavant je l'avais envoyé en course à Eaton. Il n'est pas revenu. Il n'est toujours pas là aujourd'hui. Maintenant, je doute qu'il revienne jamais.

— Vous pensez qu'il pourrait s'agir de Brand? demanda Hugh.

— Je ne saurais l'affirmer. Mais j'ai compris que cela n'était pas impossible. Et quand il n'est pas rentré la nuit dernière, j'ai senti que c'était infiniment probable. Il ne m'appartient pas de livrer quiconque au châtiment, c'est l'affaire de Dieu. J'ai été heureux de ne pouvoir répondre ni par oui ni par non et soulagé qu'il ne fût pas à l'ermitage.

— Supposons qu'il ait eu vent de ce qui se tramait, suggéra Cadfael, et qu'il ait préféré rester à l'écart, il serait retourné auprès de vous à l'heure qu'il est. Celui qui était à ses trousses est reparti bredouille. Si votre serviteur redoutait une nouvelle visite, rien ne l'empêchait de s'éclipser à nouveau, à condition que vous ne le trahissiez pas. Où pourrait-il être plus en sûreté que dans la compagnie d'un saint ermite?

— Mais voilà que vous m'apprenez la mort de son maître, répondit gravement Cuthred, enfin — s'il ne m'a pas menti. Mort assassiné, qui plus est. Ainsi Hyacinthe, mon serviteur, aurait eu connaissance de la venue de Bosiet et ne se serait pas contenté de s'éloigner. Ainsi il aurait cru bon de lui tendre une embuscade et d'en finir une fois pour toutes avec cette poursuite! Las, je crois que je ne reverrai jamais Hyacinthe. Le pays de Galles est à deux pas et un nouveau venu, dépourvu de famille, peut trouver à s'y employer, à des conditions difficiles, certes. Non, il ne reviendra pas, j'en suis convaincu.

Le moment était assez mal choisi pour que l'esprit de Cadfael se mît à battre la campagne, comme si, dans un coin obscur de sa conscience, il comprenait qu'il se rappelait un détail ; toujours est-il qu'il revit Annette, radieuse, secrète, regagner la maison de son père, une feuille de chêne dans ses cheveux en désordre. Elle était un peu rouge et soufflait, comme si elle avait couru. C'était après complies, à une heure où Drogo Bosiet gisait certainement mort à un bon mille de là, sur le sentier de Shrewsbury. D'accord, en fille dévouée Annette était sortie enfermer les poules et la vache pour la nuit, mais elle avait été bien longue, et elle était rentrée avec les couleurs et le regard triomphant d'une fille qui vient de quitter son amant. N'avait-elle pas également profité de l'occasion pour chanter les louanges de Hyacinthe et pris plaisir à l'entendre louer par son père ?

— D'abord, interrogea Hugh, dans quelles circonstances avez-vous rencontré ce garçon et pourquoi l'avoir pris à votre service ?

— J'avais quitté Saint-Edmundsbury en passant voir les chanoines augustiniens de Cambridge, et j'ai logé deux nuits chez les clunisiens de Northampton. Il était parmi les mendiants au portail. Il avait beau être sain et jeune, il avait l'air aussi misérable et négligé que s'il avait vécu comme un sauvage. Il a prétendu que son père était mort après avoir été dépossédé, qu'il était sans famille ni travail et, saisi de compassion, je lui ai donné des vêtements et l'ai engagé comme serviteur. Sinon, il aurait sûrement fini par se livrer au banditisme pour survivre. Il s'est montré vif et obéissant, je le croyais reconnaissant. Peut-être l'était-il, à moins que je ne me sois donné tout ce mal en vain.

— Et quand précisément votre rencontre a-t-elle eu lieu ?

— Dans les derniers jours de septembre. Je ne me rappelle pas la date exacte.

L'endroit et l'époque ne concordaient que trop bien.

— Je vois qu'il ne me reste plus qu'à me déguiser en chasseur, soupira Hugh avec une petite grimace. Je serais bien inspiré de retourner à Shrewsbury et de lâcher mes chiens. Que ce garçon soit un meurtrier ou non, je n'ai pas le choix à présent, il faut que je lui mette la main au collet.

CHAPITRE SEPT

Frère Jérôme avait toujours pensé, opinion qu'il exprimait aussi fréquemment qu'indiscrètement, que frère Paul était beaucoup trop coulant avec les jeunes dont il avait la charge, en d'autres termes les novices et les élèves. Paul, lui, préférait surveiller leurs activités en se montrant le moins possible sauf pendant les leçons proprement dites, bien qu'il ne tardât pas à voler à leur secours s'ils avaient besoin de lui. Mais pour les questions de routine touchant à leurs ablutions, leur comportement aux repas, les heures auxquelles ils se levaient ou se couchaient, il aimait mieux s'en remettre à leur conscience et aux habitudes de propreté et de ponctualité qu'on leur avait enseignées. Frère Jérôme croyait dur comme fer qu'avant seize ans, aucun garçon n'était capable de s'en tenir à une règle et que même ceux qui étaient parvenus à cet âge raisonnable tenaient plus de la bête que de l'ange. Il aurait toujours été sur leur dos, les aurait repris à chaque instant s'il avait été responsable d'eux et il aurait infligé des punitions à une cadence dont Paul n'aurait tout simplement pas idée. Rien ne lui donnait plus satisfaction que de pouvoir affirmer à juste titre qu'avec un tel laxisme il était inévitable qu'il arrive malheur.

Trois écoliers et neuf novices suffisent largement à mobiliser l'attention d'un observateur pas trop méticuleux le temps d'un petit déjeuner, sauf s'il a une raison de compter ses ouailles et de découvrir qu'il manque quelqu'un à l'appel. Jérôme les aurait sûrement surveillées de près, certain que tôt ou tard l'un des enfants essaierait de se défiler. Comme Paul devait se rendre au chapitre et qu'ensuite ce jour-là, il aurait des tâches spécifiques à accomplir à propos de son travail, il avait confié les cours de la matinée au plus sérieux des novices, attitude, une de plus, que Jérôme considérait comme préjudiciable à la discipline. A l'église, le menu fretin occupait une place tellement insignifiante qu'un de plus ou de moins passerait inaperçu. C'est ainsi que l'après-midi était bien avancée quand Paul réunit son troupeau dans la salle de classe ; il sépara les novices des écoliers et cette fois l'absence de Richard devint enfin patente.

Même alors Paul ne s'en inquiéta pas outre mesure. Le gamin devait traîner dans un coin et avoir oublié l'heure ; il n'allait pas tarder à arriver au pas de course. Seulement voilà, le temps passait et toujours pas de Richard. Interrogés, les trois petits remuèrent les pieds, mal à l'aise, se rapprochèrent les uns des autres pour se rassurer, secouèrent la tête sans piper mot, évitant de regarder Paul dans les yeux. Les plus jeunes en particulier n'étaient pas à la fête mais ils gardèrent le silence, ce qui acheva de convaincre Paul que Richard se livrait aux joies de l'école buissonnière ; ses camarades ne l'approuvaient pas mais ils ne le trahiraient pas non plus. Que Paul s'abstînt de les menacer des pires châtiments aurait ancré Jérôme dans son point de vue et sa désapprobation.

Jérôme encourageait les petits délateurs. Paul éprouvait une certaine sympathie pour la solidarité des pécheurs qui préfèrent être punis plutôt que de livrer un compagnon. Il se borna à affirmer carrément que Richard devrait répondre de ses actes ultérieurement et payer le prix de ses bêtises, et il continua la leçon. Mais il avait de plus en plus conscience de l'inattention et du malaise de ses élèves ainsi que des regards coupables qu'ils se lançaient par-dessus leur page d'écriture. Quand le cours fut terminé, il se rendit compte que le cadet était sur le point de révéler ce qu'il savait et sa détresse même montrait qu'il y avait anguille sous roche — et une anguille de taille.

Il rappela l'enfant au moment où ses élèves sortaient mi-soulagés, mi-craintifs.

— Edwin, viens un peu par ici.

Il ne s'étonna pas de voir les deux autres filer à toutes jambes, sûrs que le ciel allait leur tomber sur la tête. Au moins ils éviteraient le premier choc, après, advienne que pourra. Edwin s'arrêta, se tourna et revint lentement vers l'estrade, les yeux baissés sur ses petits pieds qu'il traînait à contrecœur sur le plancher de bois. Il se tenait tout tremblant près de frère Paul. Il avait encore un genou bandé et le pansement avait glissé. Machinalement Paul le déroula avant de le remettre en place.

— Edwin, qu'est-ce que tu sais à propos de Richard ? Où est-il ?

L'enfant déglutit avec beaucoup de conviction et éclata en sanglots :

— Je ne sais pas !

Paul l'attira près de lui et le laissa enfouir son visage contre son épaule qui en avait vu d'autres.

— Allez, vas-y. Quand l'as-tu vu pour la dernière fois ? Où est-il allé ?

Edwin pleurait, inondant de larmes les plis de laine rêche ; Paul le força à se redresser pour regarder bien en face le petit visage désolé et tout sale.

— Je t'écoute ! Raconte-moi tout sans rien omettre.

Le gamin s'exécuta, entre deux sanglots, reniflant frénétiquement.

— C'était hier, après vêpres, je l'ai vu prendre son poney et filer sur la Première Enceinte. Je pensais qu'il reviendrait, mais il n'a pas reparu, et on était morts de peur. On ne voulait pas qu'il se fasse prendre, il aurait eu des ennuis terribles. On ne voulait en parler à personne, on pensait qu'il allait rentrer, et ni vu ni connu...

— Qu'est-ce que tu racontes ? demanda Paul, effaré, d'une voix pour une fois impressionnante. Il n'a pas dormi dans son lit la nuit dernière ? Il a disparu depuis hier et tout le monde s'est tu ?

Edwin recommença à pleurer de plus belle et sa petite figure joufflue se contracta ; d'un signe de tête véhément il admit la justesse de cette accusation.

— Et vous étiez au courant ? Tous les trois ? Il ne vous est pas venu à l'idée qu'il pouvait être blessé Dieu sait où ? Ou en danger ? Il n'aurait pas passé la nuit dehors de son plein gré ! Mais, mon petit, pourquoi ne m'as-tu rien dit ? Ah, tout ce temps que nous avons perdu !

L'enfant était déjà tellement terrorisé qu'il aurait mieux valu se taire, le rassurer, le réconforter, mais Paul ne se sentait pas le cœur à cela.

— Bien, continue — tu l'as donc vu partir à cheval. Après vêpres ? Sais-tu dans quelle intention ?

Effondré, Edwin essaya de reprendre ses esprits et raconta la suite de l'histoire :

— Il est rentré trop tard pour vêpres. On était sur la Gaye, près de la rivière, il avait envie de rester. Quand il a voulu nous rattraper, on était à l'église. D'après moi, il voulait se glisser parmi nous quand on en sortirait, mais frère Jérôme était en train de parler à cet homme, vous savez, celui qui...

Il se remit à geindre en se rappelant ce qu'il n'aurait pas dû voir, mais qu'il avait vu, bien sûr, les brancardiers ramenant la civière au portail, le corps massif immobile, le visage puissant recouvert d'un linge.

— J'ai attendu à la porte de l'école, murmura-t-il, la voix pleine de larmes, et j'ai vu Richard se précipiter aux écuries, et partir à toute vitesse. Je n'en sais pas plus. Je croyais qu'il ne tarderait pas à rentrer, reprit-il, désespéré. On ne voulait pas lui causer d'ennuis...

Si tel était le résultat qu'ils escomptaient, ils avaient donné tout le temps à leur camarade de se fourrer dans le pétrin jusqu'au cou, ce que leur déloyauté à son égard aurait évité. Résigné, Paul passa la main dans les cheveux de son pénitent qu'il parvint plus ou moins à calmer.

— Vous ne vous êtes vraiment pas montrés très malins, et si vous vous attirez une réprimande, cela ne sera que justice. Mais si vous répondez sans mentir, on retrouvera Richard sain et sauf. Allez file rejoindre tes deux complices. Vous attendrez qu'on vous appelle.

Profondément choqué, Paul partit à toutes jambes informer d'abord le père prieur, ensuite l'abbé, avant d'aller vérifier que le poney que dame Dionisia avait envoyé à son petit-fils pour l'inciter à revenir avait bien quitté sa stalle. Après quoi on fouilla de fond en comble, avec force cris et remue-ménage, la cour de la grange, les étables, l'hôtellerie pour le cas où le coupable n'aurait en définitive pas quitté la clôture, ou bien l'aurait réintégrée pour tenter de cacher sa désertion momentanée. Les malheureux écoliers avaient été tancés d'importance par le prieur et menacés de foudres pires encore quand on aurait un moment à leur consacrer. Ils se cachaient dans un coin, tout tremblants, les yeux noyés de larmes, accablés par l'énormité de ce qu'ils avaient pris pour de bonnes intentions. Ayant survécu à la première tempête de reproches, ils se préparaient stoïquement à passer la soirée privés de souper et rejetés par tous. Frère Paul lui-même était trop occupé pour leur glisser à l'oreille quelques mots de réconfort, très affairé à fouiller pouce par pouce les méandres compliqués du moulin et les allées les plus proches de la Première Enceinte.

C'est au milieu de ce branle-bas de combat que frère Cadfael débarqua au début de la soirée après avoir quitté Hugh à la porte. Cette nuit-là, il y aurait des sergents qui passeraient les bois au peigne fin depuis Eyton, en direction de l'ouest, à la recherche d'un fugitif qui était peut-être Brand mais que, de toute manière, il fallait capturer à tout prix. Ni Hugh ni Cadfael n'étaient particulièrement amateurs de chasse à l'homme; plus d'un serf maltraité avait été poussé à s'enfuir et à devenir hors la loi, seulement un meurtre est un meurtre, et la justice ne peut l'admettre. Coupable ou innocent, il était indispensable de s'emparer du jeune Hyacinthe. Cadfael descendit de cheval à la loge, ne pensant qu'à l'adolescent qui avait pris la clé des champs, et voilà qu'il tombait sur des religieux affolés qui couraient dans tous les sens parmi les bâtiments du couvent, tentant de trouver l'un des leurs. Bouche bée devant ce spectacle surprenant, il vit frère Paul se ruer vers lui, haletant, plein d'espoir.

— Tu étais dans la forêt, Cadfael. Tu n'aurais pas aperçu le petit Richard, par hasard? Je commence à croire qu'il a dû retourner chez lui...

— C'est bien le dernier endroit où il songerait à aller, objecta Gadfael avec bon sens, il n'a aucune confiance dans les intentions de sa grand-mère. Qu'est-ce qui se passe? Il a disparu, ce garnement?

— Oui, exactement, depuis la nuit dernière, qui

plus est. Et on ne l'a appris qu'il y a une heure ! avoua Paul qui lui confia toute cette épouvantable histoire, dévoré par un sentiment de culpabilité ainsi que par le remords et l'inquiétude.

— C'est ma faute ! J'ai failli à mon devoir, je me suis montré trop complaisant, trop confiant envers ces gosses... Mais pourquoi s'est-il enfui ? Il était plutôt heureux. Il n'a jamais rien montré...

— Je suis sûr qu'il avait ses raisons, répliqua Cadfael, frottant pensivement son nez brun et camus. Tu penses qu'il serait reparti chez la châtelaine ? Permets-moi d'en douter ! Non, s'il s'est sauvé sans crier gare, c'est qu'il a été confronté à quelque chose d'urgent et d'inattendu. La nuit dernière après vêpres, dis-tu ?

— D'après Edwin, Richard a traîné trop longtemps près du fleuve et il était en retard pour l'office. Il a essayé de se faufiler dans le cloître et de se mêler aux autres quand ils sortiraient mais il n'a pas pu parce que Jérôme attendait Bosiet sous la voûte. Quand Edwin s'est retourné, il a vu Richard filer droit vers les écuries et franchir le portail à toute allure.

— Ah ça, par exemple ! s'exclama Cadfael, qui avait tout compris. Mais si le gosse a pu se sauver sans qu'on le remarque, où étaient donc Jérôme et Bosiet ? Attends, je connais déjà la réponse. Ne te fatigue pas à jouer aux devinettes. Je sais de quoi ils voulaient s'entretenir privément, ces deux-là. Jérôme ne tenait pas à ce qu'il y ait des témoins, mais le petit, il ne l'avait pas remarqué. Paul, il faut que je te laisse un moment à tes investigations et m'en vais consulter d'urgence Hugh Beringar. Il a déjà une disparition sur les bras. Une de plus ne changera pas grand-chose.

***

Hugh, qu'il rattrapa sous la voûte de la porte de la ville, arrêta brusquement son cheval en apprenant les dernières nouvelles et se tourna vers Cadfael, l'air méditatif.

— Alors vous pensez que votre version des faits explique tout? ironisa-t-il avec un petit sifflement. Pourquoi Richard irait-il se préoccuper d'un garçon qu'il a à peine vu et avec qui il n'a pas échangé trois mots? Auriez-vous des raisons de croire qu'ils auraient un secret entre eux?

— Là, vous m'en demandez trop, tout ce que je sais, c'est que ça concorde au point de vue temps. Mais c'est un lien solide. Je suis à peu près certain que Richard a surpris leur conversation et que c'est pour ça qu'il s'est conduit ainsi. Et avant que Bosiet n'arrive à l'ermitage, Hyacinthe disparaît.

— Et Richard également! renchérit Hugh dont les sourcils noirs se rapprochèrent quand il envisagea ce que cela impliquait. Donc, si je vous suis bien, si j'en retrouve un, je tomberai sur l'autre.

— Oh, c'est loin d'être évident. Le gamin comptait sûrement rentrer au bercail à l'heure pour aller se coucher, le bec enfariné. Il a de la jugeote et pas la moindre raison de vouloir nous quitter. Il serait certainement de retour parmi nous s'il n'en avait été empêché. Raison de plus pour qu'on s'inquiète. Soit son cheval l'a jeté par terre, et il est blessé, ou perdu... soit — on se demande s'il n'a pas regagné Eaton. Mais c'est parfaitement invraisemblable.

Hugh comprit aisément ce que Cadfael se bornait à suggérer et à quoi il n'avait pas eu lui-même le temps de réfléchir.

— Non, mais on aurait pu l'y emmener de force! Mon Dieu, c'est bien possible! Si des gens de Dionisia l'ont rencontré par hasard dans les bois, ils auront saisi l'occasion de plaire à leur patronne. Oh, je sais, il y a aussi des partisans de Richard, il n'y en a pas moins quelques-uns qui ne se gêneraient pas pour le livrer à sa grand-mère. Cadfael, mon vieil ami, poursuivit chaleureusement Hugh, retournez à votre atelier et laissez-moi me charger d'Eaton. Dès que mes hommes seront partis à la recherche de nos deux oiseaux, je me rendrai moi-même à Eaton et je verrai ce que la dame a à nous raconter. Si elle refuse de me laisser fouiller le manoir afin de vérifier si Hyacinthe ne s'y trouve pas, je saurai que c'est là qu'elle détient l'autre, et j'inventerai un moyen de lui forcer la main. Si c'est là qu'est Richard, il en sera sorti pas plus tard que demain et il retournera dans le giron de frère Paul, promit Hugh, plein d'enthousiasme. Même au prix d'une bonne correction, le pauvre, ajouta-t-il après réflexion avec un petit sourire de pitié. C'est mieux que de se retrouver marié selon le vœu de sa grand-mère. Il lui en cuira moins longtemps, c'est déjà ça.

Cadfael lui répondit vertement que de la part de quelqu'un qui avait d'excellentes raisons de chanter les louanges de son épouse et d'être fier de son fils, c'était là un affreux blasphème à l'encontre du mariage. Hugh tourna son cheval vers la pente raide de la Wyle et s'éloigna avec un dernier sourire en coin par-dessus son épaule.

— Accompagnez-moi donc à la maison et adressez vos doléances à Aline. Vous lui tiendrez compagnie pendant que j'irai donner mes ordres au château.

La perspective de passer une heure avec Aline et de jouer avec Gilles, son filleul, qui aurait bientôt trois ans, était tentante mais Cadfael, bien qu'à contrecœur, se résigna à décliner l'invitation.

— Non, il faut que je rentre. En attendant que la nuit tombe il s'agit d'inspecter partout dans la clôture et d'enquêter le long de la Première Enceinte. On ne peut pas savoir où il est mais on ne peut non plus négliger aucune possibilité. Que Dieu vous assiste, Hugh ! Vos chances de réussir sont plus grandes que les nôtres.

Les rênes un peu lâches, il traversa le pont et se dirigea vers le couvent, soudain conscient qu'il avait passé un peu trop de temps à cheval aujourd'hui. Il se réjouissait d'avance du calme et de la paix de l'âme que lui apporterait l'office au sein du vaste sanctuaire de l'église abbatiale. Quant à explorer chaque pouce de la forêt, c'était l'affaire de Hugh et de ses gens d'armes. Il était inutile de se lamenter en se demandant où le gamin passerait la nuit suivante, ce qui n'empêchait pas de prier pour qu'il ne lui arrive rien de fâcheux. Et demain, songea Cadfael, j'irai voir Eilmund, je lui apporterai ses béquilles, et en profiterai pour ouvrir l'œil en chemin. Il y a donc maintenant deux disparus. Si on en découvre un, trouvera-t-on forcément l'autre ? Rien de moins sûr. Mais, en revanche, qui sait si le premier ne permettrait pas de dénicher le second ?

Un nouvel arrivant se tenait au pied de l'escalier menant à l'hôtellerie qui observait avec une attention discrète l'agitation incessante des rabatteurs. Il n'y avait plus l'affolement du début. A présent chacun s'était calmé et inspectait obstinément tous les endroits possibles et imaginables dans la clôture, sans parler de ceux qu'on avait envoyés sur la Première Enceinte. L'animation presque obsessionnelle qui entourait l'inconnu rendait d'autant plus frappants son mutisme et son impassibilité. L'allure de cet étranger n'avait rien d'extraordinaire. Il était assez élégant, solide, de maintien modeste ; ses bottes usagées mais bien entretenues, ses chausses de couleur sombre, sa cotte de bonne qualité mais toute simple étaient l'équipement ordinaire de ceux qui parcourent les routes et ne sont ni très riches ni très pauvres. Il pouvait aussi bien s'agir du tenancier d'un baron envoyé en mission par son maître, d'un marchand prospère ou d'un hobereau vaquant à ses occupations. Cadfael le remarqua dès qu'il mit pied à terre à la loge dont le portier sortit pour s'asseoir sur le banc de pierre à l'extérieur avec un soupir convaincu qui s'exhala de ses joues brunes, trahissant quelque exaspération.

— Alors? Quoi de neuf? demanda Cadfael, sachant d'avance à quoi s'attendre.

— Rien, bien sûr, et ce n'est pas demain la veille qu'on en aura si tu penses que le petit a pris son cheval et tout. Mais il paraît qu'il faut d'abord vérifier sur place. Il est même question de draguer l'étang du moulin. C'est malin ! Que fabriquerait-il là-bas quand on l'a vu s'engager vers la Première Enceinte avec son poney — ce n'est un secret pour personne. En outre, il nage comme un poisson, il ne se serait jamais noyé. Non, il est loin à l'heure qu'il est, même s'il s'est attiré de sérieux ennuis. Mais n'importe, on regardera sous chaque brin de paille au grenier et on ira voir sous la litière aux écuries ! A ta place, je me dépêcherais d'aller à l'atelier de peur qu'on te le mette sens dessus dessous.

Cadfael ne quittait pas des yeux la silhouette sombre près de l'hôtellerie.

— Qui est-ce, celui-là ?

— Un certain Rafe de Coventry, fauconnier du comte de Warwick. Il doit se rendre à Gwynedd pour y entraîner des émerillons, s'il faut en croire frère Denis. Il n'y a pas un quart d'heure qu'il est arrivé.

— Je l'ai d'abord pris pour le fils Bosiet, expliqua Cadfael, mais je me suis rendu compte qu'il est trop vieux, il est plutôt de la génération du père.

— Moi aussi, ça a été ma première impression. Je le guette depuis un moment. Il va falloir que quelqu'un informe l'héritier de ce qui l'attend et je préférerais que ce soit le prieur et non pas moi.

— J'aime voir un homme capable de rester tranquille alors que tout le monde court autour de lui, affirma Cadfael, quelqu'un qui sait s'abstenir de poser des questions. Bon, ça ne serait pas une mauvaise idée de desseller mon vieux compagnon et de le ramener à l'écurie, il a eu son compte d'exercice avec toutes ces allées et venues aujourd'hui. Moi aussi, d'ailleurs.

« Demain », songea-t-il, conduisant tranquillement son cheval au pas à travers la grande cour en direction de l'écurie, « il va falloir que j'y retourne. Je peux me tromper, mais ça vaut le coup d'essayer ».

Il passa tout près de l'endroit où se tenait Rafe de Coventry ; ce dernier s'intéressait à peine à ce qui se passait autour de lui, sans rien demander à personne, perdu dans ses propres pensées. Au doux bruit des sabots de la monture de Cadfael, il tourna la tête et leurs regards se croisèrent par hasard. Le fauconnier lui adressa l'ombre d'un sourire et un bref signe de tête en guise de salut révélant ainsi un visage puissant mais peu communicatif, large au niveau du front et des pommettes, avec une courte barbe noire bien taillée et des yeux bruns au regard direct, largement écartés et marqués au coin, les yeux d'un homme qui vivait surtout en plein air et qui avait l'habitude de regarder au loin.

— Vous allez aux écuries, mon frère ? Puis-je vous demander de me servir de guide ? Je n'ai rien contre vos palefreniers mais j'aime mieux veiller moi-même sur mon cheval.

— C'est aussi mon cas, rétorqua Cadfael avec cordialité, veillant à adopter le rythme de la démarche de l'étranger. Et ça ne date pas d'aujourd'hui. Si on acquiert jeune cette habitude, on ne s'en débarrasse jamais.

Comme ils avaient en gros la même stature, leurs pas s'accordaient parfaitement. Dans la cour de l'écurie, un palefrenier de l'abbaye pansait un grand cheval à la robe noisette avec une étoile blanche sur le chanfrein en sifflant doucement tout en travaillant ; il avait l'air fort réjoui.

— C'est le vôtre ? demanda Cadfael, couvrant l'animal d'un regard connaisseur.

— Oui, répondit brièvement Rafe de Coventry, prenant l'étrille des mains du garçon. Merci, mon ami ! Je vais continuer. Dans quelle stalle puis-je le mettre ? Vous êtes joliment bien installé, mon frère, reprit-il après avoir examiné la place qu'on lui indiquait avec un hochement de tête satisfait. Vous ne m'en voudrez pas si je préfère m'occuper du pansage moi-même. Les voyageurs n'ont pas toujours autant de chance, mais l'habitude, vous savez ce que c'est.

— Vous voyagez seul? interrogea Cadfael, très occupé à desseller, tout en surveillant son compagnon mine de rien.

La ceinture que portait Rafe était destinée à recevoir épée et poignard, qu'il avait sans doute déposés à l'hôtellerie ainsi que son manteau et son bagage. Difficile de savoir dans quelle catégorie classer un fauconnier. Un marchand aurait eu au moins un serviteur capable de le protéger, probablement plus d'un. Un soldat ne compterait que sur lui-même, comme cet homme, et aurait sur lui ce qu'il faut pour se défendre.

— Je voyage vite, se contenta de répliquer Rafe. Quand on est nombreux, on n'avance pas. Si un homme ne dépend que de lui-même, il n'y a personne pour le laisser tomber.

— Vous venez de loin ?

— De Warwick.

Pas très bavard, ni très curieux le fauconnier du comte. Tout cela tenait-il vraiment debout ? Certes, il ne s'intéressait guère à tout ce qui concernait le disparu, mais il avait examiné les écuries, mine de rien, et les chevaux qu'elles contenaient. Même après, quand il s'était penché sur sa monture, il avait continué à regarder autour de lui avec le regard aigu d'un professionnel. Il avait négligé les mules et les chevaux de trait, mais il s'était arrêté sur le rouan à la robe claire qui avait appartenu à Drogo Bosiet. Cela se comprenait de la part d'un amateur de chevaux de race, car le rouan était un bel animal qui avait manifestement d'excellentes origines.

— Votre maison aurait-elle les moyens de s'offrir des modèles pareils ? demanda-t-il, passant une main approbatrice sur l'épaule luisante de la bête qu'il caressa ensuite entre les oreilles dressées, ou est-ce qu'il appartient à un hôte ?

— Appartenait, repliqua Cadfael, qui pouvait lui aussi se montrer taciturne.

— Appartenait ? Comment cela ?

Rafe se tourna vivement vers lui, et dans son visage impassible, ses yeux brillaient, attentifs.

— Son propriétaire est mort. Il repose actuellement dans notre chapelle mortuaire.

Le corps du vieux religieux l'avait quittée le matin même pour le cimetière et maintenant Drogo avait le sanctuaire pour lui tout seul.

— Ah bon ? De qui s'agissait-il et de quoi est-il mort ?

Tiens, voilà qu'il se mettait à poser des questions et

cette fois il n'y avait plus d'indifférence ni de détachement qui tenaient.

— D'un coup de poignard. On l'a retrouvé mort dans la forêt, à quelques milles d'ici. Dévalisé aussi.

Cadfael aurait été incapable d'expliquer sa réticence sur ce point précis et pourquoi, par exemple, il s'était abstenu de donner le nom du mort. Si son compagnon avait insisté, ce qui aurait été naturel en pareil cas, il lui aurait répondu franchement. Mais non, il n'y eut plus de questions. D'un haussement d'épaules, Rafe reconnut implicitement qu'il était parfois dangereux de voyager seul dans la forêt, sur les marches du comté, après quoi il referma la porte basse de la stalle sur son cheval tout heureux.

— Je m'en souviendrai. C'est ce que je dis toujours : il faut être bien armé ou ne pas quitter la grand-route.

Il frotta ses mains poussiéreuses et se dirigea vers la porte de la cour.

— Eh bien, il ne me reste plus qu'à me préparer pour le souper.

Il s'éloigna d'un pas décidé, mais pas directement vers l'hôtellerie. Au lieu de cela, il gagna le passage voûté menant au cloître où il pénétra. Cadfael jugea tellement significatif qu'il se rende droit à l'église qu'il le suivit, animé d'une curiosité candide, prêt à l'obliger discrètement. Il trouva Rafe de Coventry debout, hésitant, près de l'autel paroissial, déconcerté par le nombre de chapelles contenues dans les transepts et le chevet. Avec une simplicité un peu rude, il lui indiqua celle qu'il cherchait.

— Par ici. La voûte est basse, mais comme on a la même taille, vous n'aurez pas besoin de baisser la tête.

Rafe ne tenta nullement de déguiser ou de renier ses intentions, ni d'éviter la compagnie de Cadfael. Il lui lança un regard calme, méditatif, montra d'un signe de tête qu'il avait compris ses explications et le suivit. Et, dans le froid pénétrant et la pénombre de la chapelle, il s'approcha de la bière où reposait Drogo Bosiet, décemment recouvert d'un linceul et qu'éclairaient des cierges brûlant aux deux extrémités du cercueil, puis il découvrit le visage du mort.

Très brièvement, il étudia ses traits pâles et fixes avant de remettre le linge en place et, quand il accomplit ce geste, ses mouvements n'exprimaient plus ni hâte ni tension. Il n'était plus pressé et pouvait manifester le respect qu'éprouvent les hommes en face de la mort.

— Vous ne le connaîtriez pas, par hasard ? interrogea Cadfael.

— Non, je ne l'ai jamais vu auparavant. Que Dieu ait pitié de son âme !

Rafe se redressa et poussa un soupir de soulagement. Quel qu'ait été son intérêt pour le cadavre, c'était terminé à présent.

— Ce n'est pas n'importe qui. Il s'appelait Drogo Bosiet, il était du comté de Northampton. On attend son fils d'un jour à l'autre.

— Vous m'en direz tant ! Ce sera une épreuve pour le garçon quand il arrivera.

Mais ses propos étaient désormais pure formalité, tout cela ne le concernant qu'à peine.

— Vous avez beaucoup d'hôtes en cette saison ? Des gens de mon âge et d'une situation équivalente, peut-être ? J'aurais plaisir à disputer une partie d'échecs dans la soirée, si je peux trouver un partenaire.

Si Drogo Bosiet lui était sorti de l'esprit il ne s'en préoccupait pas moins des autres voyageurs qui auraient pu se présenter ici. Quelqu'un du même âge et de la même condition sociale ! Voyez-vous cela !

— Frère Denis pourra se renseigner pour vous, répondit Cadfael, délibérément obtus. Mais, vous savez, c'est très calme en ce moment. Vous verrez, l'hôtellerie est à moitié vide.

Ils étaient presque arrivés à l'escalier qui y menait, côte à côte, très détendus, et la lumière de la fin de l'après-midi, douce et brumeuse, devenait grise comme l'aile d'un pigeon, à l'approche du crépuscule.

— Cet homme qui a été tué dans les bois... commença Rafe. Votre shérif est sûrement à la recherche d'un hors-la-loi, si près de la ville. Est-ce qu'on soupçonne quelqu'un ?

— Oui, mais on n'a aucune certitude. Il y a un nouveau venu dans la région qui n'est pas retourné auprès de son maître depuis, répondit Cadfael qui ajouta innocemment, se renseignant sans en avoir l'air :

— Un jeune qui doit avoir une vingtaine d'années.

Ce qui ne correspondait nullement à celui auquel pensait Rafe ! Apparemment cette réponse le laissa froid car il se borna à un simple signe de tête et, à en juger par son impassibilité, il pensa aussitôt à autre chose.

— Dieu leur accorde bonne chasse !

Il semblait donc qu'il n'attachait aucune importance à la culpabilité ou à l'innocence de Hyacinthe. Quand il entra dans l'hôtellerie, Cadfael devina qu'il ne manquerait pas d'examiner sous le nez tous les dîneurs qui tournaient autour de la quarantaine. Cherchait-il une personne bien particulière ? Quelqu'un dont le nom serait inutile à l'enquête, car probablement faux ? Quelqu'un qui, c'était déjà ça, n'était pas Drogo Bosiet de Northampton !

CHAPITRE HUIT

Hugh arriva au manoir d'Eaton tôt le matin, accompagné de six gens d'armes montés, tandis qu'une dizaine d'autres étaient déployés derrière lui, entre le fleuve et la grand-route afin de couvrir le vaste territoire de champs et de forêt qui s'étendait de Wroxeter à Eyton et au-delà. Pour un meurtrier en fuite ils auraient peut-être à mener la chasse vers l'ouest, mais Richard était sûrement aussi dans les parages s'il était effectivement allé prévenir Hyacinthe de ce qui risquait de lui tomber dessus. Le détachement de Hugh avait suivi la route directe menant de la Première Enceinte à Wroxeter, une chaussée large et facile puis, de là, ils avaient gagné la forêt au plus vite jusqu'à l'ermitage de Cuthred où Richard aurait dû trouver Hyacinthe. D'après ce qu'avait raconté le petit Edwin, l'enfant n'avait que quelques minutes d'avance sur Bosiet; il était donc logique qu'il coupe au plus court. Mais il n'était jamais arrivé à la cellule.

— Le petit Richard? s'était écrié l'ermite, tout étonné. Vous ne m'en avez pas parlé hier, seulement de l'homme. Non, Richard n'est pas venu. Oh, je me souviens très bien de lui. Dieu veuille qu'il ne lui soit rien arrivé! J'ignorais complètement qu'il avait disparu.

— Et vous ne l'avez pas vu depuis? Il est parti depuis deux nuits maintenant.

— Non, je ne l'ai pas vu. Ma porte est toujours ouverte, même la nuit, et je suis toujours là au cas où on aurait besoin de moi. Si le petit s'était trouvé en danger ou en détresse à deux pas d'ici, il n'aurait pas manqué de se rendre chez moi. Mais je n'ai eu aucune nouvelle.

C'était la vérité pure : les deux portes étaient grandes ouvertes et les quelques meubles de la chapelle et de la chambre étaient aisément visibles.

— Si jamais vous apprenez quelque chose, envoyez-moi un mot, ou bien alertez l'abbaye. Et si vous voyez mes hommes battre les fourrés, ce qui ne manquera pas de se produire, transmettez-leur le message.

— Vous pouvez compter sur moi, promit gravement l'ermite qui resta près du portail de son jardin pour les regarder s'éloigner en direction d'Eaton.

John de Longwood sortit à grands pas d'une des granges longues adossées à la palissade dès qu'il entendit le claquement des sabots de nombreux chevaux sur la terre battue de la cour. Ses bras nus et son crâne en partie chauve avaient la nuance brillante du vieux chêne, car il passait le plus clair de son temps en plein air, qu'il pleuve ou qu'il vente et il n'y avait guère de tâche sur le domaine à laquelle il fût incapable de prêter la main. Il écarquilla les yeux de curiosité plus que de consternation lorsque Hugh et ses hommes entrèrent dans la cour et il s'empressa à leur rencontre.

— Eh bien, monsieur, qu'est-ce qui vous amène si tôt parmi nous? demanda-t-il, comprenant déjà que ce devait être sérieux.

Il ne remarquait ni chiens ni faucons, mais quantité

d'armes, et deux des archers sur pied de guerre. Il était peut-être question de chasse, mais pas d'une chasse habituelle.

— Il ne s'est rien passé de grave. Quelles nouvelles à Shrewsbury ?

— On est à la recherche de deux disparus, répliqua vivement Hugh. Vous ignorez vraiment qu'il y a eu un meurtre entre ici et la ville avant-hier soir ? Allons donc ! Et le serviteur de l'ermite a joué la fille de l'air, on le soupçonne d'être un vilain en fuite, il devait avoir d'excellentes raisons pour s'être sauvé deux fois. C'est après lui qu'on en a.

— Dame bien sûr qu'on est au courant, répondit John du tac au tac. Mais si vous voulez mon avis, il est déjà loin à l'heure qu'il est. Il n'a pas montré le bout de son nez depuis la fin de cette après-midi où il est venu chercher des gâteaux au miel que notre maîtresse avait préparés pour Cuthred. D'ailleurs elle n'était pas très satisfaite de lui et elle l'a tancé d'importance. Il faut reconnaître que c'était un impudent, ce garçon. Mais il a fichu le camp et ma tête à couper que vous ne le reverrez pas de sitôt. Remarquez, je ne l'ai jamais vu armé, ajouta John qui tenait à rester juste, et qui fronça les sourcils face au doute qui résulta de cette déclaration. Après tout, il est possible que ce soit quelqu'un d'autre qui ait réglé son compte à son patron. La menace de le ramener d'où il venait a sûrement suffi à le pousser à prendre ses jambes à son cou. Et le plus vite possible ! Dans un pays inconnu, son maître n'aurait pas eu la partie belle pour le capturer à nouveau. Je ne vois vraiment pas à quoi ça l'aurait avancé de le tuer. Prendre un tel risque ne l'aurait pas encouragé à rester.

— On ne l'a encore ni arrêté ni accusé, objecta Hugh, et ça n'arrivera peut-être même pas avant qu'on le rattrape. On ne pourra le laver de tout soupçon qu'à ce moment-là. De toute manière, il me le faut. Mais il n'est pas le seul à avoir disparu. Le petit-fils de votre châtelaine a quitté l'abbaye ce même soir et il n'est pas revenu.

— Hein? Le jeune seigneur! s'exclama John, bouche bée de stupéfaction et consterné cette fois. Il y a deux nuits et vous ne pouviez pas nous en parler avant! Que Dieu nous vienne en aide! Elle va devenir folle! Que s'est-il passé? Qui a emmené le petit?

— Personne. Il a sellé son cheval et hop! il s'est volatilisé; il est parti de son plein gré. Mais ce qui lui est arrivé, mystère! Et puisque l'un de ces deux-là est peut-être un meurtrier, je tiens à tout vérifier et à fouiller maison par maison avec ordre à mes hommes d'ouvrir l'œil. Vous êtes un excellent intendant, John, mais même vous ne pouvez pas savoir qui s'est glissé dans une des granges, bergeries, ou autre magasin du manoir d'Eaton. Et c'est précisément ce que je tiens à apprendre. Allez dire à dame Dionisia que j'aimerais la voir.

John secoua la tête et s'exécuta. Hugh descendit de cheval et alla jusqu'au pied de l'escalier menant à la porte de la vaste salle, au-dessus de la voûte basse, attendant de voir comment Dionisia se comporterait quand elle sortirait par la grande porte en haut des marches. Si elle n'avait pas encore eu vent de la disparition de l'enfant avant qu'elle ne l'apprenne par son intendant, il pouvait s'attendre à ce qu'elle entre dans une rage folle que nourriraient un effarement et un chagrin réels. Si au contraire elle savait, elle aurait eu le temps de se préparer à simuler la colère, mais elle pourrait aussi laisser échapper quelque chose de révélateur. Quant à John, son honnêteté était patente. Si elle avait ordonné qu'on cachât l'enfant, John n'avait rien à voir là-dedans. Ce n'était pas lui qu'elle aurait employé à cette fin, car il était bien décidé à être l'intendant de Richard d'abord et avant tout.

Elle sortit en trombe de l'encadrement sombre de la porte, toutes voiles dehors dans sa robe bleue, une flamme brûlant dans son regard impérieux.

— Qu'entends-je, Excellence ? Je n'arrive pas à y croire ! Richard aurait disparu ?

— C'est exact, madame, répliqua Hugh la dévisageant attentivement, pas gêné du tout par l'obligation où il se trouvait de lever la tête pour cela ; de toute façon il y aurait été obligé même s'ils avaient été au même niveau car elle était plus grande que lui. Il n'a pas reparu à l'école de l'abbaye depuis avant-hier soir.

Elle tordit ses mains crispées avec un cri d'indignation.

— Et vous ne pouviez pas le dire avant ! Deux nuits déjà ! Est-ce ainsi que les religieux s'occupent des enfants qu'on leur confie ? Et ce sont eux qui me refusent le droit d'éduquer la seule famille qui me reste ! Je tiens l'abbé pour responsable de tout ce qui pourra arriver à mon petit-fils ! Que la faute en retombe sur lui. Et qu'est-ce que vous attendez, monsieur, pour retrouver ce petit ? Voilà deux jours qu'il a disparu et vous vous présentez tout benoîtement chez moi pour m'en informer...

S'il y eut un silence momentané, ce fut parce qu'il lui fallait bien reprendre haleine, avec ses yeux flamboyants, du haut de son escalier, grande, grisonnante, formidable, son long visage patricien tout rouge de colère. Hugh, sans vergogne, profita de cet avantage dont on pouvait s'attendre à ce qu'il ne durât pas.

— Richard est-il venu ici ? demanda-t-il carrément, la défiant ouvertement.

Bouche bée, elle reprit son souffle.

— Pardon ? Évidemment non. Pensez-vous, sinon, que je serais dans pareil état ?

— En ce cas, vous en auriez informé l'abbé sur-le-champ, poursuivit Hugh innocemment, n'est-ce pas ? Vous savez, on est aussi inquiet que vous à l'abbaye. Mais il est parti seul, de son propre chef. J'ai donc pensé à venir ici en premier lieu. Mais si vous m'affirmez que vous ne l'avez pas vu... Son cheval non plus n'est pas revenu à son ancienne écurie ?

— Bien sûr que non, vous le sauriez déjà. Si le cheval était rentré sans cavalier, ajouta-t-elle, les narines dilatées, j'aurais envoyé tous mes gens ratisser les bois.

— C'est précisément ce à quoi s'emploient les miens en ce moment même. Mais je vous en prie, je serais très heureux que vous y ajoutiez ceux de Richard. Plus on est nombreux, mieux cela vaut. Parce que, jusqu'à présent, il semble que n'ayons pas réussi, murmura-t-il, continuant à l'observer de près. Et puis après tout, il n'est pas là.

— Non, rugit-elle. Faut-il vous le répéter ? Maintenant, s'il est parti de lui-même, comme vous le prétendez, il avait peut-être l'intention de rentrer chez lui. Et s'il lui arrive malheur en chemin, la responsabilité en incombera à Radulphe. Il n'est pas digne d'avoir la charge d'un jeune aristocrate s'il n'est pas capable de s'en occuper mieux que ça !

— Je lui répéterai vos propos, déclara obligeamment Hugh qui poursuivit avec une douceur horripilante : Mon devoir, à présent, est de continuer les recherches pour Richard et pour le voleur qui a assassiné un hôte de l'abbaye dans la forêt d'Eyton. N'ayez crainte, madame, je ne badine pas avec mes obligations. Puisqu'on ne saurait me demander de patrouiller quotidiennement dans le manoir de votre petit-fils, je suis persuadé que vous m'autoriserez à fouiller partout, afin de vous éviter cette peine. Vous tiendrez certainement à donner l'exemple à vos tenanciers et à vos voisins.

Elle lui lança un interminable regard hostile puis se tourna brusquement vers John de Longwood, qui était à ses côtés, impassible et neutre. Son mouvement fut si brutal que le bas de sa robe évoqua le coup de queue d'un chat en colère.

— Ouvrez mes portes à ces officiers. Toutes mes portes ! Qu'ils vérifient par eux-mêmes que je n'ai pas donné refuge à un meurtrier et que je ne cache pas mon propre descendant chez moi ! Informez tous mes métayers que je leur demande instamment de se plier aux exigences du shérif aussi simplement que moi. Entrez donc, monsieur, conclut-elle, se tournant vers Hugh, et allez où bon vous semble.

Pas mortifié pour un sou, il la remercia courtoisement et si elle vit la lueur dans son regard, qui était à deux doigts de l'ironie, elle dédaigna d'en laisser rien paraître, et tournant les talons elle regagna la grande salle d'une démarche rapide et coléreuse, le laissant à ses recherches dont il sentait déjà qu'elles seraient infructueuses. Mais il n'en était pas sûr et, si elle comptait que cette invitation malgracieuse suffirait à prouver son innocence et à expédier l'officier ailleurs, l'oreille basse, elle comprendrait vite son erreur. Hugh se mit au travail et retourna le manoir de fond en comble depuis la pièce principale et le cabinet particulier de Dionisia jusqu'aux chaumières de tous les paysans et vilains sur le domaine de Richard, en passant par les champs, les bergeries, la forge du maréchal-ferrant, les cuisines et autres magasins ; bref rien n'échappa à ses investigations. Ce qui n'empêcha pas Richard de demeurer introuvable.

Dans le milieu de l'après-midi, Cadfael se rendit à l'essart d'Eilmund avec les béquilles neuves que frère Simon avait coupées aux mesures du forestier, renforcées par de solides appuis latéraux pour soutenir son poids non négligeable. Apparemment, la fracture se réduisait bien, la jambe était droite et d'une taille normale. Eilmund n'avait pas l'habitude d'être couché, réduit à l'inactivité et il jalousait tous ceux qui s'occupaient de ses bois à sa place. Une fois qu'il aurait ces supports à sa disposition, Annette aurait du mal à le garder à la maison. Cadfael pensait que l'immobilité de son père avait permis à la jeune fille de déployer, oh bien innocemment, ses charmes féminins, mais la façon dont Eilmund prendrait la chose quand il s'en rendrait compte, ça c'était une autre paire de manches.

Il arrivait presque à Wroxeter quand il croisa Hugh qui repartait, solitaire, vers la ville après une longue journée passée à cheval. De leurs côtés, par les champs et par les bois, ses officiers continuaient à passer au peigne fin bosquets et tournières, cependant que Hugh devait se résoudre à rentrer seul au château pour y recevoir les rapports qu'on lui remettrait, réfléchir à la meilleure façon de couvrir le territoire restant et jusqu'où il faudrait étendre les recherches si elles n'avaient pas encore porté leurs fruits.

— Non, lança Hugh en réponse à la question informulée de son ami dès qu'ils furent à portée de voix, il n'est pas chez elle. Elle donne même l'impression de n'avoir pas été au courant de sa disparition avant que je la lui apprenne. Je sais, ça n'a rien de sorcier pour une femme de se livrer à une petite comédie de ce genre. Mais l'ennui est qu'on a été absolument partout et que, sous ce qu'on a négligé, une souris n'aurait pas de quoi se cacher. Pas de cheval noir aux écuries. Et c'est le même son de cloche chez tout le monde, depuis John de Longwood jusqu'au forgeron. Richard n'est pas là-bas ni dans aucune chaumière ou bouverie de ce fichu village. Le curé nous a ouvert sa porte ; il nous a accompagnés au manoir et c'est un honnête homme.

La mine sombre, avec un signe de tête, Cadfael trouva là un écho à ses propres doutes.

— Il me semblait bien qu'il y avait autre chose là-dessous. J'imagine que ça vaudrait la peine d'aller jeter un œil plus loin, à Wroxeter. Non pas que j'imagine Fulke Astley s'embarquant dans une telle aventure. Il est trop gros et trop prudent.

— C'est précisément de là que je viens, répliqua Hugh. Trois de mes hommes continuent à tout fouiller, mais pour moi, je suis convaincu qu'il n'y est pas non plus. On ne négligera rien — manoir, cottage, essart, et tout et tout. Si chacun est logé à la même enseigne, personne n'aura lieu de se plaindre. Remarquez, Astley a rechigné à nous laisser entrer. Question de dignité, j'imagine, parce qu'il n'y avait pas de raison.

— On a dû cacher le cheval à une certaine distance, émit Cadfael, se mordant les lèvres, méditatif.

— A moins, objecta Hugh d'un ton sinistre, que l'autre fugitif ne l'ait emmené hors du comté et qu'il se soit arrangé pour que le gamin ne puisse pas témoigner... même si on le retrouve.

Ils se fixèrent l'un l'autre, admettant silencieusement qu'on ne pouvait négliger cette éventualité, aussi tragique fût-elle.

— Le petit se serait enfui avec l'autre suspect, réfléchit Hugh. Admettons ; et cela sans en souffler mot à personne. Le poney est petit mais solide, trop grand pour Richard. Le serviteur de l'ermite ne pèse pas lourd. Et si, sans s'en douter, il s'était mis en route avec une canaille et un meurtrier ? Je ne prétends pas que ce soit le cas. Je dis seulement que c'est déjà arrivé et que ça pourrait arriver encore.

— C'est vrai, reconnut Cadfael, je n'ai rien à objecter.

Mais il y avait dans son intonation quelque chose qui suggérait qu'il n'y croyait pas. C'est curieux parce que jusqu'à ce moment précis, il avait des doutes.

— C'est votre petit doigt qui vous a soufflé ça ? Je vous connais assez pour ne pas négliger vos pressentiments, murmura Hugh avec un sourire un peu contraint.

— Non, Hugh, répondit Cadfael en secouant la tête, je ne sais rien qui ne soit connu de vous, je ne suis l'avocat de personne dans cette histoire, sauf de Richard. Je n'ai pas échangé trois mots avec ce Hyacinthe que j'ai vu deux fois seulement, quand il nous a transmis le message de Cuthred et quand il est venu réclamer mes services pour le forestier. Je dois me contenter d'ouvrir l'œil entre ici et chez Eilmund, et là-dessus vous pouvez compter sur moi, peut-être même explorerai-je un peu les sous-bois en chemin. Si j'apprends quoi que ce soit, soyez tranquille, vous en serez informé avant tout le monde. Que ce soit bon ou mauvais, mais que Dieu et sainte Winifred nous accordent de bonnes nouvelles !

C'est sur cette promesse qu'ils se séparèrent, Hugh pour aller prendre connaissance des renseignements que ses gardes auraient à lui fournir en cette fin d'après-midi, Cadfael pour traverser le village, en direction de l'orée de la forêt. Il avait tout son temps, et beaucoup de points auxquels réfléchir. C'était curieux comme le simple fait d'admettre que le pire était possible avait instantanément renforcé ses convictions qu'il n'avait pas eu lieu et qu'il n'aurait pas lieu. Il y avait plus étrange encore : à peine avait-il affirmé, ce qui était la stricte vérité, qu'il ne connaissait Hyacinthe ni d'Ève ni d'Adam, qu'il s'était senti intimement persuadé que cette lacune allait être comblée et qu'il apprendrait non pas tout, mais tout ce qu'il avait besoin de savoir.

Eilmund avait retrouvé ses couleurs; il accueillit volontiers son visiteur et rien ne put le dissuader d'essayer aussitôt ses béquilles. Après avoir été cloué chez lui quatre ou cinq jours, épreuve qu'il avait trouvée particulièrement pénible, quel soulagement de pouvoir aller traîner au jardin et de se rendre compte qu'il apprenait vite à se servir de ses jambes de remplacement. Ce fut comme si le soleil recommençait à briller sur lui. Quand il fut sûr de savoir se débrouiller, il consentit à s'asseoir, sur l'injonction d'Annette, pour partager son souper avec Cadfael.

— Si j'étais raisonnable, déclara ce dernier, je rentrerais maintenant que je sais que vous vous en tirez. L'os se remet tout seul et il est droit comme un i. Vous n'aurez plus besoin que je vienne vous embêter tous les jours. A propos de visiteurs ennuyeux, Hugh Beringar et ses hommes sont-ils passés ? Ils battent les bois alentour. Si je vous explique qu'ils sont après Hyacinthe, le domestique de Cuthred, que l'on soupçonne d'avoir tué son maître, je ne vous apprends rien, je suppose. Et il y a aussi le petit Richard qui a disparu.

— On nous a parlé de ça la nuit dernière, répondit Eilmund. Oui, ils étaient là ce matin, il y avait toute une tripotée de gens d'armes de la garnison à inspecter chaque pouce de la forêt entre la route et le fleuve. Ils sont même entrés dans mon étable et mon poulailler.

Will Warden grommelait que c'était du temps perdu, mais qu'il avait des ordres. « Pourquoi aller chercher noise à un brave homme dont l'honnêteté n'est un secret pour personne ? Mais si je néglige une seule cabane ou que mes rabatteurs manquent un seul buisson, avec sa seigneurie qui a l'œil à tout, je ne suis pas sorti de l'auberge. » Vous savez si on a retrouvé le petit ?

— Non, pas jusqu'à présent. Il n'est pas à Eaton, c'est sûr et certain. Si cela doit vous rassurer, Eilmund, dame Dionisia a dû elle aussi laisser la maréchaussée fouiller son manoir de la cave au grenier. Noble ou pas, chacun est logé à la même enseigne.

Annette les servit en silence, leur apportant le pain et le fromage à table. Son pas était aussi léger qu'à l'ordinaire, ses traits aussi calmes ; c'est seulement quand on mentionna Richard qu'une expression d'inquiète sympathie assombrit son visage. Mais allez savoir ce qu'elle pensait derrière cet air tranquille, ce qui n'empêcha pas Cadfael de se risquer à jouer aux devinettes. Il prit congé sans trop tarder, refusant l'hospitalité d'Eilmund.

— J'ai manqué trop de services aujourd'hui. Je dois absolument retourner à mes obligations et au moins montrer le bout de mon nez à complies. Je reviendrai vous voir d'ici après-demain. Ne vous fatiguez pas. Toi, Annette, ne laisse pas ton père rester debout longtemps. S'il n'est pas raisonnable, ôte-lui ses béquilles.

Elle rit, affirma qu'elle n'y manquerait pas, mais Cadfael voyait bien qu'elle avait d'autres préoccupations. Et elle ne s'était pas jointe à son père quand ce dernier reprocha à Cadfael de s'en aller trop tôt, pas plus qu'elle ne l'accompagna jusqu'à la barrière, cette fois. Elle n'alla pas plus loin que la porte d'où elle le regarda enfourcher sa monture, et elle lui adressa un signe de la main quand il regarda en arrière avant de s'engager sur l'étroit sentier sinuant entre les arbres. C'est seulement quand il eut disparu qu'elle tourna les talons et rentra dans la chaumière.

Cadfael n'alla pas loin. A quelques centaines de toises dans les bois il y avait une petite clairière verte au creux d'un épais buisson où il mit pied à terre et son cheval à l'attache, puis il revint tout doucement, à pas de loup, là où il pouvait voir la porte de la maison sans qu'on le vît lui-même. La lumière déclinait doucement, se fondant dans le crépuscule vert tendre. Le silence était profond que rompait le chant d'un oiseau attardé au cœur de la forêt.

Au bout de quelques minutes, Annette apparut sur le seuil de la porte où elle s'immobilisa un bon moment, tendue, regardant partout autour d'elle, écoutant de toutes ses oreilles. Puis, satisfaite, elle sortit du jardin d'un pas vif et contourna l'arrière de la maison. Décrivant un grand cercle, Cadfael la suivit sous le couvert des arbres. Ses poules étaient déjà rentrées, à l'abri pour la nuit, la vache était à l'étable; il y avait une bonne heure qu'Annette avait accompli ces tâches routinières alors que son père essayait ses béquilles sur le sol plat, élastique de la clairière. Il semblait qu'il ne restait à la jeune fille qu'à s'acquitter d'une seule chose avant que la nuit ne tombe et qu'on ne barricade la porte. Elle prit sa course, joyeuse, aérienne, tendant les mains pour écarter les buissons. Quand elle parvint à l'orée de la clairière, ses cheveux châtain clair peu à peu libérés dansaient sur ses épaules. Elle rejeta la tête en arrière, comme pour regarder parmi les arbres qui s'assombrissaient au-dessus d'elle, laissant parfois tomber, dans l'air silencieux, humide, une feuille morte, telle une larme de l'année vieillissante.

Elle n'alla pas très loin. Après une centaine de pas dans le bois elle s'arrêta, gardant la même attitude délicate, comme si elle allait prendre son envol, sous les branches du premier chêne centenaire au feuillage encore luxuriant. Cadfael n'était qu'à deux pas derrière elle, sous le couvert des arbres. Il la vit relever la tête et lancer un sifflement aigu, mélodieux, en direction de la cime de l'arbre auquel, très loin, là-haut, répondit un doux froissement de branches, dont le mouvement descendant évoqua la chute d'un gland et qui se matérialisa au sol par l'apparition soudaine, silencieuse, d'un jeune homme souple comme un chat. Il se suspendit par les mains à la branche la plus basse et retomba légèrement sur ses pieds aux côtés d'Annette. A peine avait-il touché terre qu'ils étaient dans les bras l'un de l'autre.

Cadfael ne s'était donc pas trompé. Le regard de ces deux-là ne s'était pas plutôt croisé qu'ils s'étaient épris l'un de l'autre, d'autant plus facilement que le garçon avait rendu un service inestimable au père de la belle. Pendant qu'Eilmund était cloué au lit, elle était libre d'aller où bon lui semblait, par exemple pour voir et nourrir un fugitif. Mais comment s'y prendre maintenant que le forestier pouvait se déplacer, même dans un rayon limité ? Était-il juste de poser à son père un tel problème, mettant en jeu sa loyauté, sa situation de représentant de la loi, même si cela ne concernait que la loi de la forêt ? Ils n'en étaient pas moins dans les bras l'un de l'autre, innocents comme deux enfants, mais à leur étreinte passionnée, on voyait aisément qu'il faudrait bien plus qu'un père, un seigneur, un roi ou les foudres de la loi pour les forcer à se séparer. Elle, avec ses longs cheveux défaits, ses pieds nus, et lui, avec l'élégance naturelle de son corps et de ses mouvements, sa beauté farouche, inquiétante, rappelaient les nymphes et les faunes qui peuplaient la forêt dans les idylles profanes de la Grèce antique. Le crépuscule qui descendait était incapable d'atténuer leur rayonnement.

« Eh bien », songea Cadfael, se laissant aller à admirer cette vision, « si c'est cela la clé du mystère, il faut y aller voir, il n'y a pas d'autre solution. » Il s'avança vers eux sans se cacher, et les buissons se mirent à bruire sous ses pas.

Dès qu'ils l'entendirent, ils se retournèrent, épaule contre épaule, tels deux chevreuils sentant un danger. En apercevant le moine, Annette tendit les bras et fit à Hyacinthe un rempart de son corps, le visage très pâle, terriblement décidée ; de la même façon, Hyacinthe se mit à rire, la prit par la taille pour l'écarter et se plaça devant elle.

— Comme si j'avais besoin de preuve ! s'écria Cadfael, s'efforçant d'adopter un ton aussi rassurant que possible, évitant de s'approcher trop près, même s'ils savaient que fuir ne leur servirait de rien. Je ne suis pas officier de justice. Si vous avez la conscience tranquille, vous n'avez rien à craindre de moi.

— Je n'aurai pas la prétention d'aller jusque-là, répondit calmement Hyacinthe d'une voix calme et douce, et dans la pénombre naissante son brusque sourire narquois brilla distinctement. Mais je ne suis pas un assassin, si c'est cela que vous sous-entendez. Vous êtes frère Cadfael, n'est-ce pas ?

Il les dévisagea tour à tour. Malgré leur méfiance inquiète, il vit qu'ils respiraient plus librement et qu'au fur et à mesure que le temps passait, ils ne comptaient plus ni fuir ni l'attaquer.

— Vous avez eu de la chance qu'il n'y ait pas eu de chiens ce matin. Hugh n'apprécie guère ce genre de chasse à l'homme. Je suis désolé, mon petit, si ma visite t'a forcé à rester sur ton perchoir plus longtemps que prévu. J'espère que tu passeras les nuits suivantes plus confortablement.

A ces mots ils sourirent tous les deux, sans répliquer, mais dans leurs yeux, il y avait encore une certaine méfiance.

— Et où diable te cachais-tu pendant que le sergent fouillait partout ? Comment as-tu fait pour qu'il ne se soit douté de rien ?

Annette se décida, montrant le sens pratique qu'elle manifestait en toute circonstance. Elle se secoua et sa chevelure brillante, moutonnante, déploya ses vagues pâles autour de sa tête. Elle respira à fond et éclata de rire.

— Il était sous les couvertures du lit de mon père, si vous tenez à le savoir, alors que Will Warden était assis sur le banc d'en face, à siroter sa bière avec nous tandis que ses hommes visitaient le poulailler et retournaient le foin dans l'appentis, dehors. Vous pensiez que mon père n'était au courant de rien, lança-t-elle, se rapprochant de lui et tirant Hyacinthe par la main. Vous m'en vouliez un peu, avouez. Inutile, il sait tout, et depuis le début, par-dessus le marché. En tout cas, depuis qu'on est aux trousses de Hyacinthe. Bon, maintenant que vous avez découvert le pot aux roses, ne vaudrait-il pas mieux rentrer à la maison ? On ne sera pas trop de quatre pour réfléchir à ce qui va se passer et à la manière de se sortir de ce guêpier.

— Ils ne sont pas près de revenir, assura tranquillement Eilmund qui présidait cette rencontre au sommet dans sa demeure depuis son trône, en d'autres termes son lit, celui-là même qui avait servi à soustraire

Hyacinthe au bras armé de la justice. Mais si je me trompe, on aura le temps de se retourner. Il ne faut pas utiliser deux fois la même cachette.

— Et vous ne vous êtes jamais demandé si vous n'abritiez pas un meurtrier? interrogea Cadfael, ne demandant qu'à être convaincu.

— Je ne vois pas pourquoi! J'ai su tout de suite qu'il n'y était pour rien. Vous allez comprendre. Je parle de preuve, hein, Cadfael, et pas de simple conviction, bien que la conviction ne soit pas si simple que ça, si on va par là. Vous étiez chez nous la nuit dernière et c'est en rentrant que vous êtes tombé sur le cadavre. Le crime ne remontait pas à plus d'une heure. Vous êtes d'accord avec moi?

— J'y souscris entièrement si cela doit confirmer vos dires.

— Vous êtes parti quand Annette est revenue de son travail qui l'avait occupée dans la soirée. Vous vous rappelez, je lui avais fait remarquer qu'elle y avait mis le temps! Et pour cause, elle était avec ce garçon. Je ne sais pas ce qu'ils avaient en tête, mais ça ne pouvait pas attendre, ce qui ne vous surprendra pas, j'imagine. Bref, ils se trouvaient tous deux à environ un mille dans les bois depuis le moment où elle nous a laissés seuls jusqu'à ce qu'elle revienne au bout de deux grandes heures environ. C'est là que le jeune Richard les a trouvés. Elle a ramené Hyacinthe avec elle. Dix minutes après votre départ, et lui a demandé d'entrer. Ce n'est pas un criminel car pendant tout ce temps, il était avec elle, avec moi ou avec nous. Et cette nuit-là, il a dormi à la maison. Il ne s'est jamais approché du mort, nous pouvons en témoigner sous serment.

— Mais alors, pourquoi ne pas avoir... commença Cadfael qui s'abstint tout aussitôt de poser une question inutile, et levant la main pour éviter une réponse évidente. Non, pas un mot ! Je comprends tout. Je suis un peu lent ce soir. Si vous étiez venus raconter à Hugh Beringar qu'il était à la poursuite d'un innocent et que vous pouviez le prouver, vous auriez, c'est vrai, écarté ce danger de lui. Mais si un Bosiet est mort on en attend un autre à l'abbaye à tout moment — il y est peut-être déjà pour ce que j'en sais. Et d'après le palefrenier il ne vaut pas plus cher que son père ; cet homme a d'excellentes raisons de l'affirmer, il porte des marques qui en disent long. Non, vous étiez coincés, un point c'est tout.

Hyacinthe s'assit sur les roseaux du plancher, aux pieds d'Annette, les genoux sous le menton. Quand il parla ce fut sans passion ni emphase, mais on sentit dans sa voix la finalité calme d'une décision irrévocable :

— Jamais je ne retournerai là-bas !

— J'espère bien ! Il ne manquerait plus que ça ! s'exclama Eilmund du fond du cœur. Vous comprenez, Cadfael, quand il est venu, il n'était pas question de crime, c'était un vilain en fuite que j'ai choisi de cacher et qui avait eu amplement raison de fuir. Et puis il m'avait rendu un signalé service. Je l'aime bien, je ne voudrais pas qu'il aille là où il sera maltraité. Et puis voilà qu'on se met à crier au meurtre ! Je n'avais pas de raison de changer de point de vue. Évidemment le bon sens eût exigé qu'on avoue tout au shérif, à l'abbé, mais vous voyez, c'était impossible. Et voilà le résultat, on a ce garçon sur les bras. Comment s'arranger pour qu'il échappe à tout danger ?

CHAPITRE NEUF

Chacun apparemment tenait pour acquis que Cadfael était de leur côté et qu'il s'était engagé sans retour dans leur conspiration. Comment aurait-il pu en être autrement ? Il y avait une preuve irréfutable de l'innocence de Hyacinthe, que l'on pouvait apporter à Hugh Beringar dont personne ne mettait en doute l'impartialité. Seulement ce serait exposer le jeune homme au danger même auquel il avait voulu échapper une fois. Mais là, les choses se passeraient très différemment. Hugh était tenu comme tout le monde à respecter la loi et même ses talents à ne voir et entendre que ce qu'il voulait s'avéreraient inefficaces si Bosiet apprenait où se trouvait son vilain et qui lui donnait refuge.

— De vous à moi, avança Cadfael, passablement dubitatif, on pourrait vous expédier au pays de Galles, à l'abri des poursuites...

— Non, répliqua fermement Hyacinthe, je ne me sauverai pas. Je me cacherai ici le temps qu'il faudra, mais je n'irai pas plus loin. Je l'envisageais au départ quand je suis venu par chez vous, mais j'ai changé d'avis.

— Pourquoi? se borna à demander Cadfael?

— Il y a deux bonnes raisons à cela. D'abord Richard a disparu et il m'a sauvé la vie en venant me prévenir. Je suis et resterai son débiteur tant que je ne saurai pas qu'il est en sécurité et qu'il est rentré à l'abbaye. Deuxièmement, je veux ma liberté en Angleterre, à Shrewsbury, et j'entends y trouver du travail dès que je serai hors de danger, gagner ma vie et me marier... si Annette veut de moi, conclut-il avec un sourire, défiant Eilmund de ses yeux d'ambre.

— Tu pourrais peut-être quand même me demander mon avis, objecta ce dernier mais avec tant de bonne humeur qu'on voyait bien que l'idée n'était pas nouvelle et qu'elle ne lui déplaisait pas.

— Bon, c'est d'accord, quand le moment sera venu, mais ce que j'ai aujourd'hui à offrir, à vous ou à elle, ne fait pas l'affaire. Alors on va attendre, mais n'oubliez pas, hein ! Maintenant il faut trouver Richard, et j'y arriverai ! C'est ce qui compte avant tout.

— Et comment vas-tu t'y prendre, alors que Hugh Beringar et ses hommes ne sont arrivés à rien ? demanda Eilmund avec bon sens. Parce que je te rappelle que tu es recherché et que l'étau se resserre ! Sois raisonnable et reste tranquille jusqu'à ce que Bosiet comprenne que cette histoire lui coûte plus que ça ne vaut. Il en conviendra, tu sais. Il a des manoirs auxquels il doit songer à présent.

Mais Hyacinthe correspondait-il à la définition ordinaire d'un garçon raisonnable ? On pouvait se poser la question. Il était assis immobile, imperceptiblement tendu, comme s'il n'allait pas tarder à agir. Le feu brûlait doucement en se reflétant sur ses joues lisses et son front dont la nuance passa du bronze à l'or. Annette, assise près de lui, sur les coussins du banc, contre le mur, était à peu près de la même trempe. Dans son visage calme, étincelaient ses yeux d'un bleu de saphir. Elle les laissait parler à sa place sans se donner la peine d'ajouter un mot de son cru, ni de toucher l'épaule mince de Hyacinthe pour confirmer son emprise sur lui. Si d'aucuns avaient des doutes sur l'avenir d'Annette, c'était loin d'être son cas à elle.

— Richard vous a quittés aussitôt après vous avoir prévenus? interrogea Cadfael.

— En effet, affirma la jeune fille. Hyacinthe tenait à le raccompagner jusqu'à l'orée de la forêt, mais il n'a pas voulu en entendre parler, confirma Annette. Il a refusé de bouger tant que Hyacinthe ne serait pas allé se mettre à l'abri, alors on le lui a promis. Et il est reparti par le sentier. Et nous, on est revenus auprès de mon père, vous le savez. On n'a croisé personne. Richard ne se serait jamais rapproché d'Eaton, sinon j'aurais pensé qu'il était retombé aux mains de sa grand-mère. Mais il avait bien l'intention de rentrer se coucher.

— C'était notre avis à tous, admit Cadfael, y compris à Hugh Beringar. Mais il s'est rendu sur les lieux de bonne heure et il a tout fouillé de fond en comble; le gamin n'y est pas. Je pense que John de Longwood et la moitié de la maisonnée l'auraient avoué s'ils l'avaient vu. Dame Dionisia n'est pas vraiment commode, mais c'est Richard le maître du château. C'est à lui qu'il faudra obéir dans l'avenir, pas à elle. S'ils avaient eu peur de parler devant elle, ils auraient attendu qu'elle ait le dos tourné. Non, il n'est pas là-bas.

L'heure de vêpres était passée depuis belle lurette. Même s'il partait maintenant, il arriverait trop tard pour complies et cependant il retournait sans cesse, obstinément, cette situation nouvelle dans son esprit, cherchant la meilleure manière de progresser, alors qu'il ne semblait pas y avoir d'autre solution pour le jeune homme que d'attendre et continuer à échapper à ses poursuivants. Il était soulagé de savoir que Hyacinthe n'était pas un assassin, c'était toujours ça de pris. Mais le garder hors de portée de Bosiet, c'était une autre histoire.

— Pour l'amour de Dieu, mon garçon, en quoi as-tu pu offenser ton seigneur pour qu'il te haïsse à ce point? soupira Cadfael. Tu as vraiment agressé son intendant?

— Ah, voilà, commença Hyacinthe avec satisfaction et à ce souvenir, ses yeux brillèrent. C'était après la fin de la moisson; il y avait une fille qui glanait dans le peu qui restait sur les champs du domaine. Aucune n'était en sécurité s'il la rencontrait seule. J'étais là par hasard. Il avait un bâton et il a lâché sa proie pour me frapper quand je lui suis tombé dessus. J'ai récolté quelques coups, mais il est resté inconscient sur les pierres de la tournière et il a mis du temps à retrouver ses esprits. Après ça, il ne me restait plus qu'à ficher le camp. Je ne laissais rien derrière moi, pas de terres — Drogo avait saisi mon père deux ans auparavant alors qu'il était malade et sur le point de mourir et toutes les tâches me revenaient, le travail des champs, la moisson pour Drogo sans compter les dettes. Il nous en voulait depuis longtemps, il paraît que j'étais toujours à monter ses vilains contre lui... Si c'est vrai, c'était pour défendre leurs droits. Il y a des lois, même pour les vilains, mais dans les manoirs de Bosiet, elles n'avaient guère de valeur. Il m'aurait fait chèrement payer de m'être pris à son intendant. Il m'aurait condamné à mort si je ne lui avais rien rapporté. Je lui avais fourni l'occasion qu'il attendait.

— Et qu'est-ce que tu lui rapportais? voulut savoir Cadfael.

— J'étais doué pour travailler le cuir, je fabriquais

des ceintures, des harnais, des bourses, des tas de choses. Il m'a proposé de me laisser notre fermette si je m'engageais à lui remettre toute ma production pour gagner mon pain, maintenant que je ne possédais plus rien. Je n'avais pas le choix, j'étais toujours son vilain. Mais j'ai commencé à travailler mieux en utilisant des dorures. Il voulait gagner les faveurs du comte et m'a ordonné de lui fabriquer une reliure pour la lui offrir. Le prieur de chanoines augustiniens de Huntingdon a passé commande pour une reliure spéciale destinée à leur grand codex ; le sous-prieur des clunisiens de Northampton voulait une reliure neuve pour son missel. Voilà d'où c'est parti. Cela rapportait bien, mais je n'ai jamais touché un sou. C'est pour ça aussi qu'il voulait me récupérer vivant. Et son fils Aymer y tiendra aussi, sans nul doute.

— Si tu travailles aussi bien que tu le prétends, tu t'en sortiras partout, remarqua Eilmund, approbateur, une fois que tu seras débarrassé des Bosiet. Notre abbé pourrait très bien te confier une tâche et un des nos marchands ne serait sûrement pas fâché de t'avoir à son service.

— Où et quand as-tu rencontré Cuthred ? demanda Cadfael, curieux.

— Au prieuré des clunisiens de Northampton. J'y avais passé la nuit sans oser entrer, craignant d'être identifié par les quelques religieux qui me connaissaient. Comme j'étais parmi les mendiants à la porte, on m'a donné à manger, et quand je me suis remis en route avant l'aube, Cuthred partait aussi après avoir dormi à l'hôtellerie.

Un sourire inattendu apparut au coin des lèvres bien dessinées de Hyacinthe cependant que ses yeux restaient voilés sous ses paupières bombées veinées d'or.

— Il m'a proposé de venir avec lui. Par charité,

certainement, ou bien pour m'éviter d'avoir à voler ma pitance. Et de tomber encore plus bas par conséquent.

Aussi brusquement, il releva la tête, fixant solennellement Eilmund de son regard intense, brillant. Il ne souriait plus.

— Il est temps que vous soyez informé de ce que vous ignorez à mon sujet. A vous je ne veux pas mentir. Je suis venu comme ça, sans rien devoir à personne, prêt à ne reculer devant rien. J'aurais pu être une canaille et un vagabond, il m'est arrivé de voler quand cela s'est avéré nécessaire. Avant de me donner asile une heure de plus, il vaudrait mieux que vous sachiez à quoi vous en tenir. Annette, poursuivit-il, et sa voix s'adoucit en prononçant son nom, est déjà au courant. Vous aussi en avez le droit. Je lui ai tout raconté la nuit où frère Cadfael est venu soigner votre jambe.

Cadfael se remémora la silhouette immobile, assise patiemment à quelques pas de la maison et la façon passionnée dont il avait prononcé : « Il faut que je vous parle ! » Il revit aussi Annette sortant dans l'obscurité et refermant la porte derrière elle.

— Le barrage sur le cours d'eau pour noyer vos plantations, c'était moi, continua le jeune homme, inflexible et décidé. La rive qui avait été sapée et le pont sur le ruisseau pour que les chevreuils puissent envahir vos terres, c'était encore moi ; moi aussi qui ai abattu une partie de la clôture d'Eaton pour laisser le passage aux moutons qui ravageraient les pousses de jeunes frênes. C'est dame Dionisia qui me l'avait ordonné car elle ne voulait pas vous laisser une minute de repos tant que l'abbaye ne lui aurait pas rendu son petit-fils. C'est pour cela qu'elle a installé Cuthred dans son ermitage, afin que je sois son serviteur. Mais à ce moment, je ne connaissais personne d'entre vous et ça m'était égal. Et puis je n'allais pas dédaigner les sommes qu'elle m'allouait, et ce d'autant plus que j'avais trouvé un abri sûr en attendant des circonstances plus favorables. Oui, tout est de ma faute et cela me désole encore davantage du fait que le pire est arrivé ; que c'est sur vous que cet arbre est tombé et que vous avez été coincé dans le ruisseau. Pour couronner le tout, aujourd'hui, vous voilà infirme, condamné à garder la chambre. Oh je sais, ce glissement de terrain est venu tout seul, je n'y avais pas retouché. Maintenant, vous savez tout. Si vous croyez devoir me flanquer une correction mémorable, j'aurais mauvaise grâce à vous donner tort, et si vous voulez me chasser, je m'en irai. Mais pas loin ! conclut-il carrément, tendant la main pour prendre celle d'Annette.

Il y eut un long silence que les deux hommes mirent à profit pour le dévisager intensément, silencieusement cependant qu'Annette les observait d'un air aussi grave. Chacun s'abstint de porter le moindre jugement. Personne n'avait poussé de hauts cris ni ne l'avait interrompu pendant sa confession où sonnait un léger défi. La vérité dans la bouche de Hyacinthe avait le tranchant d'une lame et son humilité tenait beaucoup de l'arrogance. S'il éprouvait la moindre honte, il le cachait bien. Et pourtant cela avait sûrement été très difficile de risquer de perdre la considération et la bonté que le père et la fille lui avaient témoignées. S'il avait tenu sa langue, il est clair qu'Annette aurait tout gardé pour elle. Il n'avait tenté ni de plaider sa cause, ni d'invoquer quelconques circonstances atténuantes. Il acceptait de payer sa dette sans rechigner. On pouvait se demander si un confesseur, aussi éloquent et redoutable qu'il puisse être, serait parvenu à amener cet être mystérieux à une telle franchise.

Edwin sortit de son immobilité, appuya plus confortablement ses larges épaules contre le mur et poussa un grand soupir.

— Ouais, si cet arbre est tombé sur moi, tu m'as aussi tiré d'affaire. Et si tu crois que je vais livrer à la justice un vilain en fuite sous prétexte qu'il m'a joué un tour de cochon, ça prouve que tu connais bien mal les gens simples de mon espèce. Il me semble que la frousse que je t'ai value ce jour-là t'a servi de leçon et tu ne l'as pas volé. Il ne s'est rien passé depuis, car pour autant que je sache il n'y a rien à signaler dans les bois ces temps-ci. La dame doit se demander si elle n'a pas conclu un marché de dupes. Alors sois raisonnable et tiens-toi tranquille.

— Je lui avais bien dit, lança Annette, avec un sourire confiant, que tu n'étais pas du genre à rendre le mal pour le mal. Si je n'ai pas ouvert la bouche c'est que j'étais sûre qu'il finirait par avouer de lui-même. Frère Cadfael sait que Hyacinthe n'a tué personne et qu'il ne nous a rien caché de ses actions pendables. Personne ici ne le trahira.

Cela paraissait évident, ce qui n'empêchait pas Cadfael d'être inquiet et de se demander quelle était la meilleure façon de procéder. On ne le trahirait certes pas, mais la chasse continuerait ; on allait repasser les bois au peigne fin, ce qui risquait d'amener naturellement Hugh à suivre à la trace le coupable le plus vraisemblable, permettant ainsi à l'assassin de s'en sortir. Après tout Drogo Bosiet avait aussi droit à la justice, bien qu'il n'eût pas pour les droits de ses gens un respect sourcilleux. Ne pas confier à Hugh tout ce qu'il savait de l'innocence de Hyacinthe (dont il avait la preuve), risquait de retarder la réouverture du dossier qui seule permettrait de poursuivre le vrai criminel.

— Voulez-vous avoir confiance en moi et me laisser raconter à Hugh Beringar la teneur de vos propos ? Je vous en prie, plaida instamment Cadfael, autorisez-moi à m'entretenir avec lui en privé...

— Non ! s'écria Annette, posant une main possessive sur l'épaule de Hyacinthe, le regard flamboyant. Vous n'avez pas le droit de le livrer, ce serait une trahison envers nous.

— Mais absolument pas ! Je connais bien Hugh, ça ne lui plaît pas du tout de remettre un vilain entre les mains d'une brute, la justice pour lui passe avant la loi. Je veux simplement qu'il sache que Hyacinthe est innocent et lui en fournir la preuve. Je n'ai nul besoin de lui révéler ni où ni comment je l'ai appris. Ma parole lui suffira. Il prendra alors des mesures pour retenir ses gens jusqu'à ce que vous soyez en sécurité et que vous puissiez vous exprimer ouvertement.

— Il n'en est pas question ! s'exclama Hyacinthe, sautant sur ses pieds d'un mouvement vif et souple, avec dans les yeux une flamme jaune due à l'inquiétude. Il ne faut rien lui dire ! Si on avait pensé que vous réagiriez ainsi, on ne vous aurait jamais mis dans la confidence. En tant que shérif, il est tenu de prendre le parti de Bosiet qui a des manoirs, des vilains. Vous pensez vraiment qu'il se rangera de mon côté, contre mon seigneur légal ? Il me ramènerait auprès d'Aymer et je pourrirais dans un cul-de-basse-fosse.

Cadfael se tourna vers Eilmund pour trouver de l'aide.

— Je vous jure que je peux laver Hyacinthe de tout soupçon en parlant à Hugh. Il a confiance en moi et il pourra mettre un terme à cette poursuite en rappelant ses hommes ou en les envoyant ailleurs. Il faut encore qu'il retrouve Richard. Vous connaissez Hugh Beringar, Eilmund, vous savez bien que c'est un être impartial.

Seulement voilà, Eilmund ne le connaissait pas aussi bien que Cadfael. Le forestier secoua la tête, dubitatif. Un shérif c'est un shérif; il a prêté serment et la loi ne plaisante pas avec tout ce qui est paysan, serf ou gens sans terre.

— Oui c'est quelqu'un de bien, d'accord, mais je ne parierais pas la vie du petit sur l'honnêteté d'un officier royal. Non, il vaut mieux qu'on ne change rien. N'allez pas lui parler avant le départ de Bosiet, Cadfael.

Ils se liguaient contre lui. Il ne renonça pas cependant, arguant calmement que ce serait un grand soulagement si on cessait de s'en prendre à Hyacinthe, une fois son innocence discrètement établie auprès de Hugh et ainsi la justice pourrait rechercher le véritable meurtrier de Drogo et concentrer ses efforts sur Richard en utilisant des ressources plus importantes pour fouiller la forêt où l'enfant avait disparu. Mais ils n'étaient pas non plus à court d'arguments de poids.

— Supposons que vous alliez voir le shérif, fit remarquer Annette, même en secret et qu'il vous croie, il aurait toujours Bosiet sur le dos. Un serviteur de son père lui expliquera qu'il est pratiquement certain que le fugitif, meurtrier ou non, se cache dans les parages. Lui n'hésitera pas à utiliser les chiens si le shérif retire ses hommes. Non, n'en parlez à personne. Pas encore. Attendez qu'ils abandonnent l'enquête et rentrent chez eux. Promettez-le-nous. Promettez de garder le silence jusque-là.

Et voilà, c'était terminé. Il ne lui restait plus qu'à s'incliner. Ils lui avaient accordé leur confiance et devant cette levée de boucliers, il n'avait plus qu'à s'exécuter. Ce à quoi il consentit en soupirant.

Il était très tard quand, après avoir donné sa parole, il se décida à se lever pour reprendre le chemin de l'abbaye. Mais cette parole, il l'avait également donnée à Hugh, sans se douter qu'il lui serait à ce point dur de la tenir. Ne lui avait-il pas signalé que s'il apprenait quoi que ce fût, il en serait le premier informé ? Bien qu'innocente c'était une façon subtile de s'exprimer, et un esprit tortueux pourrait s'en accommoder de plusieurs manières, mais le sens de ces mots était aussi limpide pour Hugh que pour lui. Et il serait dans l'obligation de se parjurer. Tout au moins tant qu'Aymer Bosiet serait dans la région et qu'il n'aurait pas compris que mieux valait renoncer à sa vengeance. Alors il réfléchirait sérieusement et se déciderait à regagner ses pénates afin de profiter de son héritage tout neuf.

Sur le pas de la porte, il eut soudain une idée et se retourna pour poser à Hyacinthe une dernière question.

— Et Cuthred ? Vous viviez très près l'un de l'autre. A-t-il participé aux plaisanteries douteuses auxquelles tu t'es livré dans la forêt ?

Hyacinthe le dévisagea gravement, passablement surpris, ouvrant tout grands ses yeux d'ambre.

— Ce n'est pas possible. Il ne quitte jamais son ermitage.

Aymer Bosiet pénétra dans la grande cour de l'abbaye aux environs de midi le lendemain, suivi d'un jeune palefrenier. Frère Denis, l'hospitalier, avait reçu ordre de le conduire auprès de l'abbé dès son arrivée, car celui-ci ne tenait pas à laisser à un autre le soin de lui apprendre la mort de son père. Il s'y employa avec une délicatesse qui, il faut le reconnaître, ne semblait guère de saison. L'orphelin resta silencieux pendant le discours de Radulphe et prit tout son temps pour réfléchir à toutes les implications. Quand il eut digéré la nouvelle, il y répondit comme il convient, mais il était facile de voir qu'il pensait à autre chose. Derrière ce visage moins massif et brutal que celui de son père et que le chagrin ne marquait guère pour le moment, il y avait un esprit vif et calculateur. S'il fronça les sourcils, c'est qu'il se rendait compte des difficultés supplémentaires que cela signifiait, comme par exemple commander un cercueil, une charrette et engager d'autres gens pour l'aider à rentrer chez lui, et donc utiliser au mieux la période qu'il passerait ici. Radulphe avait déjà demandé à Martin Bellecotte, le maître charpentier de la ville, de fabriquer une bière toute simple, non encore recouverte car il était hors de doute que son fils désirerait voir le mort et lui rendre un dernier hommage.

Songeant à cette situation nouvelle, le jeune homme demanda à brûle-pourpoint, apparemment très intéressé :

— A-t-il pu remettre la main sur notre vilain qui s'est enfui ?

Si la question choqua Radulphe, il s'arrangea pour n'en rien laisser paraître.

— Non, répondit l'abbé. Le bruit a couru qu'il était dans la région, mais on ne sait pas vraiment s'il s'agissait du garçon aux trousses desquelles vous êtes. Pour autant que je sache, on ignore où il est allé.

— Recherche-t-on l'assassin de mon père ?

— Bien entendu. Le shérif y emploie tous ses hommes.

— On doit s'occuper de mon vilain aussi, j'imagine, dit Aymer d'un ton glacial, qu'il s'agisse ou non de la même personne. Les représentants de la loi sont tenus de m'assister en l'occurrence. Cet individu est une calamité mais il nous est précieux. Je ne le laisserais pas m'échapper pour tout l'or du monde.

Il donnait l'impression de mordre en prononçant ces mots. Il était aussi grand que son père, avec la même ossature longue, mais il était plus mince, avec un visage maigre et une dentition solide. Lui aussi avait des yeux très creux, de la même couleur opaque, indéterminée, ses prunelles paraissaient être tout en surface et dépourvues de profondeur. La trentaine, peut-être, il semblait plutôt satisfait de la tournure des événements. Une intonation de propriétaire commençait à percer sous cette voix dure. Et une conscience très aiguë de ce qui lui appartenait. Réfléchissant à ce qu'il avait perdu, il savait pertinemment ce qu'il voulait récupérer.

— Il faudra que je parle au shérif au sujet de l'individu qui prétend se nommer Hyacinthe. S'il s'est enfui, ne peut-on pas en inférer qu'il s'appellerait plutôt Brand ? Et qu'il a quelque chose à voir dans la mort de mon père ? Cela constitue déjà un lourd passif à son encontre. Et c'est une dette que je n'ai pas l'intention de laisser courir.

— Certes, mais cela regarde la justice et non pas moi, rétorqua Radulphe avec une politesse glaciale. On ne dispose encore d'aucune preuve concernant l'assassin du seigneur Drogo, que cela soit bien clair. Mais on recherche activement le criminel. Si vous voulez vous donner la peine de me suivre, je vais vous conduire à la chapelle où repose votre père.

Aymer se planta près de la bière recouverte d'un linceul et la lumière des grands cierges qui brûlaient à la tête et aux pieds de Drogo ne révéla guère de changement sur le visage de son fils qui regardait le corps, les sourcils froncés, mais surtout parce qu'il était plongé dans ses pensées ; cette mort ne lui causait ni colère ni chagrin.

— Je suis profondément choqué qu'un hôte de notre maison ait fini ainsi, murmura l'abbé. Nous avons célébré des messes pour le repos de son âme, mais aller plus loin ne relève pas de ma compétence. Je crois cependant, et fermement, que justice sera rendue.

— Naturellement! acquiesça Aymer dont le ton lointain révélait qu'il avait manifestement d'autres chats à fouetter. Je n'ai pas le choix : il faut que je le ramène pour qu'on l'enterre. Je vais quand même attendre un peu. Je refuse de renoncer aussi vite à cette poursuite. J'irai en ville dès cette après-midi, je prendrai contact avec votre charpentier; je lui demanderai de me fabriquer un autre cercueil plus solide, de le doubler de plomb et de le sceller. C'est dommage, il aurait très bien pu rester sur place, mais les gens de notre maison sont tous enterrés à Bosiet. Sinon ma mère ne l'admettrait pas.

Il y avait dans ce propos un soupçon d'exaspération. S'il n'avait pas été obligé de ramener le corps, il aurait pu rester dans la région aussi longtemps qu'il aurait fallu pour récupérer son homme. Et même, du train où allaient les choses, il s'attarderait autant qu'il le pourrait. Radulphe ne put s'empêcher de penser qu'il tenait essentiellement à remettre la main sur son vilain et que le meurtrier de son père lui importait assez peu.

Par un heureux hasard il se trouva que Cadfael traversait la cour au moment précis où le nouveau venu remontait à cheval, au début de l'après-midi. C'était la première fois qu'il avait l'occasion de voir le fils de Drogo. Il s'arrêta donc et se mit à l'écart pour l'observer à loisir. Impossible de se tromper sur son identité; il y avait un air de famille évident, quoique moins accusé chez le jeune homme. Ses yeux étrangement creux, qui paraissaient dépourvus d'ombre et de forme du fait de la profondeur de leurs orbites, témoignaient de la même méchanceté, et quand il enfourcha sa monture, il fut facile de constater qu'il avait nettement plus de considération pour l'animal que pour le palefrenier. La main qui tenait l'étrier reçut un bon coup de manche de fouet dès que le cavalier fut en selle, et quand, surpris par cette brutalité, Garin se recula si vivement sur les pavés que le cheval prit peur, encensa et renâcla, le chevalier lui frappa les épaules de la lanière cette fois, mais d'un geste si machinal qu'il était aisé de comprendre que telle était sa manière de traiter ses subordonnés. Il n'emmena avec lui que le petit palefrenier et prit le cheval de son père qui était reposé et avait besoin d'exercice. Quant à Garin, il n'était sûrement pas fâché d'être resté derrière, ce qui lui permettait d'avoir quelques heures de paix.

Cadfael le rattrapa et lui emboîta le pas tout en se rendant aux écuries. Garin se tourna pour montrer que son ecchymose disparaissait rapidement, mais elle avait gardé le jaune d'un vieux parchemin et la cicatrice qu'il avait au coin de la bouche était toujours nettement visible.

— Voilà deux jours que je ne vous ai pas vu, remarqua Cadfael, l'examinant afin de savoir s'il avait été de nouveau frappé. Accompagnez-moi donc au jardin aux simples, que je m'occupe un peu de cette blessure. Votre maître en a pour une heure ou deux, je crois, ce qui vous laisse le temps de souffler. Votre plaie m'a l'air saine, mais je vais quand même la nettoyer un peu.

Garin ne tarda pas à céder à cette invitation.

— Ils ont pris les deux chevaux frais, je dois panser les autres. Mais il n'y a pas le feu, murmura-t-il.

Et il suivit volontiers Cadfael ; sa silhouette mince,

marquée avant l'âge, se redressait, profitant du répit que lui valait l'absence de son seigneur.

Dans l'agréable fraîcheur odorante de l'atelier, sous les bouquets d'herbes bruissant au-dessus de sa tête, il s'assit confortablement, tout heureux de se laisser soigner. Quand Cadfael lui eut mis de la lotion, il ne manifesta aucune hâte à retourner auprès de ses chevaux, bien que les soins fussent terminés.

— Il est encore plus acharné après Brand que son père pouvait l'être, soupira-t-il, avec un hochement de tête compatissant mais peu efficace à l'égard de son ancien voisin. Il est partagé entre le désir de le pendre et celui de le ramener et de l'exploiter tant qu'il pourra. Parce qu'il a gros à y gagner, et il se moque de savoir si Brand a tué ou non parce que ça ne changera rien à sa décision ; ils ne débordaient pas de tendresse ces deux-là. C'est d'ailleurs vrai pour tous les membres de la famille. Aimer, ils ne savent pas ce que c'est, mais haïr, pour ça oui.

— Ah bon ? Il y a d'autres enfants ? demanda Cadfael, intéressé. Drogo laisse une veuve ?

— Une pauvre femme qui n'a plus aucune joie de vivre, mais de plus haute naissance que les Bosiet, ce qui les a obligés, à cause de sa parentèle, à la traiter mieux que le reste de leur entourage. Oui, Aymer a un frère cadet. Il serait plutôt moins violent et moins colérique que l'aîné, mais plus malin, il sait embobiner son monde. C'est tout, mais c'est bien suffisant.

— Ils ne sont mariés ni l'un ni l'autre ?

— Aymer l'a été mais sa femme était de santé fragile et elle est morte jeune. Il y a une héritière non loin de Bosiet qu'ils convoîtent tous deux, mais en vérité ils en ont surtout après ses terres. Si Aymer est l'héritier, Roger s'y entend nettement mieux à se rendre agréable. Mais une fois qu'il aura obtenu satisfaction, il cessera de se donner du mal.

Quel que soit celui qui l'emporterait c'était pour la jeune fille une perspective peu réjouissante, mais cela expliquait sans doute pourquoi Aymer ne pouvait pas se permettre de s'attarder outre mesure. Qui va à la chasse perd sa place, c'est bien connu. Quand on vient d'hériter, il vaut mieux être sur les lieux, surtout quand on a un petit frère franc comme un âne qui recule. Aymer garderait sûrement cette donnée présente à l'esprit, quel que fût son désir de retrouver Hyacinthe et d'assouvir sa vengeance sur lui. Cadfael n'arrivait toujours pas à s'habituer à ce nom de Brand, tant il avait le sentiment que celui qu'il s'était choisi lui convenait mieux.

— Je me demande où Brand a bien pu se cacher, s'exclama soudain Garin, revenant inopinément à ce garçon singulier. C'est heureux pour lui, ça lui donne un moment de répit. Ce qui doit fortement déplaire à mon seigneur ! Au début chacun pensait qu'un être aussi adroit de ses mains filerait sur Londres, et ils ont perdu une semaine et plus à le chercher sur les routes du sud. On avait dépassé Thame quand un de nos hommes est venu nous prévenir que Brand avait été vu à Northampton. Puisqu'il se dirigeait vers le nord, Drogo a supposé qu'il continuerait sur sa lancée avant de piquer vers l'ouest en chemin afin de gagner le pays de Galles. Je voudrais bien savoir s'il a réussi. Aymer lui-même ne le suivrait pas au-delà de la frontière.

— Et vous n'avez trouvé aucune trace de lui le long de la route ? demanda Cadfael.

— Ce qui s'appelle rien. Mais on est très loin des parages où on pourrait le reconnaître et il n'y a pas grand monde pour accepter de se laisser entraîner dans ce genre d'histoire. En outre, je parie qu'il aura pris un autre nom. J'espère que ça lui portera chance. Les Bosiet peuvent raconter n'importe quoi, je le tiens pour un garçon estimable.

Et sur ces mots Garin se leva, ragaillardi mais peu enthousiaste, afin de repartir à son travail.

Frère Winfried s'employait à balayer les feuilles mortes sous les arbres du verger car, cet automne humide les avait fait tomber avant de prendre leurs belles couleurs habituelles et telle une douce pluie verte, elles pourrissaient lentement dans l'herbe. Cadfael se retrouva seul et désœuvré après le départ de Garin. Autant de raisons de s'asseoir tranquillement et de réfléchir, et puis une ou deux prières ne serait pas de trop, soit à l'intention de l'enfant qui avait disparu sur son poney noir au cours de cette mission généreuse et folle qu'il s'était fixée à lui-même dans l'intention de sauver un jeune homme un peu sauvage, soit pour le repos de l'âme du hobereau cruel, tué sans avoir eu le temps de se repentir ni de recevoir l'absolution et qui avait grand besoin de la grâce divine.

La cloche de vêpres le tira de ses méditations et il y répondit avec joie. Traversant les jardins et la grande cour, il se rendit au cloître puis à la porte sud de l'église pour s'installer à sa place habituelle. Au cours de ces quelques derniers jours, il avait manqué trop d'offices, il lui fallait à présent la compagnie de ses frères pour se rassurer. Il y avait toujours quelques fidèles de la Première Enceinte pour assister à vêpres, des vieilles femmes qui habitaient des maisonnettes appartenant à l'abbaye, des couples âgés qui avaient cessé de travailler et qui occupaient ainsi leurs longs loisirs, rencontrant leurs amis à l'église. Souvent des hôtes de l'abbaye s'y arrêtaient aussi au retour de leurs activités de la journée. Cadfael les entendait s'agiter derrière l'autel paroissial sous la vaste voûte de la nef. Il remarqua que Rafe de Coventry s'était choisi une place d'où il pouvait voir au-delà de l'autel et jusque dans le chœur. Agenouillé pour prier il avait gardé son attitude de calme apparent, en paix avec lui-même et sûr de lui. Son visage impassible tenait plus du bouclier que d'un masque. Ainsi il n'était pas encore parti voir ses fournisseurs au pays de Galles. Il était le seul membre de l'hôtellerie à être présent. Aymer Bosiet devait être retenu par l'enterrement dont il lui fallait s'occuper en ville, à moins qu'il ne battît la campagne alentour et la forêt voisine à la recherche d'indices concernant le fuyard qu'il poursuivait.

Les religieux entrèrent et gagnèrent leurs places, suivis des novices puis des écoliers ; ce qui ramena douloureusement Cadfael à la réalité car il y avait toujours un enfant qui manquait. Impossible d'oublier Richard. Tant qu'on ne l'aurait pas retrouvé aucun de ces petits ne se sentirait l'esprit en paix ni le cœur léger.

A la fin de vêpres, Cadfael s'attarda dans sa stalle, se laissant devancer par la procession des moines et des novices qui pénétrèrent sans lui dans le cloître. L'office apaisait par sa consolante beauté mais la solitude ensuite n'était pas moins salutaire, le silence également, après que se furent tus les échos de la musique. Être seul à cette heure de l'après-midi lui était particulièrement bénéfique, à cause de la couleur douce comme l'aile d'une colombe de la lumière ou parce qu'il sentait que son âme prenait les dimensions de la voûte jusqu'aux arcatures les plus élevées, comme une goutte d'eau devient tout l'océan dans lequel elle est tombée. Il ne pouvait y avoir de meilleur moment pour prier intensément et Cadfael en éprouvait le besoin. Pour le petit tout spécialement qui était seul lui aussi et qui avait peut-être peur. C'est à sainte Winifred qu'il s'adressa ; ils étaient gallois tous les deux et il était très proche d'elle, comme s'ils appartenaient à la même famille. Elle avait à peine dépassé le stade de l'enfance quand elle avait subi le martyre ; elle saurait protéger un jeune garçon en péril.

Frère Rhunn, qu'elle avait guéri, coupait soigneusement les bougies parfumées qu'il fabriquait pour son autel quand Cadfael s'approcha. Le cadet tourna son beau visage vers son aîné et lui accorda un regard de ses yeux couleur d'aigue-marine qui semblaient doués d'une lumière innée, il lui sourit et s'éloigna. Pas pour traîner et reprendre son travail quand l'autre aurait fini de prier, ni se dissimuler dans l'ombre pour l'espionner, non, il disparut hors de vue d'un pas vif, agile, silencieux, lui qui était jadis arrivé infirme, souffrant, et lui abandonna toute l'église pour que l'on pût y recevoir l'appel de ses mains jointes et le propager partout.

Cadfael se releva, réconforté, sans savoir ni se demander pourquoi. Au-dehors, la lumière déclinait rapidement ; ici, à l'intérieur, la lampe d'autel, les cierges odorants de sainte Winifred constituaient des îlots de pur rayonnement que la pénombre environnante enveloppait comme un manteau bien chaud protège du froid ambiant. Il s'en fallait de beaucoup que la grâce qui venait de toucher Cadfael ait eu le temps d'atteindre Richard, où qu'il fût, de le consoler s'il était effrayé, de le délivrer si on le retenait prisonnier et de le soigner s'il était blessé. Cadfael quitta le chœur, contourna l'autel paroissial et gagna la nef, conscient d'avoir accompli un geste absolument indispensable, prêt à attendre patiemment, voire passivement, la manifestation de la grâce.

Il lui sembla que Rafe de Coventry devait être aussi plongé dans ses prières car il se relevait tout juste dans la nef vide et silencieuse que traversait Cadfael. Rafe reconnut le compagnon rencontré près des écuries et lui adressa un sourire discret mais amical qui passa fugitivement sur ses lèvres.

— Bonsoir, mon frère! J'espère que vous ne me tiendrez pas rigueur d'être entré dans ces lieux avec mes bottes et mes éperons et tout couvert de la poussière de la route. J'étais en retard, ce qui ne m'a pas laissé le temps de me changer.

Comme ils étaient à peu près de la même stature, ils avançaient aussi du même pas.

— D'où que vous veniez, vous êtes le bienvenu, rétorqua Cadfael. Tous nos hôtes ne montrent pas forcément le bout de leur nez aux offices. Je n'ai guère eu l'occasion de vous voir ces deux derniers jours, je suis pas mal sorti moi-même. Vos démarches ont-elles été couronnées de succès?

— En tout cas, j'ai eu plus de chance que l'un de vos hôtes, répliqua l'homme avec un coup d'œil en biais en direction de la porte étroite menant à la chapelle mortuaire. Mais pour mes démarches, je mentirais en affirmant que oui. Pas encore!

— Son fils est là en ce moment, l'informa Cadfael, suivant son regard. Il est arrivé de ce matin.

— Je l'ai vu. Il est rentré de la ville juste avant vêpres. Si je me fie aux apparences, lui non plus n'a pas réussi, quelles qu'aient été ses intentions. Il en a après un homme, à mon humble avis.

— En effet. Le jeune garçon dont je vous ai parlé, répondit sèchement Cadfael en étudiant les traits de son voisin quand ils longèrent l'autel paroissial illuminé.

— Je m'en souviens. C'est donc qu'il est revenu bredouille sans vilain attaché à une corde pendue à sa selle.

Rafe ne semblait toujours pas s'intéresser à Hyacinthe ni au clan Bosiet. Il pensait à autre chose. S'arrêtant brusquement près du tronc proche de l'autel, il fourra la main dans la bourse pendue à sa ceinture et en sortit une poignée de pièces. L'une d'elles lui échappa mais il ne se baissa pas tout de suite pour la ramasser. Il en laissa tomber trois dans le réceptacle avant de chercher celle qu'il avait perdue. Mais Cadfael s'en était déjà chargé pour lui et la tenait au creux de sa main.

S'ils ne s'étaient pas trouvés sous la lumière des chandelles de l'autel, Cadfael n'y aurait vu que du feu. C'était un penny d'argent, simplement, comme il en existait des milliers dans le royaume. Enfin presque. Il brillait de tout son éclat, mais il avait été frappé à la diable et ne pesait pas bien lourd. Maladroitement disposé autour de la croix courte au revers on distinguait le nom du graveur : Sigebert, un nom totalement inconnu de Cadfael et qu'on n'avait jamais vu dans la région. Et quand il retourna la piécette, il ne vit pas le profil familier d'Étienne, ni celui du feu roi Henri ; non, pas d'erreur, c'était celui d'une femme portant coiffe et couronne. Le nom qui figurait au bord : « Matilda Dom. Ang. » était quasiment inutile. C'était bien sûr celui de l'impératrice suivi de son titre officiel. Son trésor devait être passablement dégarni.

Cadfael releva la tête vers Rafe qu'il fixa intensément, avec un léger sourire où l'ironie tenait plus de place que l'amusement. Il y eut un assez long silence tandis qu'ils se dévisageaient.

— Eh oui, murmura Rafe, vous avez raison. On s'en serait rendu compte après mon départ. Mais cette pièce a de la valeur, même ici. Vos mendiants ne cracheront pas dessus sous prétexte qu'on l'a frappée à Oxford.

— Il n'y a pas longtemps, émit Cadfael.

— J'allais vous le faire remarquer.

— La curiosité, admit tristement Cadfael, est mon péché mignon.

Il tendit la petite pièce à Rafe qui l'accepta aussi gravement et la déposa dans le tronc d'un geste délibéré.

— Mais je ne parle pas à tort et à travers, poursuivit Cadfael. Et je n'irai reprocher à personne de défendre une cause honnêtement. Ces factions rivales me désolent, tout comme ces braves gens qui se déchirent, persuadés qu'ils sont que ce sont eux qui ont raison. Pour ce qui est de moi, vous pouvez circuler librement.

— Et votre curiosité ne s'étend pas aux raisons qui m'ont amené par chez vous, si loin du champ de bataille ? s'étonna doucement Rafe avec une certaine ironie dans son intonation. Allons, je suis sûr que vous m'avez percé à jour. Peut-être avez-vous cru que j'ai eu la sagesse de quitter Oxford avant qu'il ne soit trop tard ?

— Non, répondit Cadfael sans hésiter, cette idée ne m'a pas effleuré une seule seconde. Pas vous ! Alors pourquoi un homme aussi discret s'aventurerait-il si loin vers le nord en plein territoire du roi ?

— Il est vrai que ça n'est pas raisonnable, acquiesça Rafe. Que répondriez-vous à cela ?

— Je ne vois qu'une possibilité, commença Cadfael d'un ton calme et grave. On nous a parlé d'un homme seul qui était sorti d'Oxford, pendant qu'il en était temps, non pas de son plein gré mais pour remplir une mission pour sa suzeraine. Il emportait avec lui tout ce qui valait la peine d'être volé. Il n'est pas allé loin, on a trouvé son cheval à l'abandon, avec des taches de sang. Tout ce qu'il transportait avait disparu et lui, c'est comme si la terre l'avait avalé. Un homme dans votre genre, poursuivit Cadfael, cependant que Rafe l'observait attentivement, aussi impassible que jamais, avec son petit sourire dépourvu de gaieté, oui, un tel homme pourrait bien être monté jusqu'ici pour essayer de découvrir l'assassin de Renaud Bourchier.

Dans leur regard passa une lueur d'approbation mutuelle.

— Non! souffla lentement Rafe de Coventry, mais avec une autorité qui ne laissait planer aucun doute.

Il s'agita et soupira, rompant le charme provoqué par le bref et profond silence qui s'ensuivit.

— Désolé, mon frère, vous n'y êtes pas. Non, je ne recherche pas le meurtrier de Renaud. C'était une bonne idée. Je regrette presque que ça ne soit pas vrai. Mais non.

Là-dessus, il se dirigea vers la porte sud et passa dans le cloître où la nuit allait tomber. Frère Cadfael le suivit sans souffler mot ni proposer une autre hypothèse. Il venait d'entendre la vérité et il le savait.

CHAPITRE DIX

A peu près à l'heure où Cadfael et Rafe de Coventry quittaient l'église après vêpres, Hyacinthe se faufila hors de la chaumière d'Eilmund et se fraya un chemin à travers les buissons les plus épais en direction du cours d'eau. Toute la journée il avait été obligé de se terrer dans les fourrés car des hommes de la garnison étaient revenus traîner dans la forêt; comptant aller plus loin et explorer les champs, ils n'avaient effectué qu'un simple passage de routine. Certes, ils connaissaient Eilmund et ne s'étaient pas sentis obligés de fouiller de nouveau sa maison, mais ils étaient susceptibles de venir le saluer en voisins et de lui demander sur le ton de la conversation s'il avait remarqué quoi que ce soit. Hyacinthe détestait rester enfermé et répugnait aussi à se cacher. Quand vint le soir, il ne tenait plus en place, mais les chasseurs étaient sur le chemin du retour et ne reprendraient leurs investigations que le lendemain, ce qui lui laissait tout loisir d'aller fouiner un peu de son côté.

Il avait beau avoir peur et veiller à sa propre sécurité, il était trop honnête pour ne pas l'admettre, la pensée de Richard le tourmentait tant qu'il ne pouvait rester les bras croisés. Que devenait-il, le gentil Richard qui était venu le prévenir avec tant de bravoure irréfléchie ? S'il n'avait couru ce risque, jamais l'enfant ne se serait mis dans une telle situation. Mais pourquoi aurait-il été en danger dans ses bois, parmi ses propres gens ? Certes, en cette période troublée, l'Angleterre abritait des hors-la-loi qui vivaient comme des sauvages, mais ce comté semblait à l'abri de la guerre depuis quatre ans et jouir d'une paix, d'une tranquillité qu'on ignorait plus au sud. La ville se trouvait à moins de sept milles ; le shérif était jeune et actif, populaire aussi, pour autant qu'un shérif pût l'être. Plus Hyacinthe réfléchissait à tout cela et plus il se persuadait que la seule menace susceptible de peser sur Richard provenait de Dionisia qui tenait tant à le marier à l'héritière des deux manoirs qu'elle convoitait. Pour arriver à ses fins, elle était prête à tout. Elle s'était naguère servie de Hyacinthe à cet effet, ce qu'il ne risquait pas d'oublier. Il était *impossible* qu'elle n'eût rien à voir dans la disparition de son petit-fils.

Pourtant, le shérif était venu à Eaton, il avait tout passé au peigne fin et n'avait trouvé nulle trace du gamin dans une maison où chacun lui était tout dévoué, et donc susceptible de mettre en doute les protestations d'innocence de Dionisia à la première occasion. Elle n'avait nul autre endroit où cacher l'enfant ou son cheval. Et si Fulke Astley était bien capable de lui servir de complice, il tenait autant à mettre la main sur Eaton qu'elle sur ses deux manoirs, et on avait fouillé Wroxeter à fond mais sans succès.

Aujourd'hui la battue s'était déplacée et, d'après les renseignements qu'Annette avait recueillis auprès des sergents, elle se poursuivrait aussi obstinément le lendemain. Mais elle n'avait pas encore atteint Leighton, à deux milles en aval. Bien qu'Astley et sa famille préférassent habiter Wroxeter, le manoir de Leighton, plus éloigné, lui appartenait également.

C'était le seul point de départ qu'avait pu trouver Hyacinthe, cela valait la peine d'aller y jeter un coup d'œil. Si Richard avait été capturé dans les bois par des gens d'Astley ou par ceux d'Eaton, désireux de faire un marché avec Dionisia, ils avaient peut-être trouvé plus sage de le mettre en lieu sûr dans un endroit éloigné plutôt que d'essayer de le cacher plus près de chez lui. En outre, si elle comptait toujours forcer Richard à ce mariage, il y avait moyen d'obtenir la réponse désirée de la part d'un gosse même têtu, en se servant davantage de la carotte que du bâton. Il lui faudrait un prêtre, et Hyacinthe connaissait suffisamment Eaton pour savoir que le père Andrew était honnête et refuserait de se prêter à ce genre de comédie. Le curé de Leighton, qui était beaucoup moins au courant des tenants et aboutissants de cette sombre histoire, serait plus facile à circonvenir.

Voilà qui pouvait se vérifier aisément. Il était inutile qu'Eilmund lui conseillât de rester tranquille au lieu de courir un risque de capture, il comprenait et approuvait lui-même ce qu'il avait pourtant traité de folie. Annette n'essaya pas de dissuader son ami. Elle se borna à lui fournir un manteau noir, appartenant à Eilmund. Le vêtement qui avait connu des jours meilleurs était trop grand pour lui, mais il lui permettrait de se déplacer la nuit sans être vu, et il était muni d'une capuche sombre pour dissimuler son visage.

Entre la forêt et les méandres du fleuve, en aval par rapport au moulin et aux pêcheries, ainsi qu'aux quelques maisons voisines s'étendaient les noues. Il y avait encore un peu de lumière; une brume légère montant de la terre recouvrait l'herbe et sinuait tel un serpent d'argent le long de la rivière. Mais sur la berge nord la forêt continuait jusqu'à mi-chemin de Leighton. Au-delà, le sol s'élevait jusqu'aux dernières collines peu élevées de Wrekin où il serait plus difficile d'avancer à couvert. En ces lieux, cependant, où les taillis rencontraient la prairie, il pouvait progresser rapidement à condition de rester en deçà de l'orée des bois tout en profitant de la lumière sur les champs. Le calme et le silence qui l'entouraient, la discrétion de ses propres mouvements le rassuraient : si quelqu'un d'autre venait dans sa direction, il en serait vite averti.

Il avait parcouru plus d'un mille quand les premiers petits bruits lui parvinrent. Il s'immobilisa, tendit l'oreille, écoutant très attentivement. Une seule note métallique, quelque part derrière lui : un harnais qu'on agitait brièvement. Puis des buissons qui bruissaient doucement au passage d'une créature quelconque ; ensuite, et là on ne pouvait s'y tromper, il perçut une voix qui prononçait quelques mots, très bas, certes, mais pas très loin. Une question apparemment. Puis plus rien. Il y aurait donc deux personnes à se promener dans l'obscurité. Sinon, à quoi bon parler ? Et pourquoi le cheval suivait-il, comme lui, l'orée de la forêt, alors qu'il aurait été tellement plus simple de prendre par les champs. Des cavaliers, la nuit, qui ne tenaient pas plus que lui à se montrer et allant dans la même direction. Hyacinthe tendit l'oreille pour saisir le claquement étouffé des sabots sur la terre recouverte de feuilles et s'efforça de deviner la route qu'ils suivaient à travers les arbres. Ils longeaient la lisière des bois pour y voir un peu clair, et cherchaient davantage la protection de l'ombre que la vitesse.

Prudemment, Hyacinthe s'avança plus profond dans la forêt et resta sans bouger, invisible, pour les laisser passer. Il y avait encore assez de jour pour qu'ils ne soient pas réduits à de simples silhouettes. Ils se suivaient de près, d'abord un grand cheval pâle, gris clair probablement, portant un homme grand et fort, barbu, tête nue, avec un capuchon rejeté sur les épaules. Hyacinthe l'avait déjà vu à l'enterrement de Richard Ludel ; il montait comme un sac mais se tenait solidement en selle. Qu'est-ce que Fulke Astley fabriquait par ici, à cheminer furtivement non pas sur les routes mais en forêt, pour gagner l'un de ses manoirs ? Parce qu'il ne pouvait pas aller ailleurs !

La personne qui suivait sur un bidet trapu était indubitablement une femme. Il y avait de grandes chances pour qu'il s'agisse de sa fille, cette mystérieuse Hiltrude que le petit Richard trouvait si vieille et si déplaisante.

Leur destination n'était finalement pas si difficile à deviner, après tout. On voulait que le mariage fût célébré dans les délais les plus brefs, à condition qu'ils aient Richard sous la main. Ils avaient attendu ces quelques jours qu'on ait terminé de fouiller Eaton et Wroxeter, mais comme la battue allait s'étendre au-delà, ça n'était plus possible. Quels que fussent les risques auxquels ils s'exposaient, une fois la cérémonie terminée, ils pourraient affronter toutes les tempêtes qui s'ensuivraient, et même s'offrir le luxe de laisser Richard retourner à l'abbaye, car seule l'autorité de l'Église avait le pouvoir de rompre cette union.

Puisqu'il en était ainsi, comment empêcher que ce plan s'accomplisse ? Il n'était plus temps de repartir chez Eilmund et de charger Annette d'aller prévenir le château ou le monastère, ni de se rendre directement en ville. Et puis Hyacinthe, c'était humain, se voyait mal saper ainsi ses chances de rester libre. Mais en vérité, c'était une question de pure forme. S'il repartait pour Shrewsbury, quand on porterait secours à

Richard, celui-ci aurait la bague au doigt. Il y avait peut-être encore le temps de découvrir le lieu où on le gardait prisonnier et de l'en sortir à leur nez et à leur barbe. Ils n'étaient pas pressés, ces deux-là, et puis il faudrait que dame Dionisia vînt au rendez-vous ; ce n'était pas loin mais elle devrait se déplacer en secret. Et le prêtre — où allait-elle en dénicher un qui fût compréhensif ? Sans prêtre, tout était à l'eau.

Hyacinthe sortit du couvent épais et s'enfonça dans les bois. Maintenant une seule chose comptait, aller vite. Étant donné le pas des deux cavaliers, il les dépasserait sur le chemin. Vu l'urgence, il était prêt à emprunter la grand-route si nécessaire, et tant pis s'il rencontrait des gens d'armes en mission. Mais il existait un sentier, trop proche de la chaussée pour que les Astley s'y aventurent, qui rejoignait la route en question une fois passée la crête. Quand Hyacinthe l'eut atteinte, il prit silencieusement sa course sur l'épais tapis de feuilles trop humides pour être bruyantes.

Une fois sur la voie qui descendait vers le village (dont il se trouvait environ à un mille), il plongea dans les champs qui bordaient le fleuve. Il passait d'un abri à un autre, sachant à présent qu'il allait plus vite qu'Astley. Il franchit à gué le ruisselet qui partait du bas de la Wrekin pour se jeter dans la Severn, et continua sur la berge de la rivière. Un bouquet d'arbres atteignait presque la rive. Il s'y abrita et pour la première fois, depuis sa cachette, il put voir la palissade basse encerclant le manoir et la longue ligne aiguë et claire du toit à l'intérieur qui se dessinait sur le reflet de l'eau et la pâleur du ciel.

C'était une chance que les bosquets fussent si proches de la barrière du côté de l'eau. Hyacinthe fila d'arbre en arbre et, parvenant à un chêne dont les branches s'étendaient de part et d'autre de la clôture, il grimpa vivement au tronc afin de jeter un coup d'œil prudent à l'intérieur de l'enclos. Il dominait l'arrière allongé de la maison, par-dessus les toits de l'étable, de la grange et des écuries qui s'adossaient à la palissade. La même architecture devait se retrouver sur le devant, là où résidaient les occupants et d'où partait l'escalier menant à l'unique porte. Impossible d'entrer par ici ; il n'y avait qu'une petite fenêtre et elle était fermée. En dessous on avait ajouté une petite aile dans le prolongement de la cave voûtée. La pente du toit en bardeaux était très forte avec des auvents tombant assez bas. Hyacinthe l'observa, se demandant s'il parviendrait à ouvrir la croisée. Arriver jusque-là serait relativement facile, réussir à entrer serait peut-être une autre histoire. Mais c'était le seul endroit où on ne risquait pas de le voir. Toute l'activité néfaste des deux familles se concentrerait sûrement sur la porte de devant donnant sur la grande salle, de l'autre côté.

Il se balança pour se suspendre par les mains à l'intérieur de la barrière et se laissa tomber dans un coin sombre entre l'écurie et la grange. Cette rencontre nocturne avait au moins eu l'avantage de le soulager d'une crainte. Richard était probablement là, vivant et en bonne santé, sinon il ne leur servirait à rien. On avait dû bien le nourrir et être aux petits soins pour lui dans l'espoir que, si on lui passait tous ses caprices, il finirait par céder. En fait ils étaient prêts à tout lui accorder, à l'exception de sa liberté. C'était déjà beaucoup. Maintenant il fallait l'aider à s'échapper !

Rien ne bougeait dans la pénombre de l'enclos. Hyacinthe se glissa doucement hors de son abri et contourna la cour en restant dans l'ombre, jusqu'à ce qu'il parvînt à l'extrémité est de la maison. Il y avait au-dessus de sa tête des fenêtres sans volets à travers lesquelles filtrait une lumière tamisée. Il se cacha sous le porche profond de la cave voûtée, tendant l'oreille pour essayer de surprendre ce qu'on se racontait là-haut. Il lui sembla distinguer des murmures inaudibles, comme si tout de ce qui se tramait cette nuit devait rester secret. A l'angle suivant, où commençait l'escalier escarpé menant à la pièce principale, était fixée une torche. Il s'en rendit compte grâce aux reflets changeants sur le sol en terre battue devant lui. Des domestiques allaient et venaient à pas feutrés, parlant bas. Puis ce fut le bruit étouffé de sabots qui s'arrêtèrent dans la cour. Hyacinthe pensa qu'il s'agissait de la fiancée et de son père. L'espace d'un moment, il se demanda ce que la jeune fille pensait de cette union et si on ne se souciait pas encore moins de son avis que de celui de Richard.

Il se recula en hâte, car les palefreniers allaient conduire les chevaux aux écuries qui se situaient dans le coin le plus proche ; il avait en effet entendu les bêtes s'agiter dans leurs stalles alors qu'il n'avait pas encore quitté son arbre. L'avancée de l'aile de la cave lui fournissait un abri. Il le contourna et s'aplatit dans l'angle mort du mur ; il entendit un palefrenier s'approcher avec les deux montures.

Il ne pouvait pas bouger avant que le bonhomme soit parti, et le temps le pressait comme un chien de berger harcèle un troupeau de moutons. Heureusement le garçon d'écurie était efficace et ne s'attarda pas inutilement à sa tâche. Il avait peut-être envie d'aller se coucher car il n'était sûrement pas de bonne heure. Hyacinthe entendit claquer la porte de l'écurie, des pas s'éloigner rapidement et passer le coin du mur. C'est seulement alors, quand il put bouger et regarder de nouveau la façade presque aveugle de ce côté de la maison, qu'il remarqua ce qui lui avait pour l'instant échappé. Par une fente des volets massifs de la seule fenêtre qui en comportât, un rai de lumière se devinait à peine. Il était plus facile de distinguer, tout près de la jointure, un petit œilleton lumineux là où un nœud du bois était tombé en laissant un interstice. Il n'y avait aucune raison pour que cette chambre de derrière fût barricadée et éclairée à moins d'y loger un hôte de marque. Hyacinthe doutait que l'intervalle entre les meneaux de pierre fût suffisamment large pour laisser le passage à un homme, mais il le serait peut-être assez pour un enfant de dix ans, plutôt menu pour son âge. Avec ce toit bas sous la croisée, ses gardiens ne redoutaient pas une fuite et n'envisageaient pas non plus qu'un individu jetât un regard indiscret à l'intérieur.

Mais cela ne coûtait rien d'essayer. Hyacinthe bondit pour saisir une prise sur l'avancée de l'auvent et se hissa à hauteur des bardeaux, puis il se serra contre le mur de pierre, l'oreille aux aguets ; son mouvement avait été quasiment silencieux et nul ne vint voir ce qui se passait. Il rampa précautionneusement sur la pente du toit vers la fenêtre aux volets fermés. Les lourdes pièces de bois étaient solides et s'avançaient jusque dans la pièce, mais quand il essaya de les disjoindre il ne tarda pas à comprendre que, sans outil, c'était peine perdue car elles étaient dures comme de l'acier. Et les gonds étaient d'une résistance à toute épreuve. Il ne réussit pas à les bouger d'un cheveu. En outre, il devait y avoir de bons gros loquets à l'intérieur, verrouillés à double tour. Et le temps filait. Richard ne manquait ni de caractère, ni de ténacité, ni d'ingéniosité. S'il lui avait été possible de s'évader de sa prison, il aurait sauté sur l'occasion.

Hyacinthe appuya l'oreille à la fente, sans entendre

bouger à l'intérieur. Il devait maintenant s'assurer qu'il n'était pas en train de perdre de précieuses minutes qui s'écoulaient si vite. Au risque d'être découvert, il frappa du poing au volet et, appliquant les lèvres au petit rond de lumière, il lança un coup de sifflet aigu.

Cette fois, dans la pièce, l'occupant poussa une sorte de hoquet, puis il y eut un mouvement rapide comme si le prisonnier, après s'être craintivement réfugié dans un coin de la chambre, s'avançait de quelques pas, inquiet, puis s'arrêtait de nouveau, incapable d'agir. Hyacinthe tapa encore et appela à mi-voix par le trou :

— Richard ? C'est toi ?

Il y eut une course légère et un petit corps s'appuya aux volets de l'autre côté des panneaux de bois.

— Qui est-ce ? murmura Richard d'un ton pressant, tout près du rai de lumière. Qui est là ?

— Hyacinthe ! Richard, tu es seul ? Je ne peux pas arriver jusqu'à toi. Tu vas bien ?

— Non ! s'exclama le petit, furieux et indigné, montrant par cette réaction de colère qu'il n'avait pas perdu courage et qu'il était en excellente condition physique. Ils ne veulent pas me laisser partir, ils n'arrêtent pas de me sermonner pour que je leur cède et que j'accepte de me marier. Elle arrive ce soir et ils vont *m'obliger*...

— Je sais, soupira Hyacinthe, mais je ne peux pas t'aider à sortir. Et je n'ai pas le temps d'aller chercher le shérif. Demain ce serait faisable, et je les ai vus venir cette nuit.

— Ils ne me laisseront pas tranquille tant que je n'aurai pas dit oui, se désola Richard à travers la fissure. Et j'en suis presque arrivé là. Ils ne me laissent pas un moment de repos et je ne sais plus quoi faire.

J'ai peur qu'ils aillent me cacher ailleurs si je refuse. Ils savent bien qu'on fouille toutes les maisons.

Il avait perdu son ton fier et belliqueux et commençait à se laisser gagner par la panique. Il est difficile à un enfant de dix ans de tenir tête longtemps à des adultes implacables qui lui refusent toute échappatoire.

— Ma grand-mère a promis de me donner tout ce que je voudrais, tout ce que je désirerais si je prononce les mots qu'elle veut entendre. Mais moi, je ne veux pas d'épouse...

— Richard... Richard... répétait sans cesse Hyacinthe, sans que l'enfant consente à l'écouter au début. Écoute-moi, Richard ! Il faut qu'ils amènent un prêtre pour te marier. Sûrement pas le père Andrew, il n'accepterait jamais, mais un autre. Parle-lui, explique qu'on te force à cette démarche contre ton gré. Tu dois bien savoir qui c'est.

Une idée nouvelle s'imposa soudain à lui.

— Dis-moi, qui doit célébrer ce mariage ?

— Je les ai entendus, murmura Richard, retrouvant son calme, ils savent qu'avec le père Andrew ça ne marcherait pas. Ma grand-mère amène l'ermite avec elle.

— Cuthred ? Tu es sûr ? s'écria Hyacinthe, si surpris qu'il faillit oublier de parler bas.

— Évidemment que j'en suis sûr. Je ne suis pas sourd.

— Bon, alors écoute-bien, Richard ! souffla Hyacinthe, se penchant pour presser les lèvres contre la fente des volets, si tu refuses, tout ce que tu gagneras, c'est qu'ils continueront à te tourmenter et t'emmèneront ailleurs. Il vaut mieux leur donner satisfaction. Aie confiance en moi, et suis mes conseils, c'est la seule façon de combattre. Crois-moi, tu n'as rien à craindre, tu ne seras pas empoisonné par une femme, tu seras aussi en sécurité que dans un sanctuaire. Fie-toi à moi, sois tout doux et obéissant, laisse-les croire qu'ils t'ont maté, peut-être qu'après ils consentiront à ce que tu reprennes ton cheval et retournes à l'abbaye. Ils auront eu ce qu'ils voulaient et ils croiront que c'est irrévocable. Mais c'est une grosse erreur! Ne t'inquiète pas, il s'écoulera des années avant qu'ils ne te redemandent quelque chose! Aie confiance en moi, cède-leur! D'accord? Dépêche-toi, ils vont revenir! Alors, c'est oui?

— Bon, si tu veux, balbutia Richard, surpris autant que dubitatif et qui ne put s'empêcher de protester presque aussitôt. Mais comment est-ce possible? Comment peux-tu en être aussi sûr?

Hyacinthe se rapprocha du volet et lui souffla la réponse. A l'éclat de rire soudain, exubérant et bref, que l'enfant réprima, il sut que ce dernier avait parfaitement compris. Il était temps. De l'autre côté de la pièce, il entendit que l'on ouvrait brusquement la porte toute grande, et la voix de dame Dionisia, mi-miel mi-fiel, tout à la fois cajoleuse et menaçante, s'éleva ferme et claire :

— Ta fiancée est arrivée, Richard. Hiltrude est là. Tu vas te montrer courtois et gracieux envers elle, et ainsi tout le monde sera content, n'est-ce pas?

Richard avait dû s'écarter de la fenêtre dès qu'il l'avait entendue poser la main sur la poignée, car sa petite voix prudente était à peine audible; on aurait cru qu'il était très loin.

— Oui, grand-mère! lâcha-t-il, obéissant et peu enthousiaste, comme s'il n'était qu'à moitié décidé, mais cette moitié-là suffirait bien!

— Ah, te voilà enfin raisonnable! répliqua-t-elle, à la fois soulagée et méfiante. Tels furent les derniers mots que surprit Hyacinthe en redescendant précautionneusement le toit en pente avant de se laisser glisser au sol.

Il prit tranquillement le chemin du retour, satisfait du travail qu'il avait effectué cette nuit. Il avait tout son temps, à présent, il pouvait se permettre de rentrer sans se presser, ni perdre de vue qu'il était toujours recherché. Le petit était en vie, bien nourri, on s'occupait de lui comme il faut et il avait bon moral. Il n'avait subi aucun dommage grave, il ne risquait plus rien, même s'il appréciait peu d'être retenu contre son gré, mais il ne tarderait pas à pouvoir s'amuser aux dépens de ses geôliers. Hyacinthe cheminait tout joyeux dans la nuit douce et froide que parfumaient la brume montant des prairies inondées et l'odeur profonde des feuilles humides en décomposition dans les bois. La lune se leva, mais si voilée qu'elle n'accordait qu'une lumière grise, parcimonieuse. Vers minuit il aurait regagné son sanctuaire de la forêt d'Eyton. Et le lendemain matin, par un moyen qu'Annette ne manquerait pas d'imaginer, Hugh Beringar apprendrait très exactement où chercher l'écolier disparu de frère Paul.

Quand tout fut terminé et que Richard se fut plié à leur volonté, bien qu'à contrecœur, il s'était attendu à ce qu'on lui manifestât de la reconnaissance, voire même à ce qu'on l'autorisât à sortir de la petite chambre qui lui tenait lieu de prison, quelque confortable qu'elle fût. Certes, il n'était pas naïf au point de croire qu'il recouvrerait sur-le-champ sa liberté pleine et entière. Il lui faudrait continuer à jouer la comédie quelque temps et réprimer son hilarité secrète avant qu'on le laissât reprendre contact avec le monde extérieur. Ils se répandraient en explications pour justifier sa disparition et sa réapparition ; ce qu'ils diraient, il ne pouvait le deviner, mais ils veilleraient à raconter tous la même histoire. Bien entendu, ils prétendraient qu'il s'était prêté de son propre chef à la cérémonie qui venait de s'achever, sûrs qu'ils étaient qu'il serait trop tard pour qu'il affirme le contraire et qu'une fois marié nul ne pourrait le démarier. Il avait entière confiance en Hyacinthe qui ne l'avait jamais induit en erreur.

Il n'en croyait pas moins que sa complaisance lui vaudrait remerciements et indulgence. Il avait gardé son visage sombre et renfrogné parce que s'il avait recommencé à rire, même brièvement, il se serait trahi. Il avait répété mot à mot tout ce qu'on lui avait dicté, il s'était même forcé à prendre la main d'Hiltrude quand on le lui avait demandé, mais il n'avait pas regardé la jeune fille une seule fois avant que d'une voix douce, sans timbre, aussi résignée que celle du garçon, elle ne serinât le même serment, ce qui le força à se demander pour la première fois si elle n'était pas dans la même situation que lui. Il n'avait jamais songé à cette éventualité et il lui lança un regard furtif. Après tout, elle n'était pas si âgée ; plutôt petite, elle ressemblait plus à une victime qu'autre chose. Sans cet air de soumission morose, elle n'aurait pas été si mal que ça. Ce bref élan de sympathie vis-à-vis d'elle se tempéra d'un accès de rancune non moins brusque quand il constata que ce mariage n'enchantait pas la jeune fille plus que lui, alors que c'est lui qui avait toutes les raisons de s'en plaindre.

Donc, il n'y eut pas un seul mot de remerciement. Au contraire, sa grand-mère l'observa d'un œil menaçant où il crut distinguer une suspicion vivace et elle l'admonesta sans douceur :

— Vous avez agi sagement en accomplissant votre

devoir. Vous vous êtes enfin conduit comme il faut envers ceux qui en savent plus long que vous. Alors gardez cela en mémoire, monsieur ! A présent souhaitez bonne nuit à votre épouse. Demain vous apprendrez à la connaître mieux.

Il s'exécuta sans broncher et ils l'abandonnèrent, dans sa chambre fermée à double tour, se contentant de lui envoyer un domestique pour lui donner à manger alors qu'eux devaient banqueter dans la grande salle. Il s'assit tristement sur son lit, songeant à ce qui s'était passé en une seule soirée et à ce qui l'attendait le lendemain. Dès qu'il n'eut plus Hiltrude sous les yeux, il l'oublia. Il était au courant de ce genre de choses. Pour Dieu sait quelles raisons, si on n'avait que dix ans, on ne vous obligeait pas à vivre avec votre épouse, pas avant qu'on fût grand. Tant qu'elle résidait sous le même toit, on était censé se montrer courtois envers elle, voire prévenant, mais à présent elle allait retourner chez son père jusqu'à ce qu'on décrète qu'il était en âge de partager son lit et d'habiter avec elle. Maintenant qu'il commençait à y réfléchir sérieusement, Richard eut le sentiment qu'être marié ne lui conférait aucun privilège ; sa grand-mère continuerait à le traiter exactement comme avant, sans lui accorder plus d'importance ni de poids ; elle lui donnerait des ordres, le gronderait, lui flanquerait des taloches s'il désobéissait, le battrait s'il se montrait insolent. En un mot, il importait que le seigneur d'Eaton reprît sa liberté par n'importe quel moyen et s'évadât de son cachot. Il ne représentait plus grand-chose à ses yeux maintenant qu'elle avait obtenu ce qu'elle voulait ; ce qui importait, c'était de régler le problème des terres. Si elle pensait avoir eu gain de cause sur ce point, elle ne tarderait pas à relâcher le petit-fils dont elle s'était servi.

Richard s'enfouit bien au chaud sous ses couvertures et s'endormit. S'il était l'objet des conversations dans la grande salle où l'on débattait de son avenir, cela ne troubla pas ses rêves. Il était trop jeune et, Dieu merci, trop innocent pour que ses ennuis le poursuivent dans son sommeil.

Au matin, sa porte était encore verrouillée et le serviteur qui vint lui apporter son petit déjeuner ne lui laissa aucune chance de lui filer entre les doigts, mais à la vérité il n'en avait pas l'intention, sachant très bien qu'il n'irait pas loin ; en outre, son rôle était de se montrer docile et innocent comme l'enfant qui vient de naître. Quand sa grand-mère tira le loquet et vint vers lui, il se leva plus par habitude que pour lui donner le change. C'est ainsi qu'il avait été élevé et il lui tendit la joue. Le baiser de l'aïeule ne fut ni plus chaud, ni plus froid qu'auparavant ; pendant un bref instant il sentit que le même sang coulait dans leurs veines et cela lui fit battre le cœur. C'est un sentiment dont il n'avait jamais douté et pourtant la vieille dame n'était pas démonstrative. Il frissonna à ce contact et des larmes lui montèrent aux yeux malgré lui avant d'esquisser un bref mouvement de recul. Mais avec elle, ce n'était pas grave. Très droite, elle le regarda de toute sa hauteur avec cependant une douceur inattendue chez cet être formidable, une ombre de bienveillance qui ne dura pas.

— Eh bien, monsieur, comment vous portez-vous, ce matin ? Avez-vous l'intention d'être gentil et obéissant ? Et de vous efforcer de me donner satisfaction ? Si oui, vous verrez que nous nous entendrons fort bien, vous et moi. Puisque vous avez pris un nouveau départ, je vous engage à poursuivre dans la même voie. Vous devriez avoir honte de m'avoir défiée si longtemps.

Richard abaissa ses longs cils et regarda ses pieds.

— Oui, grand-mère. Puis timidement il demanda s'il pourrait sortir aujourd'hui.

— Nous verrons, répliqua-t-elle, ce qui pour Richard signifiait clairement : « Non ! »

Elle n'était disposée ni à discuter ni à marchander. Elle imposait sa loi, un point c'est tout.

— Mais pas tout de suite, vous ne le méritez pas. Montrez-moi d'abord que vous ne vous conduisez plus comme un sauvage et on vous rendra votre liberté. Vous n'êtes pas maltraité, vous avez tout ce qu'il vous faut, contentez-vous-en tant que vous ne serez pas plus sage.

— Mais je suis sage, cria-t-il, furieux. J'ai fait ce que vous vouliez, c'est votre tour maintenant ! Me laisser enfermé là-dedans, c'est de l'injustice et de la méchanceté. Je ne sais même pas ce que vous avez fabriqué avec mon poney.

— Il est aux écuries, il va très bien, répliqua sèchement Dionisia, lui aussi on s'occupe de lui. Et je vous conseille de changer d'attitude à mon égard, monsieur, ou vous le regretterez, croyez-moi. Est-ce ainsi qu'on vous a appris à adresser la parole à vos aînés, à l'abbaye ? En ce cas, c'est une leçon que vous seriez bien inspiré d'oublier au plus tôt, dans votre intérêt.

— Je ne veux pas être désagréable, répondit-il, retombant dans la morosité. Je veux seulement pouvoir sortir, être dehors au lieu de rester là, loin des arbres, de l'herbe, tout seul. Ça me rend triste...

— On va vous donner de la compagnie, promit-elle, se cantonnant à la seule revendication qu'elle pût satisfaire. Je vais vous envoyer votre épouse. Il convient que vous appreniez à la mieux connaître, car demain elle retournera à Wroxeter avec son père ; quant à toi, Richard, l'avertit-elle, avec un regard perçant, je te ramènerai dans ton manoir pour y occuper la place qui te revient. J'espère que tu sauras t'y conduire comme il faut et non te languir de ton école, maintenant que te voilà riche et marié. Eaton est à toi, c'est là que tu dois être, et j'espère que tu tiendras ton rôle si jamais quiconque le mettait en doute. Est-ce clair, monsieur ?

Il avait parfaitement compris. On allait le cajoler, l'intimider, le bousculer pour qu'il déclare à frère Paul et au père abbé, s'il le fallait, qu'il avait décidé de lui-même de repartir chez sa grand-mère et qu'il avait accepté ce mariage de son plein gré. Il enfouit son secret et son envie de rire au plus profond de son cœur et répondit docilement :

— Oui, madame !

— Bien ! Et maintenant, on va vous envoyer Hiltrude, attention, soyez poli avec elle. Il va falloir vous habituer l'un à l'autre ; alors autant commencer tout de suite.

Elle se laissa aller au point de l'embrasser de nouveau avant de le quitter, mais ce baiser avait quelque chose d'un soufflet. Enfin, elle sortit dans un grand tourbillon de jupes vertes volant au vent et il entendit le verrou claquer derrière elle.

En définitive, qu'avait-il obtenu, hormis de savoir que son cheval n'était pas loin ? Si seulement il pouvait parvenir jusqu'à lui, il serait en mesure de s'évader sur-le-champ. Mais bientôt Hiltrude entra, comme sa grand-mère l'en avait menacé. Ce qui réveilla toute sa rancune et son antipathie d'enfant, aussi injustifiées fussent-elles.

La demoiselle lui paraissait toujours appartenir à la génération de sa mère (dont il ne se souvenait pas très bien), mais à la réflexion elle n'était pas si laide que ça : elle avait la peau claire un peu pâle et de grands yeux bruns. Si ses cheveux étaient raides et d'une couleur assez terne, elle les portait très longs et sa lourde tresse pendait jusqu'à sa taille. Elle ne semblait pas méchante, plutôt amère et résignée, malheureuse aussi. Elle resta un moment, le dos à la porte, à regarder pensivement le petit garçon renfrogné assis sur son lit, les genoux remontés sous le menton.

— Alors, comme ça, on me fournit un chien de garde, remarqua-t-il d'un ton sec.

Hiltrude traversa la pièce, alla s'asseoir sur le rebord de la fenêtre et le dévisagea assez fraîchement.

— Je sais que tu ne m'aimes pas, commença-t-elle sans tristesse, mais avec une énergie inattendue. Je ne peux pas te donner tort, mais si tu tiens à le savoir, c'est réciproque. Il semble cependant que nous soyons liés l'un à l'autre, on n'y peut plus rien. Mais enfin pourquoi leur as-tu cédé ? J'avais fini par accepter uniquement parce que j'étais sûre que toi tu ne risquais rien à l'abbaye, où l'on saurait te protéger. Et il a fallu que tu tombes entre leurs mains, comme un imbécile, et que tu t'en laisses imposer, pour couronner le tout ! Voilà où nous en sommes. Que Dieu nous vienne en aide !

L'exaspération perceptible dans sa voix se calma et elle poursuivit avec une gentillesse teintée de lassitude :

— Ce n'est pas ta faute, tu n'es qu'un enfant. Tu n'avais pas le choix. Oh, je ne te déteste pas, je ne te connais même pas ; c'est seulement que je ne voulais pas de toi, que je ne veux toujours pas de toi comme époux, pas plus que toi ne veux de moi.

Depuis un instant, Richard la dévisageait, bouche bée, l'œil rond, stupéfait de s'apercevoir que cette femme n'avait rien d'un boulet qu'il lui faudrait traîner. C'était un être à part entière, qui avait beaucoup à dire, et elle était loin d'être idiote. Il étendit lentement les jambes et posa les pieds sur le sol.

— Tu n'as jamais voulu m'épouser? répéta-t-il, choqué, d'une toute petite voix.

— Un bébé comme toi? s'écria-t-elle, sans craindre de le vexer. Qu'est-ce que tu crois?

— Mais alors, pourquoi as-tu accepté? demanda-t-il, trop indigné par cette capitulation pour lui en vouloir de sa remarque sur son âge. Si tu avais eu le courage de refuser, on aurait été tirés d'affaire tous les deux.

— D'abord, mon père supporte mal qu'on lui tienne tête. Il commençait à me répéter sur tous les tons que j'étais trop vieille pour intéresser quelqu'un d'autre; si je ne t'épousais pas, il faudrait envisager de me placer dans une communauté, et je finirais vierge jusqu'à ma mort. Et ça, ça me plaisait encore moins. Je pensais que l'abbé te surveillait comme il faut et que tous ces projets tourneraient court. Seulement, on en est là. Comment va-t-on s'en sortir?

Surpris d'éprouver une sorte de curiosité et de sympathie envers cette femme qui lui apparaissait neuve comme un serpent après la mue, aussi vivante et réelle que lui, Richard l'interrogea presque timidement :

— Toi, qu'est-ce que tu veux? Si tu étais libre d'agir à ta guise, qu'est-ce qui te plairait?

— J'aimerais, répondit-elle, et ses yeux bruns flamboyèrent soudain de colère, j'aimerais avoir pour époux un jeune homme qui s'appelle Evrard; il tient les rôles du manoir de mon père dont il est l'intendant à Wroxeter. Que tu le croies ou non, je lui plais. Mais c'est un cadet et il n'aura pas de terres, or mon père ne s'intéresse qu'à la terre, sinon pas de mariage. Il y a un oncle qui léguera peut-être son manoir à Evrard, car il l'aime bien, mais mon père veut étendre son domaine maintenant, pas plus tard. Pour lui, un tiens vaut mieux que deux tu l'auras. Pourquoi est-ce que je te raconte tout ça ? poursuivit-elle, avant de tourner la tête, le regard éteint. Tu n'y comprends rien et c'est normal. Et puis, qu'est-ce que tu y peux ?

Richard commençait à croire qu'il y pouvait sûrement plus qu'elle ne le croyait, si à son tour elle consentait à l'aider.

— Qu'est-ce que ton père et ma grand-mère fabriquent en ce moment ? D'après elle, tu devrais repartir pour Wroxeter demain. Qu'est-ce qu'ils mijotent ? Le père abbé m'a-t-il cherché depuis mon départ ?

— Tu n'es pas au courant ? Non seulement le père abbé, mais également le shérif et tous ses hommes. Ils ont fouillé Eaton et Wroxeter et ils regardent derrière chaque arbre de la forêt. Mon père craignait qu'ils ne débarquent ici aujourd'hui même, ta grand-mère ne lc pensait pas. Ils se sont demandé s'ils ne regagneraient pas Eaton de nuit puisque le shérif y est déjà venu, mais dame Dionisia était persuadée qu'ils avaient du pain sur la planche pour plusieurs jours avant d'arriver à Leighton. De toute manière, elle estime que si on établit des sentinelles on aura tout le temps de t'envoyer sur l'autre rive du fleuve et de te cacher à Buildwas, ce qui lui semble préférable que de te ramener tout de suite à Shrewsbury.

— Où sont-ils à présent ? demanda Richard d'un ton pressant. Où est ma grand-mère ?

— Elle est repartie pour Eaton, afin de veiller à ce que tout ait l'air normal. Son ermite a regagné sa cellule cette nuit. Il ne serait pas bon qu'on s'aperçoive qu'il s'est absenté.

— Et ton père ?

— Il est sorti voir ses métayers, mais il ne doit pas être loin. J'imagine qu'il est allé récupérer des loyers en retard.

Elle ne s'intéressait guère aux allées et venues de son père, mais elle voulait savoir ce qui se passait dans la tête de ce gamin, ce qui donnait à sa voix cette note d'espoir et de joie et pourquoi son regard devenait plus vif.

— Pourquoi ? Qu'est-ce que tout cela a à voir avec nous ? questionna-t-elle, amère.

— Peut-être plus que tu ne crois, répliqua-t-il, rayonnant. Je devrais pouvoir te rendre un grand service, si tu veux bien me rendre la pareille. Puisqu'ils sont sortis de la maison tous les deux, aide-moi à m'enfuir pendant que c'est possible. Mon cheval est à l'écurie, je le sais. Si je pouvais arriver jusqu'à lui et me sauver, il te suffirait de refermer la porte et ni vu ni connu jusqu'à ce soir.

Elle secoua fermement la tête.

— Et qui accuserait-on ? Je ne veux pas que le châtiment tombe sur un des serviteurs, ni sur moi non plus. Tu m'as déjà valu assez d'ennuis, merci !

Ce qui ne l'empêcha pas d'ajouter prudemment, voyant que le feu continuait à briller dans les yeux de Richard :

— Mais je ne refuse pas de réfléchir à une meilleure solution, si ça m'apporte quelque chose à moi aussi. Mais comment ? Pour me tirer de ce guêpier, je n'hésiterais pas à braver mon père. Oh, puis à quoi bon ? Nous sommes liés l'un à l'autre, et c'est sans espoir. Tu le sais bien.

Richard bondit de son lit et courut, tout confiant, s'installer près d'elle sur le large rebord.

— Si je te confie un secret, lui glissa-t-il à l'oreille, le souffle court, tu me jures de le garder tant que je ne serai pas en sécurité ? Et tu m'aideras à m'enfuir d'ici ? Je te promets, je te promets que tu n'y perdras rien, au contraire.

— Tu rêves, murmura-t-elle gentiment, se tournant pour le regarder de près et constatant que son incrédulité ne le troublait nullement. On ne divorce pas à moins d'être une tête couronnée et d'avoir l'appui du pape. Des petites gens comme nous, tout le monde s'en moque. On n'a pas couché ensemble, d'accord, et ce n'est pas demain la veille que ça arrivera, mais si tu crois que la vieille dame et mon père nous laisseront réclamer une annulation, tu prends tes désirs pour des réalités. Ils ont ce qu'ils ont toujours voulu, ils n'y renonceront pas.

— Mais il ne s'agit pas de ça, insista-t-il. On n'a pas besoin du pape ni d'un tribunal. Il faut que tu me croies. Promets-moi au moins de garder le silence et quand tu sauras ce que c'est, tu ne demanderas pas mieux que de m'aider.

Comme il fallait en passer par là, elle s'y prêta de bonne grâce, commençant à se demander s'il ne savait pas quelque chose qu'elle ignorait, sans toutefois arriver à se convaincre qu'il tenait leur salut dans ses mains.

— Très bien, tu as ma parole. Alors, c'est quoi, ce précieux secret ?

Tout joyeux, il mit ses lèvres contre l'oreille de la jeune fille — une mèche folle lui chatouilla la joue — et se mit à chuchoter comme si les planches de bois derrière eux avaient également des oreilles. Après un moment de stupeur qui la laissa pétrifiée, elle commença à rire doucement, puis de plus en plus fort, et, prenant Richard dans ses bras, elle le pressa un instant contre son cœur.

— Pour ça, tu l'auras, ta liberté, quoi qu'il m'en coûte ! Oui, tu la mérites !

CHAPITRE ONZE

A présent qu'elle était convaincue, elle s'occupa de tout organiser. Elle connaissait la maison, les domestiques et, tant qu'on ne la soupçonnait de rien, elle avait ses entrées partout et pouvait donner les ordres qu'elle jugeait bons aux palefreniers et aux servantes.

— Le mieux est d'attendre qu'on t'ait apporté ton dîner et qu'on ait repris les plats. Comme ça tu disposeras de plus de temps avant qu'on ne revienne te voir. Il y a une porte de derrière dans la palissade qui permet d'aller des écuries au pâturage. Rien ne m'empêche de demander à Jehan de lâcher ton poney dans l'herbe ; il est enfermé depuis trop longtemps, il doit avoir besoin de détente. Il y a des buissons dans le champ là-bas, tout près de l'écurie, à deux pas du guichet. Je m'arrangerai pour y déposer ta selle et ta bride avant midi. Pendant que tout le monde s'activera aux cuisines et dans la grande salle, je viendrai t'ouvrir ; tu pourras filer par la cave voûtée.

— Mais ton père sera rentré à cette heure-là, protesta Richard, un peu inquiet.

— L'après-dînée, il dort à poings fermés. S'il passe dans ta chambre, ce sera avant d'aller se mettre à table, histoire de s'assurer que l'oiseau ne s'est pas envolé. C'est mieux pour moi aussi. J'aurai eu le courage de passer toute la matinée avec toi, qui pourrait croire que j'ai changé d'avis après cela ? Il ne serait même pas mauvais, poursuivit Hiltrude qui commençait à se passionner pour le tour qu'ils allaient jouer à leurs parents, quand on viendra te donner à souper, qu'on trouve la fenêtre toujours hermétiquement close, mais plus personne dans la cage.

— Mais on va s'en prendre à tout le monde et pousser les hauts cris, parce qu'il aura bien fallu qu'un valet tire le verrou pour que je sorte, objecta Richard.

— Ils n'auront qu'à nier comme un seul homme, et si on soupçonne un domestique en particulier, il me suffira de dire que je ne l'ai pas quitté des yeux et qu'il n'a pas touché à cette porte depuis l'heure du dîner. Et si les choses tournent vraiment mal, affirma Hiltrude, manifestant une détermination inattendue, je déclarerai que j'ai dû oublier de refermer à clé après t'avoir quitté. Que veux-tu que fasse mon père ? De toute manière, il est sûr de te tenir où que tu te sauves puisque nous sommes mari et femme. J'ai une meilleure idée, s'écria-t-elle en battant des mains. C'est moi qui t'apporterai ton dîner ; j'attendrai avec toi et je remporterai le plat, comme ça on ne pourra reprocher à personne d'avoir laissé la porte ouverte. Une épouse doit commencer tout de suite à servir son seigneur et maître. Ce sera du meilleur effet.

— Tu n'as pas peur des réactions de ton père ? se risqua à demander Richard, plein de respect et d'admiration pour elle, sans pouvoir se décider à lui laisser jouer un rôle aussi dangereux.

— Avant oui, plus maintenant ! Aujourd'hui je sais pourquoi je me donne du mal, et ça en vaut la peine. Richard, il faut que j'y aille pendant qu'il n'y a personne à l'écurie. Toi, tu m'attends. Ne perds pas courage, toi qui m'as rendu le mien !

Elle avait déjà atteint la porte quand Richard, qui ne reconnaissait plus la jeune fille amère et résignée dont il avait tenu la main glaciale la nuit précédente, lui lança impulsivement :

— Hiltrude, il me semble que tu pourrais être une épouse acceptable, avant d'ajouter avec une hâte à peine courtoise : Mais pas tout de suite, bien sûr !

Elle tint parole du début jusqu'à la fin. Elle lui apporta son dîner, s'assit près de lui, lui adressa quelques propos anodins pendant qu'il mangeait, comme quand on parle à un parfait étranger, un gosse qui plus est, qu'on lui avait imposé et dont il lui fallait bien s'accommoder, maintenant que cela ne servait plus à rien d'être en froid avec lui. Si Richard ne répondit que par des grognements, ce ne fut pas pour lui donner la réplique, mais parce qu'il avait faim. Si quelqu'un les avait espionnés, il aurait trouvé ce dialogue aussi convaincant que déprimant.

Hiltrude remporta le plateau à la cuisine et retourna auprès du prisonnier dès qu'elle se fut assurée que chacun était occupé dans la maison. L'étroit escalier de bois menant à la cave voûtée n'était par chance pas visible des cuisines ; ils n'eurent aucun mal à s'y glisser hâtivement et à sortir du sous-sol par l'arche profonde où Hyacinthe s'était abrité ; à partir de là, il n'y avait plus qu'un délicat passage à découvert avant de rejoindre le guichet dans la clôture, à demi dissimulé par la masse de l'écurie. Hiltrude avait tout préparé, la selle et la bride derrière les buissons, et le cheval noir tout content s'approcha de son maître. Protégé par le mur du fond de l'écurie, Richard le sella à toute vitesse, pas trop rassuré, puis, menant le poney par la bride, il sortit du pré et se dirigea vers le fleuve où un rideau d'arbres le dissimulait aux regards avant d'oser resserrer la sangle et monter. A présent, si tout allait bien, il avait jusqu'au début de la soirée avant qu'on ne découvre son absence.

Hiltrude remonta par l'escalier de la cave voûtée et prit soin d'occuper son après-midi d'une façon irréprochable parmi les femmes de la maison en s'arrangeant pour ne jamais rester seule et tenir son rôle de maîtresse du logis. Elle avait verrouillé la porte de Richard, puisqu'il était évident que si par inadvertance elle l'avait laissée ouverte, et que le prisonnier avait sauté sur l'occasion, son jeune âge ne l'aurait pas empêché de tirer le verrou pour préserver les apparences. Quand on aurait découvert qu'il avait disparu, elle pourrait très bien affirmer qu'elle n'avait pas souvenir d'avoir omis de refermer la porte à clé, quitte à finir par admettre que cela avait dû se produire ainsi. Mais à ce moment, si tout se déroulait bien, Richard aurait regagné l'abbaye et trouvé le moyen de se présenter en innocente victime, afin que l'on ne se souvienne pas trop qu'il s'était sauvé sans y avoir été autorisé, ce qui avait causé tant d'ennuis. Oui, enfin cela, c'était l'affaire de Richard. Pour elle, c'était terminé.

La malchance voulut que le palefrenier qui avait lâché le cheval de Richard au pré eût l'occasion dans l'après-midi d'y en mettre un autre, car il avait remarqué qu'il boitait un peu. Il lui aurait fallu beaucoup de bonne volonté pour ne pas s'apercevoir que le petit cheval n'était plus là. Sautant sur la conclusion la plus évidente sinon la plus vraisemblable, il retraversa la cour à toutes jambes en criant « au voleur ! » avant de retourner aux écuries voir — sait-on jamais ? — ce qu'étaient devenues la selle et la bride. Leur absence l'amena à une interprétation toute différente. De plus, pourquoi voler l'animal le moins précieux du lot et prendre un tel risque en plein jour ? Par une bonne nuit noire, cela pose évidemment moins de problèmes.

Le souffle court, il effectua une entrée bruyante et remarquée dans la grande salle où il annonça que la bête, la selle et la bride du jeune marié étaient introuvables et que, à la place du maître, il irait vérifier si le garçon était toujours dans sa chambre. Fulke se déplaça en personne, sans perdre un instant, ayant peine à en croire ses oreilles. La porte était fermée, comme auparavant, mais la chambre était vide. Il entra dans une rage si folle qu'Hiltrude tressaillit sur sa broderie. Elle s'obstina pourtant à garder les yeux baissés sur son ouvrage et continua son travail sans souffler mot jusqu'à ce que l'orage eût franchi la porte pour se répandre partout.

— Lequel d'entre vous a fait ça ? Qui a été le dernier à s'occuper de lui ? Quel est l'imbécile, tas d'incapables que vous êtes, qui a oublié de verrouiller la porte ? A moins que ce ne soit un geste délibéré pour me nuire ! Dans ce cas-là, j'aurai la peau de ce traître ! Allons, parlez ! Qui a porté son dîner au fuyard ?

Les hommes commencèrent par reculer, fuyant la foudre, s'évertuant à proclamer leur innocence. Les femmes se mirent à s'agiter et à se lancer des regards en dessous, hésitant toutefois à accuser leur maîtresse. Cette dernière prit son courage à deux mains, ce qui lui permit de constater qu'elle n'en manquait pas à l'heure de l'épreuve. Ayant rangé son ouvrage, elle déclara fièrement, sans donner l'impression de se défendre !

— Mais enfin, père, vous savez bien que c'est moi ! Vous m'avez vue quand j'ai rapporté le plateau. Et, bien entendu, j'ai refermé la porte, j'en suis sûre. Personne ne s'est approché de lui depuis que vous êtes allé vous-même lui rendre visite. Nul ne s'y serait risqué, à moins d'en avoir reçu l'ordre. Et moi je n'ai envoyé personne.

— En êtes-vous certaine, madame? rugit Fulke. Bientôt vous allez me raconter que le gamin n'est pas parti du tout, qu'il est toujours au même endroit! Si vous êtes la dernière à être entrée dans sa chambre, c'est donc vous qu'il faut complimenter pour l'avoir laissé filer. Vous avez dû oublier de tirer le loquet, sinon comment aurait-il pu sortir? Mais quelle mouche vous a piquée de vous conduire aussi stupidement?

— Je crois avoir tiré le verrou, affirma-t-elle sur la défensive, mais peut-être ai-je oublié... Bon, mettons que ce soit le cas, est-ce vraiment si important maintenant? Il n'a aucun moyen de revenir sur ce qui s'est passé, ni lui, ni personne d'autre, d'ailleurs. Je ne vois pas pourquoi vous vous mettez dans tous vos états.

— Vous ne voyez pas... Ah, vous voulez rire! Vous ne voyez pas plus loin que le bout de votre nez, madame! Et s'il décidait d'aller tout raconter à l'abbé?

— Mais il aurait bien fallu qu'il reparaisse un jour ou l'autre, protesta-t-elle timidement. On n'aurait pas pu le laisser enfermé éternellement.

— Nous le savons tous, mais c'est trop tôt, d'abord, il aurait fallu qu'il appose sa marque — non, il peut signer de son nom, ce qui est préférable — sur le contrat de mariage et qu'il ait bien compris qu'il avait tout intérêt à ce que sa version des faits soit la même que la nôtre. D'ici quelques jours, tout aurait été terminé de la meilleure manière, celle que nous avions choisie. Oh, mais je ne vais pas le laisser s'en tirer comme ça, jura Fulke d'une voix vengeresse, et se tournant vers les valets pétrifiés : Mon cheval ! Et pressez-vous ! Je file à sa poursuite. Il va sûrement piquer droit sur l'abbaye et rester loin d'Eaton. Je m'en vais le ramener par la peau du cou !

Vu la belle lumière de l'après-midi, Richard n'osa pas prendre la route, même en contournant largement le village. Il aurait pu aller beaucoup plus vite, mais il aurait également attiré trop facilement l'attention des fermiers et des métayers dont c'était l'intérêt de servir Astley et qui s'empresseraient de le remmener à Leighton. En outre, cet itinéraire passait nettement trop près d'Eaton. Il resta dans la zone boisée qui s'étendait sur un bon demi-mille à l'ouest au-dessus du fleuve en s'amincissant jusqu'à n'être plus qu'un rideau de chênes espacés au bord de l'eau. Plus loin, des noues vert émeraude occupaient une grande courbe à ciel ouvert, sans arbres, avant d'arriver à la Severn. Là, il se cantonna à l'intérieur des terres, assez loin pour se maintenir sous le couvert des quelques buissons qui poussaient le long des jetées des champs de Leighton. En amont, la vallée s'élargissait en une grande plaine de prairies inondées, avec de rares arbres isolés sur les hauteurs, mais sur la rive nord qu'il suivait, le sol s'élevait sur un mille jusqu'à la crête basse de la forêt d'Eyton, où il serait bien protégé par un épais feuillage sur plus de la moitié du parcours qui le conduirait jusqu'à Wroxeter. Cela l'obligerait à ralentir, mais à ce moment il ne craignait pas d'être poursuivi : il redoutait seulement d'être reconnu et intercepté en chemin. Il lui fallait éviter Wroxeter à tout prix, et la seule voie d'accès qu'il connaissait consistait à franchir la Severn à gué, pas loin du village, hors de vue du château, pour parvenir à la route du côté sud d'où il pourrait piquer droit sur la ville.

Il pressa l'allure en forêt où sa connaissance du terrain l'incita à prendre un raccourci, ce qu'il paya d'une chute quand son poney trébucha sur la terre meuble d'un terrier de blaireau. Mais ce ne fut pas bien grave, car il y avait sur le sol un bon tapis de feuilles mortes, et il s'en tira avec quelques bleus ; quant au poney, inquiet mais docile, il revint sans histoire, ses premières craintes passées. Constatant que précipitation n'était pas nécessairement synonyme de vitesse, Richard se montra ensuite plus prudent tant que les chemins ne furent pas plus dégagés. Il n'avait pas réfléchi en s'enfuyant. Il n'avait pensé qu'à retourner à l'abbaye et à y rentrer en grâce, quels que soient les sermons et autres châtiments qui l'y attendaient, une fois que son retour aurait calmé les esprits. Il connaissait suffisamment le monde des adultes, aussi différents qu'ils puissent sembler sous d'autres rapports, pour comprendre qu'ils réagissaient tous d'instinct de la même façon quand un enfant reparaissait, après qu'on l'eut cru perdu. On le serrait d'abord dans les bras avant de lui administrer une fessée. A moins que ce ne soit la fessée qui précède ! Il n'y voyait pas d'objection. Maintenant qu'il avait été enlevé de force à son école, à frère Paul, ainsi qu'à ses camarades et même au visage redoutable du père abbé, il ne demandait qu'une chose : retrouver son univers familier, être protégé par des murs solides et l'horaire encore plus rassurant de la vie monastique qui l'enveloppait comme un manteau bien chaud. S'il y avait songé plus tôt, il aurait pu aller jusqu'au moulin, au bord de l'eau, à Eyton, ou s'arrêter chez le forestier, du moment qu'il était sur les terres de l'abbaye, on le recevrait et on l'aiderait. Seulement cette éventualité ne l'avait pas effleuré. Il se dirigeait vers l'abbaye comme un oiseau qui rentre au nid.

Une fois qu'il serait sorti de la forêt, un bon chemin dégagé le conduirait presque jusqu'au gué, qui se trouvait au sud du village de Wroxeter. Il parcourut ces deux milles à vive allure, sans toutefois attirer l'attention sur lui, car ici on risquait de croiser des gens qui accomplissaient leur travail quotidien aux champs ou empruntaient le sentier pour aller d'un village à l'autre. Il ne vit personne de connaissance. Il ne s'attarda pas et répondit aux saluts qu'on lui adressait aussi brièvement qu'on les lui lançait.

Le rideau d'arbres du côté le plus proche du gué apparut, avec quelques saules qui plongeaient vers l'eau, et le sommet de la tour de l'église collégiale se devina à travers les branches avec un coin du toit. Le reste du village et le domaine étaient situés plus loin. Richard s'approcha prudemment des saules et mit pied à terre, à couvert, pour observer un haut-fond entourant une petite île et les sentiers qui reliaient le bourg au gué. Avant d'avoir pu trouver un endroit propice à la traversée, il entendit des voix et s'arrêta aussitôt, espérant que ceux qui parlaient se dirigeraient vers le village, lui laissant le champ libre du même coup. Il distingua les paroles de deux femmes qui bavardaient et riaient, puis le bruit de l'eau qui rejaillissait doucement et enfin un timbre masculin tout aussi détendu, qui taquinait et plaisantait les filles. Richard s'aventura plus près, jusqu'à ce qu'il pût voir à qui il avait affaire ; là il s'immobilisa avec un soupir discret d'exaspération et d'inquiétude.

Les femmes venaient de terminer leur lessive qu'elles avaient mise à sécher sur des buissons bas, et comme l'air n'était pas trop frais, qu'elles étaient en compagnie d'un jeune homme plutôt attirant, elles n'étaient pas pressées de rentrer. Richard ne connaissait pas ces femmes, mais pour l'homme c'était loin d'être le cas, même s'il ignorait son nom : ce grand flandrin roux qui se pavanait était le contremaître d'Astley sur la ferme du domaine et l'un des deux qui avaient croisé et reconnu Richard dans les bois alors que le jour de sa capture il se hâtait de revenir à l'abbaye. C'était lui qui avait profité de ce lieu solitaire à cette heure tardive pour rendre un signalé service à son maître. De ses grands bras musclés qui à présent enlaçaient une fille qui riait comme si on la chatouillait, il avait honteusement arraché Richard à sa selle et, malgré ses coups de pied et sa fureur, l'avait jeté sur son épaule solide comme un chêne, indifférente aux coups de poing, jusqu'à ce que son compagnon, tout aussi délicat, bâillonnât l'enfant avec son propre capuchon et lui attachât les mains à l'aide de ses rênes. Plus tard, quand la nuit fut complètement tombée et que les honnêtes gens se furent endormis, les deux compères l'avaient emmené dans ce lointain manoir à titre de précaution. Richard se rappelait cet épisode avec amertume. Et voilà que le même individu se retrouvait en travers de son chemin, ce qui lui interdisait de quitter son abri et de se diriger vers le gué sans risquer d'être reconnu et presque certainement repris.

Il ne lui restait plus qu'à reculer sous les arbres et à attendre que ses ennemis veuillent bien s'éloigner en direction du manoir et du village. Inutile d'espérer contourner Wroxeter par un autre chemin et de continuer par la rive nord du fleuve, il était déjà trop près du village et tous les accès étaient à découvert. Il passa une heure à se ronger les sangs, partagé entre le désespoir et la fureur. Il perdait du temps et, sans savoir pourquoi, il sentait que le temps était un élément essentiel. Il guettait leurs moindres mouvements ; enfin les deux femmes se décidèrent à ramasser leur linge et à rentrer chez elles, tout doucement, sans cesser de batifoler et de rire avec le jeune homme qu'elles encadraient. C'est seulement quand leurs voix se furent abîmées dans le silence et que le gué redevint désert qu'il osa sortir à découvert et pousser son petit cheval dans les hauts-fonds.

D'abord, sous les sabots, le sol était élastique, sablonneux et peu profond, puis le sentier permettait de passer le bout de l'île à pied sec avant de replonger dans un long passage d'archipels de petits bancs de sable qui frémissaient et ondulaient sous les doux méandres du courant. A mi-chemin, il s'arrêta un moment pour jeter un regard en arrière, car cette vaste étendue d'innocentes prairies lui laissait comme un sentiment de nudité qui le mettait mal à l'aise. De là, on pouvait apercevoir à un mille et plus sa silhouette sombre et frêle juchée sur son cheval dans ce paysage aquatique d'un pâle gris de perle.

Et soudain, lancé au galop en direction du gué, le long du sentier qu'il avait lui-même suivi, encore bien loin il distingua la silhouette de Fulke Astley, cavalier solitaire, dont les intentions étaient faciles à deviner : monté sur un animal puissant à la robe gris clair, il était à la poursuite de son gendre, bien décidé à le ramener. Richard passa les hauts-fonds dans une gerbe d'embruns et traversa les prairies inondées avec l'énergie du désespoir, piquant droit vers l'ouest et le sentier qui le mènerait à quelque quatre milles de Saint-Gilles et la dernière ligne droite avant le portail de l'abbaye. Il lui restait plus d'un mille avant de pouvoir se cacher sur les terres vallonnées et les bosquets espacés, mais même alors il ne pouvait espérer distancer son poursuivant maintenant qu'il avait été repéré. Comment aurait-il pu espérer passer inaperçu ? Et son petit cheval n'était pas de taille à rivaliser avec cette bête puissante à la robe pommelée qui le talonnait. Il avait encore pas mal d'avance, même s'il en avait perdu la plus grande partie en traversant ce gué de malheur. Richard frappa des talons, serra les dents et fila vers Shrewsbury comme s'il avait une meute de loups à ses trousses.

Le terrain s'élevait et se plissait en collines basses ponctuées d'arbres et de buissons en pente dissimulant l'un à l'autre le chasseur et sa proie. Mais la distance qui les séparait avait dû se réduire et, quand le terrain redevint plat et dégagé, Richard jeta un coup d'œil inquiet par-dessus son épaule et aperçut son ennemi qui s'était rapproché ; il paya son inattention momentanée d'une nouvelle chute, mais cette fois il s'était accroché aux rênes, ce qui lui évita de se blesser et de perdre sa monture. Couvert de boue, courbatu, il se remit maladroitement en selle, furieux contre lui-même, sentant le regard d'Astley, perçant comme une dague, fixé sur son dos. Par bonheur son poney était d'origine galloise et robuste, de plus, depuis quelques jours, il manquait d'exercice. Et puis c'était un poids plume qu'il transportait ; n'importe, le jeu n'était pas égal. Richard le savait mais, bien que cela l'angoissât, ce n'était pas le moment de ralentir. Quand il fut en vue de la barrière de Saint-Gilles et que le sentier se transforma en route, il entendit clairement des claquements de sabots derrière lui. S'il n'avait été serré d'aussi près, il aurait pu entrer se réfugier là, puisque la léproserie était administrée par l'abbaye dont elle dépendait et que frère Oswin n'aurait jamais accepté qu'on s'emparât de lui à moins d'y avoir été autorisé par l'abbé. Seulement, maintenant, il était trop tard pour s'y arrêter ou prendre une autre direction.

Richard se pencha sur l'encolure de son poney et dévala la Première Enceinte ventre à terre, s'attendant à chaque instant à voir l'ombre massive de Fulke Astley arriver à sa hauteur et une grosse main se tendre pour s'emparer de sa bride. A présent, il avait tourné le coin du mur de l'abbaye et filait comme le vent sur la section droite menant au portail ; il dispersa comme une volée de moineaux les artisans et les fermiers qui rentraient paisiblement chez eux après leur journée de travail ainsi que les enfants et les chiens qui jouaient sur la chaussée.

Une distance d'à peine cinq toises les séparait quand Richard franchit le portail comme un fou.

Plusieurs hôtes du monastère assistaient à vêpres ce soir-là, ainsi que le remarqua Cadfael depuis sa place dans le chœur. Rafe de Coventry était présent, aussi discret et taciturne que de coutume. Aymer Bosiet se trouvait également là après avoir vainement passé sa journée à rechercher son vilain en fuite. Il avait l'air sombre et morose et, qui sait, priait peut-être le ciel de lui indiquer une piste sérieuse. A en juger par son attitude, les pensées qu'il avait en tête le laissaient perplexe, car il les rumina pendant tout l'office en homme qui n'arrive pas à prendre un parti. Peut-être la nécessité de rester en bons termes avec la puissante famille de sa mère allait-elle le forcer à hâter son retour avec le corps de Drogo, pour se répandre en manifestations de piété filiale. A moins que la pensée de son subtil cadet qui était sur place et décidé à tout pour le coiffer au poteau n'ait pu le pousser à abandonner sa chasse infructueuse au profit d'un héritage bien réel.

Quelles qu'aient été ses préoccupations, il fournit un témoin supplémentaire à la scène qui attendait les moines et les fidèles quand l'office fut terminé. Tous sortirent par la porte sud et pénétrèrent dans la grande cour en longeant le flanc ouest du cloître avant de se disperser pour vaquer à leurs occupations et aller souper. L'abbé débouchait juste dans la cour, accompagné du prieur Robert et suivi de la théorie des religieux, quand le calme de la soirée fut rompu par un galop furieux de chevaux sur la terre battue de la chaussée à l'extérieur du portail, galop qui se prolongea en lançant des étincelles sur les pavés à l'intérieur, puis un petit cheval noir déboula devant la loge, sans s'arrêter, à grand fracas, aussitôt suivi par un grand cheval gris dont le cavalier était un gros homme barbu, bien en chair, au visage rouge de colère ou d'essoufflement... ou par l'effet des deux. Il se penchait pour saisir la bride du poney monté par un enfant. Ils avaient bien parcouru vingt toises et atteint le centre de la cour quand il parvint à arrêter les deux bêtes tremblantes et couvertes d'écume d'un geste brutal. Il avait stoppé le poney mais pas le gamin qui poussa un cri de terreur et descendit, non, se laissa quasiment tomber de l'autre côté. Tel un oiseau ralliant son nid, il se jeta aux pieds de l'abbé, face contre terre, lui agrippant désespérément les chevilles. Avec un gémissement étouffé, s'accrochant au bas de la robe noire, il refusa de se laisser déloger, croyant sans cesse qu'on allait l'en arracher de force, certain aussi que personne n'oserait s'opposer à ce geste à l'exception de celui, solide comme un roc, dont il quêtait la protection.

Le calme qui avait été si brusquement troublé revint dans la grande cour avec une soudaineté stupéfiante. L'abbé leva son regard attentif et austère de la petite silhouette pressée à ses pieds et fixa l'homme corpulent, sûr de lui, qui, s'éloignant des chevaux en nage, s'avançait vers lui de quelques pas, pas impressionné le moins du monde par l'autorité du religieux.

— Eh bien, monsieur, voilà qui n'est pas très courtois, dit l'abbé. Nous ne sommes pas habitués à des visites aussi inopinées.

— Je regrette d'avoir été forcé de vous déranger, seigneur abbé. Si mon arrivée a manqué de dignité, je vous prie de m'en excuser. Pour Richard plus que pour moi-même, ajouta Fulke, conscient de défier son interlocuteur. Sa stupidité est la cause de ce désordre. J'espérais vous épargner cette scène ridicule en le rattrapant plus tôt et en le ramenant sain et sauf à la maison. Ce à quoi je vais m'employer maintenant, et veiller à ce que cela ne se reproduise plus.

Il avait vraiment l'air fort décidé ; il hésita pourtant à avancer ou à tendre la main pour saisir le petit par la peau du cou, mais soutint sans broncher le regard de l'abbé. Derrière le prieur, les religieux rompirent les rangs, s'avancèrent à découvert et formèrent un demicercle discret d'où ils observèrent, effarés, Richard qui ne bougeait pas de sa place, mais qui se répandait en protestations et en supplications balbutiantes, pas toujours compréhensibles, car il avait gardé la tête baissée tout en étreignant les jambes de Radulphe. Les hôtes, très intéressés par ce spectacle inhabituel, suivirent l'exemple des moines et s'approchèrent. Cadfael chercha méthodiquement un endroit d'où il pût suivre toute la scène. Il surprit le coup d'œil attentif et détaché de Rafe de Coventry sur les lèvres barbues de qui passa un sourire fugitif.

Au lieu de répondre à Astley, l'abbé plongea son regard vers le visage crispé de l'enfant à ses pieds :

— Cela suffit, mon petit, tais-toi et lâche-moi. Tu n'es pas en danger. Relève-toi !

Richard obéit à contrecœur et montra une frimousse que la boue et le vert des feuilles avaient salie lors de sa chute, maculée aussi de larmes involontaires, provoquées par une terreur dont il avait un peu honte.

Ne le laissez pas m'emmener, père ! Je ne veux pas aller avec lui, je veux rester ici, auprès de frère Paul, et aller à l'école. Ne me renvoyez pas ! Je n'ai pas cherché à m'enfuir de chez vous, ce n'est pas vrai ! J'étais sur le chemin du retour quand on m'a capturé. Je vous jure que c'est la vérité.

— Il semblerait, remarqua l'abbé d'une voix sèche, qu'on ait du mal à se mettre d'accord sur l'endroit où se situe ton domicile, puisque le seigneur Fulke s'offre à t'y emmener et que, d'après toi, tu t'y trouves déjà. Tu auras tout le temps de t'expliquer sur tes faits et gestes. Mais il faut qu'on sache sur-le-champ où tu es censé habiter. Relève-toi, Richard, immédiatement et tiens-toi droit, tu n'es plus un bébé.

Et, d'une main sèche et forte, il empoigna Richard par le bras et le remit vivement sur ses pieds. Prenant péniblement conscience que tous les regards étaient fixés sur lui, un tantinet vexé que son allure manquât de panache alors que toute la communauté était présente et plus encore par les traces de larmes qu'il portait sur le visage et qui ressemblaient à de la bave d'escargot, il jeta un coup d'œil alentour et, redressant le dos, s'essuya le visage du revers de sa manche. Il chercha frère Paul parmi le cercle des spectateurs en robe noire et se sentit un peu soulagé quand il le vit. Ce dernier, qui avait eu le plus grand mal à ne pas se précipiter vers sa brebis égarée, se força à ne pas broncher, estimant qu'il pouvait avoir toute confiance en l'abbé.

— Vous avez entendu le domicile que Richard a choisi, déclara l'abbé. Vous savez, j'imagine, que son père l'a placé sous ma surveillance, qu'il souhaitait l'y voir rester jusqu'à ce qu'il soit grand. J'ai droit à la garde de cet enfant par un document légal contresigné par des témoins, et c'est à cette garde que vous l'avez enlevé voici quelques jours. Jusque-là, vous ne m'avez fourni aucun argument convaincant justifiant vos prétentions.

— Richard change d'avis comme de chemise, s'écria Fulke de sa grosse voix catégorique. Pas plus tard que la nuit dernière, il s'est engagé dans une voie différente et sans qu'on l'y oblige. Je ne suis d'ailleurs pas d'avis qu'on laisse un gamin choisir ce qui lui plaît alors que ses aînés savent beaucoup mieux ce qui est bon pour lui. Quant aux droits que je prétends avoir sur lui, vous allez les connaître. De par la loi, Richard est mon fils avec le consentement plein et entier de sa grand-mère. La nuit dernière, donc, il a épousé ma fille.

Un frisson de consternation parcourut les spectateurs frappés de stupeur, qui se figèrent en un silence de mort. En apparence, l'abbé demeura impassible, mais Cadfael vit ses traits se creuser et il comprit que le coup avait touché juste. C'est le but que poursuivait Dionisia depuis toujours et ce voisin à la ridicule fierté lui avait simplement servi d'instrument dans l'affaire. Ce qu'il annonçait pouvait parfaitement être exact s'ils avaient eu l'enfant sous la main depuis sa disparition. Richard, qui s'était raidi, releva la tête ; il allait crier que c'était faux quand il croisa le regard sévère de l'abbé ; il se sentit alors complètement perdu. A ce juge impartial, qu'il admirait autant qu'il le craignait, il redoutait de mentir et ne le souhaitait d'ailleurs pas. Devant cette affirmation brutale, il ne parvenait plus à discerner la vérité. Après tout on l'avait effectivement marié à Hiltrude ; se borner à le nier serait insuffisant.

Un dernier accès de terreur le secoua et il resta sans voix. Et si Hyacinthe s'était trompé et qu'il avait prononcé des vœux qui l'engageaient jusqu'à la fin de ses jours ?

— Est-ce vrai, Richard ? questionna l'abbé ?

Cette voix si calme, étant donné les circonstances, lui parut terrible. Il ravala des mots qui lui semblaient inefficaces et Fulke répondit à sa place, impatient :

— Bien sûr que c'est vrai, il ne peut pas dire le contraire. Douteriez-vous de ma parole, monseigneur ?

— Silence ! répliqua calmement l'abbé, d'un ton péremptoire. C'est à Richard que je m'adresse. Allons, parle, mon garçon ! Ce mariage a-t-il eu lieu ?

— Oui, père, balbutia Richard, mais ce n'est pas...

— Où cela ? Quels en étaient les témoins ?

— A Leighton, la nuit dernière, c'est exact, mais je ne suis pas...

On l'interrompit de nouveau et il se laissa faire, sentant l'indignation monter en lui avec un bref sanglot.

— Tu as prononcé les mots du sacrement de ton plein gré ? On ne t'a ni forcé ni battu ? Menacé peut-être ?

— Non, père, on ne m'a pas battu, mais j'avais peur, ils ne me laissaient jamais tranquille.

— On l'a raisonné et on l'a persuadé, protesta Fulke d'une voix brève. Maintenant il revient sur sa parole de la veille. Il s'est exprimé sans qu'on le menace. De son plein gré !

— Et votre prêtre a célébré ce mariage de son plein gré lui aussi ? Certains que tous deux étaient consentants ? C'était un homme honnête à la réputation sans tache ?

— C'est un saint homme, monseigneur, et nul n'en

disconviendra. C'est ce qu'on pense de lui dans le pays. Il s'agit du bienheureux ermite Cuthred !

— Mais père, si j'ai agi ainsi, s'écria Richard, avec le courage du désespoir, décidé à révéler toute la vérité d'une façon claire, c'est parce que c'était la seule condition pour qu'on me relâche et que je puisse revenir parmi vous. Je n'ai prononcé ces paroles que parce que je savais qu'elles ne m'obligeaient à rien. Je ne suis pas marié ! Ce mariage n'en était pas un parce que...

Radulphe et Fulke se mirent à parler en même temps pour le réduire au silence, l'intimider par leurs sombres regards, mais à présent Richard était furieux et, puisqu'il fallait que la vérité sorte, le plus tôt serait le mieux. Il crispa les poings et cria assez fort pour produire un écho que renvoyèrent les pierres des murs du cloître :

— Parce que Cuthred n'est pas prêtre !

CHAPITRE DOUZE

Au murmure de stupéfaction qui agita l'assistance se mêla bientôt, tel un coup de vent violent, une réaction de doute et de scandale. Le prieur Robert émit un grognement indigné cependant que les novices, tout surpris, échangeaient à voix basse questions et rires étouffés. Mais, dans le brouhaha, ce que Cadfael trouva le plus intéressant fut la réaction de Fulke Astley qui demeura absolument confondu. Il n'avait pas la moindre idée de ce qui l'attendait et qui lui avait coupé le souffle. Abasourdi, il resta les bras ballants, comme si une partie de son univers venait de s'écrouler, le laissant muet et infirme. Quand il se fut suffisamment repris pour pouvoir parler, ses propos furent ceux auxquels on pouvait s'attendre, mais ils manquaient curieusement de conviction. L'homme donnait plutôt l'impression d'être au bord de la panique et d'avoir besoin de se rassurer.

— Mais enfin, seigneur abbé, c'est de la démence ! Ce garçon ment. Il dirait n'importe quoi pour atteindre son but. Le père Cuthred est prêtre, on ne saurait en douter ! Ce sont les saviniens de Buildwas qui nous l'ont amené. Demandez-leur. Ils n'ont jamais exprimé le moindre doute, jamais posé la moindre question. C'est pure malice que de diffamer un aussi saint homme.

— Ce serait en effet pure malice s'il s'agissait de diffamation, lui accorda l'abbé, fixant Richard de ses yeux profondément enfoncés dans leurs orbites et fronçant les sourcils d'une manière impressionnante. Réfléchissez bien, monsieur, avant de répéter votre accusation. Si c'est une astuce pour vous tirer d'embarras et rester chez nous, il n'est pas trop tard pour vous rétracter et avouer. Vous n'encourrez aucun châtiment. Il appert, semble-t-il, que vous avez été maltraité, enlevé, forcé d'agir contre votre gré, ce qui peut excuser votre conduite. Je vous rappelle ces points, sir Fulke. Mais si vous n'avouez pas maintenant, alors vous serez puni.

— C'est l'exacte vérité, affirma Richard d'une voix forte, avançant un menton très digne et soutenant ce regard redoutable sans faiblir. C'est la vérité, je vous le jure ! Je me suis plié à leur volonté parce que je savais que l'ermite n'était pas prêtre et que donc ce mariage était une mascarade.

— Comment le savais-tu ? cria Fulke, furieux, dont les idées redevenaient claires. Comment le savais-tu ? D'où tiens-tu cela ?

— Eh bien ? Qui t'empêche de répondre ? demanda l'abbé qui le fixait toujours.

Mais il s'agissait là de questions auxquelles Richard était dans l'incapacité de répondre sans trahir Hyacinthe ni lancer les chiens à ses trousses avec une vigueur accrue.

— Je vous dirai tout, père, mais pas ici, répondit-il bravement, un peu tendu cependant. Mais à vous seul. Je vous supplie de me croire. Je ne mens pas.

— Je te crois, déclara l'abbé, cessant brusquement de le tenir en suspicion, ce qui lui permit de ne plus trembler. Je suis persuadé que tu t'es borné à répéter ce que tu as appris. Et que tu penses être vrai. Mais c'est une question beaucoup plus sérieuse que tu ne peux l'imaginer, et il faut qu'on sache à quoi s'en tenir. Un homme à l'encontre duquel on porte une telle accusation a le droit de se défendre et de prouver sa bonne foi. J'irai en personne voir l'ermite demain dès l'aube et lui demanderai s'il est prêtre ou non, par qui, où et quand il a été ordonné. Il lui sera facile de nous apporter des preuves de ses dires. Je gage, monsieur, que vous tiendrez tout autant que moi à savoir ce qu'il en est une fois pour toutes à propos de ce mariage. Je dois cependant vous avertir, ajouta-t-il très ferme, que même s'il est légal, on peut l'annuler car il n'a pas été consommé.

— Essayez un peu, riposta Astley, retrouvant peu à peu ses esprits, et nous plaiderons jusqu'au bout. Je reconnais toutefois qu'il faut qu'on sache la vérité et qu'on en finisse avec ces doutes.

— En ce cas, vous conviendrait-il de nous rencontrer à l'ermitage après prime, par exemple ? Il est juste que nous entendions tous deux la réponse de Cuthred. Je suis tout à fait sûr que votre bonne foi a été surprise. Vous preniez implicitement cet homme pour un prêtre, pleinement habilité à célébrer un mariage ou un enterrement, vous nous l'avez montré tout à l'heure. Là n'est pas le problème, mais Richard ne voit sûrement pas les choses du même œil. Il faut qu'on en ait le cœur net.

Astley n'avait rien objecté à cela et Cadfael était convaincu que la pensée ne lui en était pas venue. L'idée qu'on ait pu vouloir l'abuser l'avait horriblement choqué. Lui aussi avait besoin de certitudes. Il n'en essaya pas moins une fois encore d'entraîner l'enfant.

— Je serai au rendez-vous, promit-il, et il avança une main vers l'épaule de Richard, je suis sûr qu'il sera prouvé que ce garçon a été abusé. Mais pour cette nuit, je le tiens encore pour mon fils. Il est donc normal qu'il revienne avec moi.

Quand il prit Richard par le bras, ce dernier sursauta et se dégagea. Frère Paul, incapable de se retenir plus longtemps, jaillit des rangs des moines et attira près de lui son petit protégé sous le regard des autres.

— Il n'en est pas question, répliqua sèchement l'abbé. Son père me l'a confié à moi et je n'ai fixé aucune limite à son séjour parmi nous. Nous examinerons attentivement s'il est vraiment votre fils et la validité de ce mariage, croyez-moi.

Le visage de Fulke recommença à virer au violet. Il était furieux, il avait presque réussi à reprendre ce petit morveux et voilà que maintenant on se mettait en travers de son chemin. Tout ce qu'il avait envisagé avec Dionisia était à l'eau. Il n'allait pas renoncer si facilement.

— Vous vous permettez bien des choses, monseigneur, commença-t-il, vous ne tenez aucun compte des droits de la famille alors que vous n'êtes pas lié à ce garçon par le sang. Il me semble que si vous le gardez, c'est que vous avez des vues sur ses terres et biens meubles. Vous ne voulez pas qu'il se marie mais qu'il aille à l'école, ainsi il ne connaîtra rien d'autre, il entamera docilement son noviciat et votre maison héritera...

Il se concentrait tellement sur ses propos et tous ceux qui étaient présents étaient tellement frappés de son audace que personne n'avait encore remarqué la présence au portail d'un nouvel arrivant. Chacun avait le regard fixé sur Astley, bouche bée, cependant que Hugh, ayant attaché son cheval près de la loge, s'était approché à pied, sans bruit. Au bout de dix pas, il remarqua le gris pommelé et le petit poney noir tout couverts d'écume sèche après leur folle chevauchée. Un palefrenier les tenait par la bride mais n'avait d'yeux que pour la scène qui se jouait derrière la voûte. Hugh suivit son regard fasciné et il apprécia le spectacle de l'affrontement entre l'abbé et Fulke Astley, cependant que frère Paul entourait d'un bras protecteur l'épaule d'un petit garçon menu, tout sale et qui, dans la lumière du soir, avait une expression de défi où un peu de crainte se lisait encore : c'était Richard Ludel.

Radulphe accueillit ces insinuations insultantes par un silence dédaigneux. Il fut le premier à remarquer l'entrée sur scène du nouveau venu. Regardant par-dessus la tête de son adversaire, ce qui, vu sa taille, ne lui fut pas difficile, il s'écria distinctement :

— Je suis persuadé que le seigneur shérif prêtera la plus grande attention à vos accusations. Peut-être s'intéressera-t-il également à la présence de Richard dans votre propriété de Leighton où il a séjourné jusqu'à hier soir... C'est à la loi que vous devriez adresser vos doléances.

Fulke tourna si vite sur ses talons qu'il faillit perdre l'équilibre. Quant à Hugh, il se porta rapidement à leur rencontre, un sourcil relevé lui barrant le front tandis que l'œil qui se trouvait en dessous se posait sur Fulke : il avait tout compris.

— Eh bien, monsieur, s'exclama-t-il aimablement, je constate que vous n'avez pas traîné à découvrir ce sacripant qui n'était plus dans votre manoir de Leighton. Je venais justement informer l'abbé de l'échec de ma mission en tant que tuteur de Richard, et voilà que vous vous êtes chargé de ce travail à ma place alors que je battais la campagne. Je ne sais comment vous remercier. Je m'en souviendrai quand cette petite histoire d'enlèvement et de séquestration viendra à être examinée. Il semblerait que l'oiseau des bois qui m'a soufflé à l'oreille que c'est chez vous qu'était Richard avait tout à fait raison. Parce que, quand je suis allé vérifier, je n'ai trouvé aucune trace de lui ni personne prêt à admettre qu'il y ait jamais séjourné. Vous n'aviez pas quitté votre demeure depuis une demi-heure par un autre chemin que moi que j'arrivais par la route. L'avez-vous trouvé en bonne santé? demanda-t-il ensuite à l'abbé, désignant la silhouette tendue et le visage méfiant de Richard. Se porte-t-il plus mal d'avoir été mis en cage? A-t-il souffert de quoi que ce soit?

— Dans son corps, non, certainement pas, répondit l'abbé. Mais il reste une question pendante. Il semblerait qu'un mariage quelconque ait été célébré la nuit dernière entre Richard et la fille de sir Fulke. Ce que Richard ne conteste pas. Mais selon lui ce ne serait pas un vrai mariage puisque l'ermite Cuthred, qui les a déclarés unis, n'est pas prêtre.

Hugh plissa les lèvres et émit un petit sifflement muet avant de se tourner vers Fulke, qui observait sans souffler mot, douloureusement conscient qu'il serait bien inspiré de se montrer prudent et d'éviter désormais de parler sans réfléchir.

— Eh bien! Mais voilà qui est très intéressant! Et quel est votre avis là-dessus, monsieur?

— Oh, c'est une accusation ridicule qui ne tiendra pas. Cet ermite nous est arrivé avec la bénédiction des moines de Buildwas. Personne ne s'est jamais plaint de lui, ce qui me paraît légitime. Nous étions de bonne foi quand nous l'avons appelé au manoir.

— Je n'en disconviens pas, admit l'abbé, beau joueur. Si cette accusation est fondée, ceux qui désiraient ce mariage l'ignoraient.

— Oui, mais je doute que Richard l'ait désiré, lui, objecta Hugh avec un sourire de mauvais augure. Les choses ne sauraient en rester là, il faut que la vérité sorte de son puits.

— Sur ce point, tout le monde est d'accord, affirma l'abbé. Sir Fulke et moi-même avons décidé de nous rencontrer demain matin après prime afin d'y entendre Cuthred. Je comptais vous en informer, seigneur shérif, et vous prier de vous joindre à moi. Cette scène, conclut-il, avec un regard autoritaire à son troupeau trop attentif, n'a nul besoin de se prolonger, ce me semble. S'il vous plaît de souper avec moi, Hugh, je vous raconterai les derniers événements. Robert, que nos frères retournent à leurs occupations. Ah, Paul, dit-il avec un regard à Richard qui tenait un pli de la robe de Paul dans son poing crispé, bien décidé à ne pas le lâcher s'il n'avait pas eu gain de cause, chargez-vous du petit, nettoyez-le, donnez-lui à manger et amenez-le-moi après le repas. Il a un tas de choses à nous apprendre qu'il ne nous a pas encore révélées. Allez, dispersez-vous, il n'y a plus rien à voir.

Les religieux s'empressèrent d'obéir et s'éloignèrent dans un certain désordre pour reprendre leurs tâches interrompues, mais il ne manquerait pas de murmures furtifs même là où le silence était de mise ni de conversations passionnées pendant l'heure de repos précédant les collations. Frère Paul emmena sa brebis égarée prendre un bain afin qu'il soit présentable devant le shérif et l'abbé, après souper. Aymer Bosiet, qui n'était pas fâché de constater qu'il n'était pas seul à se trouver dans le pétrin, les ennuis des autres le distrayaient des siens, s'éloigna, l'air boudeur, et se dirigea vers l'hôtellerie. Mais Cadfael, qui s'était brusquement retourné, n'aperçut point celui qu'il cherchait. Rafe de Coventry n'était visible nulle part et, maintenant que Cadfael y réfléchissait, il pensa que l'homme avait dû partir discrètement un peu avant la fin de cette étonnante comédie. Parce qu'il n'y attachait aucun intérêt et qu'il était tout à fait capable de se détacher d'un spectacle qui fascinait les autres ? Ou parce qu'il était tombé sur quelque chose qui le concernait beaucoup plus profondément ?

Fulke Astley ne savait pas sur quel pied danser, sous le regard de Hugh. Était-il préférable de se lancer dans des explications, d'essayer de justifier sa conduite ou valait-il mieux se retirer — si on l'y autorisait — dans un silence digne, ou plus exactement en parlant le moins possible, et sans rien concéder ?

— A demain donc, Excellence, lâcha-t-il, optant pour la concision. Je serai à l'ermitage de Cuthred, comme je m'y suis engagé.

— C'est cela, oui ! Et ce ne serait pas une mauvaise idée d'informer la bienfaitrice de l'ermite des accusations dont il est l'objet. Elle voudra peut-être venir voir elle-même. Pour le moment, monsieur, je n'ai plus besoin de vous. Et, de toute manière, je sais où vous joindre. Il me semble que vous devriez vous réjouir de l'évasion de Richard. Il est préférable d'oublier tout cela, à moins, naturellement, que vous n'ayez d'autres projets du même genre.

Fulke digéra de son mieux cette flèche du Parthe. Avec une brève révérence à l'abbé, il se tourna pour reprendre son cheval, se mit en selle et franchit le portail à un pas délibérément majestueux.

Frère Cadfael, à qui on avait demandé de se joindre à ceux qui se réuniraient chez l'abbé après le souper, changea de cap et décida brusquement de passer aux écuries. Bien reposé, le poney noir de Richard était dans sa stalle, tout heureux ; on l'avait pansé, il avait eu à boire et il mangeait tranquillement. Mais le grand bai clair avec une étoile sur la tête avait disparu avec sa selle et sa bride. Quelles qu'aient été ses raisons de partir sans trompette, Rafe de Coventry était allé s'occuper d'une affaire ne regardant que lui.

Richard avait pris place sur un tabouret bas, tout près de l'abbé. Il était propre comme un sou neuf, plein de gratitude d'être rentré chez lui, et il raconta son histoire, enfin ce qu'il se crut autorisé à raconter. Il avait un excellent public. Étaient présents, en dehors de l'abbé, Hugh Beringar, qui avait expressément réclamé que Cadfael assistât à la réunion, et frère Paul que cela ennuyait décidément beaucoup de ne pas avoir son enfant terrible sous les yeux depuis son retour. Richard avait accepté, voire apprécié d'être secoué, giflé, récuré, bref qu'on s'occupe de lui, qu'on le choie, jusqu'à ce qu'il devienne un écolier impeccable que l'abbé pourrait examiner sous toutes les coutures sans avoir rien à redire. Il y avait des trous dans son récit, sur lesquels il s'attendait à être interrogé, mais Radulphe était de noble extraction et comprendrait qu'un noble refuse de trahir ceux qui l'avaient aidé et même certains valets qui, encouragés par leur maître, l'avaient bousculé.

— Reconnaîtriez-vous, questionna Hugh, les deux hommes qui se sont emparés de vous et vous ont conduit à Wroxeter ?

C'était bien tentant de se venger de cette espèce de jeune coq qui s'était moqué de lui et lui avait causé de tels problèmes au gué, mais il y renonça, à regret, cette dénonciation lui semblant indigne de sa naissance.

— C’est difficile. La nuit avait commencé à tomber.

Personne n’insista. L’abbé préféra aborder un autre sujet :

— Est-ce qu’on t’a aidé à t’échapper de Leighton ? Si tu avais pu t’en sortir seul, tu n’aurais pas attendu tout ce temps-là.

La réponse s’avérait délicate. S’il disait la vérité, cela ne nuirait en rien à Hiltrude, ici, parmi ses amis, mais si le père de la demoiselle venait à l’apprendre, ce serait une autre paire de manches. Il valait mieux s’en tenir à la version qu’ils avaient élaborée, celle d’une porte mal refermée par erreur, ce qui lui avait permis de filer. Cadfael observa la légère rougeur qui couvrit les joues roses du gamin, tandis qu’il abordait cette partie de sa narration avec une brièveté et une modestie remarquables. Si cela avait été vrai, le garçon se serait bruyamment réjoui de l’aubaine.

— Il aurait dû savoir que son prisonnier profiterait de la moindre chance, commenta Hugh, tout sourire. Mais nous ignorons toujours pourquoi vous avez quitté l’abbaye, et comment vous avez appris que l’ermite n’est pas le prêtre qu’il prétend être.

C’était là le cœur du problème auquel Richard n’avait cessé de réfléchir à en avoir la migraine, tout en se soumettant aux affectueux sermons de frère Paul concernant l’obéissance et la discipline, ainsi qu’aux ennuis auxquels on s’expose si on s’amuse à transgresser les règles. Il leva vers l’abbé une frimousse méfiante et lança à Hugh, dont en tant que représentant de la loi les réactions étaient plus difficiles à prévoir, un regard en coin.

— Rappelez-vous, père, s’écria-t-il d’une voix pressante. J’ai promis de ne rien vous cacher, mais cela ne s’adresse qu’à vous. Il y a quelqu’un à qui cela pourrait nuire si je révélais tout ce que je sais de lui, et je suis sûr qu'il n'a pas mérité cela. Je ne peux pas le mettre en danger.

— Il me déplairait que tu rompes ton serment envers quiconque, prononça gravement Radulphe. Demain, je t'entendrai en confession et tu m'expliqueras tout. Rassure-toi, tu n'as rien à te reprocher, la confiance d'autrui, c'est sacré. Allez, au lit, j'imagine que tu en as grand besoin. Accompagnez-le, Paul.

Richard s'inclina cérémonieusement, heureux de s'en être tiré à si bon compte, mais en passant devant Hugh il hésita et s'arrêta. Il y avait manifestement quelque chose qui le tracassait :

— A Leighton, tout le monde a prétendu ne pas m'avoir vu, ils savaient ce qu'ils risquaient en parlant. Mais Hiltrude, que vous a-t-elle répondu au juste ?

Si Hugh était capable d'additionner deux et deux plus vite que beaucoup, cette fois, il n'en révéla rien. Il se contenta de répondre avec une respectueuse gravité et un visage impassible :

— Il s'agit de la fille d'Astley, n'est-ce pas ? Je ne l'ai pas vue. Elle était sortie.

Elle était sortie ! Comme ça, elle n'avait pas eu à mentir. Elle avait dû s'éclipser discrètement dès que son père eut quitté le manoir. Soulagé, plein de reconnaissance, Richard souhaita bonne nuit à chacun et partit se coucher, le cœur léger.

— Elle lui a donné un coup de main, c'est évident, affirma Hugh quand la porte se fut refermée derrière l'enfant. Elle aussi, on l'a forcée à signer. Maintenant, je commence à y voir clair. Richard est enlevé en revenant par la forêt d'Eyton et que trouve-t-on le long du sentier dans ladite forêt ? La chaumière d'Eilmund et l'ermitage, où nous savons qu'il n'a pas mis les pieds. Et devinez qui est venu me voir à Shrewsbury aux environs de midi, aujourd'hui même, et qui m'envoie toutes affaires cessantes à Leighton où je ne serais pas allé avant demain ? La fille d'Eilmund. Elle s'est bien gardée de m'expliquer d'où elle tenait ce renseignement. A l'en croire, un villageois de passage aurait prétendu avoir vu un petit garçon qui pourrait bien être Richard. Plus significatif encore, Richard refuse de justifier son départ, seul, de l'abbaye et de nous dire qui lui a appris que l'ermite n'est pas plus prêtre que moi ? Il semblerait, père, que quelqu'un (que je ne prendrais pas le risque de nommer !) a de bons amis dans notre entourage. Je souhaite seulement qu'ils soient également bons juges ! Quoi qu'il en soit, demain, on ne reprendra pas nos recherches. Ici, Richard est en sécurité. Et pour ne rien vous cacher, j'ai le sentiment qu'on n'est pas près de remettre la main sur le second disparu. Pour l'avenir immédiat, notre travail est tout tracé. Commençons donc par le commencement.

Dès la fin de prime l'abbé Radulphe, Hugh Beringar et Cadfael, qui de toute manière devait passer voir Eilmund pour prendre de ses nouvelles, montèrent à cheval et se mirent en route. Ce n'était pas la première fois que le moine herboriste s'arrangeait pour faire coïncider son devoir et une curiosité raisonnable. Il savait pouvoir compter sur Hugh dans ce genre de situation, ce qui ne gâtait rien ; en outre, un témoin supplémentaire qui n'avait pas les yeux dans sa poche s'avérerait peut-être précieux lors de cette entrevue.

Ce matin-là, contrairement aux jours précédents, il n'y avait presque pas de brume. Un petit vent s'était levé, qui séchait les feuilles sur les sentiers forestiers et donnait une nuance d'or mat à celles qui paraient encore les branches. Aux premiers grands froids, le sommet des arbres prendrait des couleurs flamboyantes. D'ici une semaine ou deux Hyacinthe ne trouverait plus à se cacher dans les bois si des fâcheux se présentaient chez Eilmund. Même les chênes seraient à demi dénudés. Mais avec l'aide de Dieu, encore quelques jours et Aymer Bosiet aurait renoncé à sa vengeance, évalué ses pertes et filé en vitesse pour assurer ses arrières dans son château. Le corps de son père avait été mis en bière et, bien qu'il ne disposât que de deux valets d'écurie, il restait le grand rouan de son père comme cheval de remonte en cas de besoin. Il lui serait facile de louer des gens pour porter la litière durant le trajet. Il avait déjà parcouru toute la région en vain, et il ne fallait pas être devin pour comprendre qu'il était partagé entre deux désirs et qu'il ne tarderait pas à opter pour la solution la plus profitable. La liberté de Hyacinthe était sûrement plus proche que l'intéressé ne l'imaginait. Il ne l'aurait d'ailleurs pas volée, car il était le seul à avoir pu informer Richard de la personnalité douteuse de l'ermite. Hyacinthe avait voyagé avec lui; il le connaissait avant qu'il ne mît les pieds à Buildwas. Il était fort possible que le jeune homme sût, concernant son vénéré maître, des choses que personne d'autre ne connaissait.

Les bois épais leur cachèrent l'ermitage jusqu'au dernier moment. Ce leur fut presque une surprise de découvrir la clairière qui donnait sur une verte prairie de petite dimension et la palissadc basse qui délimitait le jardin, entourant la cellule trapue en pierre grise, où des moellons plus clairs révélaient qu'on l'avait récemment réparée. La porte de la maison était ouverte, Cuthred avait précisé en personne qu'elle le serait toujours pour tout le monde. Personne ne travaillait dans le jardin à demi défriché, aucun bruit ne provint de la maison pendant qu'ils mettaient pied à terre et attachaient leurs chevaux à l'entrée. Cuthred devait être à l'intérieur ; peut-être priait-il.

— Après vous, père, souffla Hugh. Cela vous concerne plus que moi.

L'abbé dut baisser la tête pour entrer et il resta immobile, attendant que sa vision s'accoutumât à la pénombre ambiante. L'unique fenêtre étroite laissait passer un jour parcimonieux à cette heure-ci à cause de la présence des grands arbres. Dans la pièce nue, les meubles et objets, la paillasse étroite contre le mur, la petite table, le banc, le peu de vaisselle qu'il y avait prenaient forme peu à peu. Le passage sans porte donnant sur la chapelle laissait voir la pierre massive de l'autel avec la petite lampe qui le surplombait, mais tout ce qui était en dessous se trouvait dans l'obscurité. La mèche, qui avait brûlé bas, n'était guère plus qu'une étincelle.

— Cuthred ! appela Radulphe. Vous êtes là ? L'abbé de Shrewsbury vous salue de par la grâce de Dieu !

Il n'y eut pour toute réponse qu'un faible écho renvoyé par les pierres. Hugh passa devant l'abbé et s'avança dans la chapelle où il s'arrêta net, la respiration sifflante.

Pour être là, Cuthred y était, mais pas à ses prières. Il gisait à plat dos sous l'autel, la tête et les épaules appuyées à la pierre, comme s'il était tombé ou avait été projeté en arrière alors qu'il regardait vers l'entrée. Sa robe, qui lui faisait comme un linceul, était remontée, découvrant ses pieds maigres et ses chevilles ; le devant de son habit était souillé par une grande tache noire, là où s'était écoulé le sang de la blessure mortelle qu'il avait reçue. Son visage, que l'on discernait dans ses cheveux et sa barbe noirs et emmêlés, était déformé par une grimace. Agonie ou fureur ? Ses lèvres découvraient de fortes dents, ses yeux flamboyaient encore, à demi ouverts. Il avait les bras en croix et, près de sa main droite, comme s'il l'avait laissé échapper dans sa chute, un long poignard gisait sur le sol de pierre.

Prêtre ou non, Cuthred n'était pas près de témoigner pour sa défense. Il était inutile de se livrer à un long examen pour se rendre compte qu'il était mort depuis plusieurs heures et pas de mort naturelle.

— Mon Dieu ! murmura l'abbé d'une voix blanche, debout, pétrifié près du corps. Que Jésus ait pitié de cet homme ! Qui a pu commettre un tel acte ?

Hugh s'était agenouillé près du cadavre pour palper une chair déjà froide et de la consistance de la cire. On ne pouvait plus rien demander à l'ermite et on ne pouvait plus rien pour lui en ce monde, sinon retrouver son assassin.

— Il est mort depuis quelques heures. Un second meurtre dans ma juridiction et l'assassin de Drogo court toujours ! Mais enfin, qu'y a-t-il dans ces bois qui déchaîne ainsi les forces du mal ?

— Ce crime pourrait-il être en rapport avec le récit de Richard ? demanda l'abbé d'une voix lasse. Aurait-on tué cet homme pour qu'il ne puisse pas répondre à nos questions et qu'en l'enterrant nous enfouissions la preuve qui nous manque ? On s'est donné beaucoup de mal pour ce mariage et pour agrandir des domaines, mais j'ai peine à croire qu'on ait pu aller jusqu'à commettre un meurtre.

— S'il s'agit bien d'un meurtre, intervint frère Cadfael, se parlant à lui-même, mais à voix haute.

Pendant tout ce temps il était resté près de l'entrée, immobile et silencieux, regardant partout autour de lui dans cette pièce qu'il se rappelait fort bien pour l'avoir vue lors de son unique visite, avec son mobilier si rare que chaque détail prenait son importance. La chapelle était plus grande que l'autre pièce, on pouvait s'y déplacer à l'aise, s'y battre même. Seul le mur est était construit en pierres sous la minuscule fenêtre carrée avec la grande table ouvragée de l'autel sur laquelle se trouvait le petit reliquaire surmonté d'une croix d'argent. De part et d'autre, dans les chandeliers d'argent, était fiché un cierge qui n'était pas allumé. Sur la pierre, devant le reliquaire, on ne voyait rien du tout. C'était quand même étrange, voilà un homme qui gisait mort dans un désordre complet et l'autel était impeccablement rangé. Une seule chose manquait dans le souvenir qu'en avait gardé Cadfael : le bréviaire relié de cuir, digne d'appartenir à un prince, avec ses volutes, ses feuilles richement travaillées et ses ornements d'or.

Hugh se releva et se recula afin de voir la pièce sous le même angle que son ami. Ils l'avaient découverte ensemble, il serait normal qu'ils en aient gardé la même image. Il lança un bref coup d'œil à Cadfael :

— Avez-vous des raisons de douter qu'il y ait eu meurtre ?

— Je constate qu'il était armé.

Le regard de Hugh tomba aussitôt sur le poignard, si proche de la main à demi ouverte de Cuthred. Il n'y avait pas touché. Il recula toujours sans y toucher, maintenant qu'il savait que la victime était morte.

— Il a dû le lâcher en tombant. C'était son poignard. Il s'en est servi. Il y a du sang dessus et ce n'est pas le sien. Je ne sais pas ce qui s'est passé ici, mais il n'a pas été frappé en traître.

C'était indubitable. Il avait été touché à hauteur du cœur, un peu au-dessus, et la traînée de sang coagulé avait atteint le milieu de son corps. La dague qui l'avait tué avait été retirée, provoquant une hémorragie mortelle. L'autre arme, sur le sol, n'était tachée que de la longueur d'un pouce à partir de la pointe et une unique goutte de sang avait coulé sur la pierre à l'endroit où elle se trouvait.

— Vous pensez qu'il y a eu un duel ? souffla l'abbé, émergeant de son silence horrifié. Mais pourquoi un saint ermite conserverait-il une épée et un poignard ? Même pour défendre sa vie contre des voleurs et des vagabonds, un tel homme n'aurait pas recours à une arme ; il placerait sa foi en Dieu.

— Un voleur ? Moi je veux bien, mais un voleur pas ordinaire, en ce cas. Il y une croix et des chandeliers d'argent, pourquoi les laisser là ? Ils n'ont même pas été dérangés pendant la bagarre. A moins qu'on ne les ait remis en place après coup.

— C'est vrai, reconnut l'abbé, secouant la tête devant cet insondable mystère. Le vol est donc exclu. Alors que reste-t-il ? Pourquoi irait-on chercher noise à un religieux solitaire qui a choisi de ne rien posséder et dont les seuls objets de valeur se trouvent sur cet autel ? Personne ne lui cherchait querelle, il était serviable, accessible et ouvert à tous ceux qui venaient lui exposer leurs ennuis. Qui aurait pu lui vouloir du mal et pourquoi ? Peut-il s'agir du meurtrier qui a déjà tué le seigneur de Bosiet, Hugh ? Ou devons-nous craindre d'avoir deux assassins en liberté parmi nous ?

— Il ne faudrait pas oublier son domestique qu'on n'a toujours pas retrouvé, avança Hugh, fronçant les sourcils à cette idée dont il n'arrivait pas à se défaire. Je commençais à croire qu'il avait filé vers l'ouest et qu'il était passé au pays de Galles. Mais il est fort possible qu'il ne se soit pas éloigné. Et puis il y a aussi ceux qui lui donnent asile et qui ont foi en lui. C'est un raisonnement qui se tient. Si c'est le vilain qui s'est enfui de Bosiet, il avait un mobile pour se débarrasser de son maître. Mettons que Cuthred, qui l'avait désavoué en apprenant qu'il lui avait menti, ait découvert l'endroit où il se cachait ; le fuyard avait alors une bonne raison de le tuer. Simple supposition, bien entendu, mais qu'il faut garder en mémoire.

Oui, songea Cadfael, tant que Aymer Bosiet n'aurait pas repris le chemin de Northampton. Alors Hyacinthe pourrait se montrer au grand jour et se défendre seul, avec l'assistance d'Eilmund, d'Annette et de Richard. Car avec leur aide il était sûr qu'on ne tarderait pas à apprendre où Hyacinthe s'était trouvé pendant cette période critique. Non, inutile de se mettre martel en tête pour Hyacinthe. Mais il regrettait que ce dernier ne l'eût pas autorisé à se confier à Hugh depuis longtemps.

Le soleil était plus haut dans le ciel, à présent, il avait trouvé un meilleur angle pour percer le feuillage et répandre une lumière accrue sur le corps tordu de la malheureuse victime. Le bas de sa vieille robe noire était tout rejeté d'un côté comme si un géant avait refermé son poing dessus, à cet endroit le tissu de laine portait une tache noire gluante. Cadfael s'agenouilla et écarta les plis du vêtement qui se séparèrent malaisément.

— Voilà où l'assassin a essuyé son couteau avant de le remettre dans son étui, nota Cadfael.

— Deux fois, confirma Hugh, qui distinguait une seconde tache, à peine perceptible. Froideur et efficacité. Un homme méthodique qui nettoie ses outils après avoir terminé son travail !

— Et regardez ce coffret sur l'autel.

Il s'était approché précautionneusement en contournant le corps pour examiner la boîte en bois gravé, et il suivit du doigt le bord du couvercle au-dessus du cadenas. La trace se voyait à peine, on n'en avait pas moins utilisé la pointe d'un poignard pour forcer le petit coffre. La serrure était brisée et il n'y avait plus rien à l'intérieur. Seul un léger parfum de bois flottait dans l'air. Mais la boîte ne contenait pas un grain de poussière. L'artisan qui l'avait fabriquée avait bien travaillé.

— Il y a donc eu vol, murmura Cadfael, qui ne souffla mot du bréviaire, même s'il ne pouvait douter que Hugh avait lui aussi remarqué sa disparition.

— Mais on n'a pas touché à l'argent. Un ermite aurait-il possédé quelque chose de plus précieux que les chandeliers de Dionisia ? Il est venu de Buildwas à pied, avec seulement une bourse à la ceinture, comme n'importe quel pèlerin. Certes, Hyacinthe lui portait son paquetage. Je voudrais bien savoir, poursuivit Hugh, si ce coffret est aussi un cadeau ou s'il l'a apporté avec lui ?

Ils étaient si absorbés par leur enquête qu'ils n'avaient prêté aucune attention à ce qui se passait dehors, et aucun son ne les avait avertis que quelqu'un approchait. Sous le coup de leur découverte, ils avaient oublié qu'une autre personne devait venir à ce rendez-vous. Mais ce fut une voix de femme et non celle de Fulke qui s'éleva à l'entrée, dans leur dos, haute, confiante, exprimant une désapprobation arrogante.

— Inutile de vous perdre en conjectures, monsieur l'abbé. Il serait plus simple et courtois de me poser directement la question.

Comme un seul homme, tout surpris, ils pivotèrent et se trouvèrent nez à nez avec dame Dionisia qui les défiait de toute sa hauteur dans le soleil brillant qui s'engouffrait à flots et qui l'aveuglait à moitié quand elle s'avança dans cette obscurité relative. De par leur position, ils lui cachaient le cadavre et il n'y avait rien qui pût l'inquiéter en dehors du geste de Hugh qui avait toujours en main le coffre ouvert et la croix qu'il avait prise. La lampe mourante ne permit à la visiteuse de ne rien distinguer d'autre. Elle parut scandalisée.

— Qu'est-ce que cela signifie, monsieur? Que faites-vous avec ces objets sacrés? Où est Cuthred? Qui vous a permis de fouiller chez lui en son absence?

L'abbé s'arrangea pour mieux lui cacher le corps et s'avança pour la persuader de sortir de la chapelle.

— Nous allons tout vous expliquer, madame, mais je vous en prie, allez-vous asseoir dans l'autre pièce. Attendez que nous ayons fini de tout ranger. Je vous assure qu'il n'y a aucun manque de respect dans notre attitude.

La masse de Fulke, derrière elle, contribua à assombrir la pièce, lui interdisant de reculer, comme le lui conseillait Radulphe. Impérieuse, indignée, elle refusa de bouger.

— Où est Cuthred? Sait-il que vous êtes là? Pourquoi a-t-il quitté sa cellule. Cela ne lui arrive jamais...

Ce mensonge mourut sur ses lèvres et elle aspira douloureusement. Derrière l'abbé, elle venait d'apercevoir une cheville pâle sous la robe froissée. Elle y voyait mieux maintenant. Échappant à l'abbé, elle se jeta impulsivement en avant. D'un seul coup d'œil elle obtint à ses questions une réponse qui l'anéantit. Cuthred était bien là et cette fois il n'était pas sorti de sa cellule.

Le long visage patricien de la dame devint gris comme la cendre et sembla se désintégrer tandis que ses traits s'affaissaient. Elle poussa un grand cri de terreur plus que de douleur et s'effondra ou se rejeta en arrière dans les bras de Fulke Astley.

CHAPITRE TREIZE

Elle ne s'évanouit ni n'éclata en sanglots, n'étant pas femme à s'adonner à ce genre de faiblesse. Mais elle resta assise un long moment, très droite, sur le lit de Cuthred, dans la pièce d'habitation, tendue, blême, regardant loin devant elle, comme si le mur de pierre qu'elle avait devant les yeux ne constituait pas un obstacle. Entendit-elle les paroles rassurantes de l'abbé et les balbutiements maladroits d'Astley, lui offrant tour à tour un réconfort qui la laissait indifférente et lui rappelant que ce meurtre n'était guère de nature à résoudre la question pendante ? Astley ajouta même, avec une logique discutable, que le crime prouvait que Cuthred était bel et bien prêtre et que le mariage qu'il avait célébré en devenait d'autant plus sacré. Elle ne prêta aucune attention à ces propos, comme si ce genre de considérations avait perdu tout intérêt. Les plans qu'elle avait eu tant de mal à élaborer ne semblaient plus avoir de raison d'être. Elle réfléchit à cette mort brutale, sans confession, refusant d'avance toute responsabilité. C'est ce que Cadfael lut dans son regard en sortant de la chapelle après avoir aidé à disposer décemment le cadavre qui n'avait plus rien à lui révéler. Cette mort incitait la dame à penser à la sienne propre et elle n'avait pas l'intention d'en arriver là sans avoir confessé ses péchés. Elle avait encore des années devant elle, d'ailleurs, mais elle venait d'être avertie que si elle n'était pas pressée la mort l'était parfois.

Elle finit par demander, d'une voix normale, plus douce peut-être que lorsqu'elle s'adressait à ses serviteurs ou à ses métayers :

— Où est le seigneur shérif?

— Il est parti chercher des gens pour que l'on emmène le corps de l'ermite. A Eaton, si vous le souhaitez, afin qu'on l'y prépare, puisque vous étiez sa bienfaitrice. A moins que sa présence ne vous soit trop pénible. En ce cas nous l'emporterons à l'abbaye où nous saurons nous occuper de lui.

— Je vous en serais reconnaissante, articula-t-elle lentement. Je ne sais plus quoi penser. Fulke m'a rapporté les propos de mon petit-fils. Désormais l'ermite ne pourra plus assurer sa défense, ni moi non plus. J'ai cru de bonne foi qu'il était prêtre.

— Je n'en doute pas, madame, répondit Radulphe.

Elle reprenait pied dans la réalité et la couleur lui revenait aux joues. Elle n'allait pas tarder à se ressaisir et à jouer son rôle à nouveau dans le monde qui l'entourait ; elle avait quitté celui du jugement dernier. Et comme toujours elle affronterait les difficultés qui se présenteraient avec le courage et l'obstination féroces qui lui étaient propres.

— Père, lança-t-elle, se tournant brusquement vers Radulphe, si je me présente à l'abbaye ce soir, accepterez-vous de m'entendre personnellement en confession? Je ne dormirai sûrement pas plus mal d'avoir avoué mes péchés.

— Certainement, madame.

Elle était prête à rentrer chez elle et Fulke ne

demandait pas mieux que de l'escorter. Nul doute, alors qu'ici il n'avait pratiquement pas ouvert la bouche, qu'il se rattraperait quand il serait seul avec elle. Il n'avait certes pas son intelligence, encore moins son imagination. La mort de Cuthred ne l'avait contrarié que dans la mesure où elle l'avait empêché de prouver la validité du mariage de sa fille. Il n'avait pas senti le souffle froid du royaume d'outre-tombe. C'est du moins ce que pensa frère Cadfael en le voyant prendre Dionisia par le bras et l'emmener à l'endroit où elle avait attaché sa genette, tant il était pressé d'être seul avec elle, libéré de la présence intimidante de l'abbé.

Au dernier moment, alors qu'elle tenait déjà ses rênes, elle se retourna tout soudain. Son visage avait retrouvé sa force altière : elle était redevenue elle-même.

— Je viens juste de me rappeler, déclara-t-elle. J'ai entendu le seigneur shérif s'interroger sur le coffret, près de la croix. Il était à Cuthred, il l'avait apporté avec lui.

Quand l'abbé, les porteurs de litière et Hugh reprirent gravement le chemin de l'abbaye, Cadfael alla jeter un ultime coup d'œil à la chapelle déserte, avec d'autant plus d'attention qu'il n'y aurait personne pour le déranger. Il ne découvrit aucune goutte de sang sur le sol dallé là où on avait reposé le corps, à l'exception de celle qu'avait laissée la pointe du poignard de Cuthred. Il avait dû blesser son adversaire, mais superficiellement. Cadfael examina soigneusement l'espace qui séparait l'autel de l'entrée à l'aide d'une bougie qu'il venait d'allumer. Dans la chapelle, il ne trouva rien de plus ; le sol de la pièce d'habitation était en terre battue et, après quelques heures, toutes traces s'y étaient effacées. Mais sur le seuil de la porte il tomba sur trois petites taches sèches et bien visibles, et, sur la partie gauche du chambranle encore tout propre car récemment réparé, il remarqua une longue traînée de sang à hauteur de son épaule comme si quelqu'un était passé en y appuyant une manche déchirée et ensanglantée.

L'agresseur était donc un homme de sa taille, que le poignard de Cuthred avait touché à l'épaule ou dans le haut du bras, du côté gauche alors qu'il visait certainement au cœur.

Cadfael, qui avait d'abord eu l'intention de s'arrêter à la chaumière d'Eilmund, changea soudain d'avis. Il lui parut qu'il ne pouvait pas se permettre de ne pas assister à ce qui allait se passer quand on ramènerait le cadavre de Cuthred dans la cour du couvent. La consternation régnerait dans la majorité des cas, le soulagement se manifesterait peut-être chez certains, et quelqu'un risquait d'avoir l'impression d'être en danger. Au lieu de s'enfoncer dans la forêt, il se dirigea rapidement vers Shrewsbury afin de rattraper la procession.

Dès qu'ils arrivèrent sur la Première Enceinte, les curieux s'attroupèrent et une bande de gamins et de chiens errants ne tarda pas à suivre le cortège tout le long de la chaussée. De respectables citoyens firent une discrète apparition ; ils se méfiaient de l'abbé et du shérif, mais ils étaient avides d'informations et propageaient des rumeurs aussi serrées que des nuées de mouches au plus fort de l'été. Quand la petite troupe franchit le portail le bon peuple du marché, de la forge ou de la taverne se rassembla à proximité pour voir ce qui allait se produire et se délecter de ragots.

Dans la grande cour un mort faisait son entrée alors

qu'un autre s'apprêtait à quitter l'abbaye. Le cercueil scellé de Drogo Bosiet avait été placé sur une charrette basse et légère louée en ville avec son charretier pour effectuer le début du voyage, sur une bonne route. Garin tenait en main deux chevaux sellés, cependant que le jeune valet d'écurie s'affairait à équilibrer une charge qu'on allait mettre sur un cheval de manière qu'il n'en soit pas gêné. En les voyant ainsi s'activer, Cadfael poussa un profond soupir de soulagement ; une menace au moins se dissipait plus tôt qu'il n'aurait osé l'espérer. Aymer avait fini par se décider. Il rentrait chez lui pour protéger son héritage.

Ainsi les spectateurs près du portail, attirés par le funèbre cortège, en croisèrent un autre quittant l'abbaye. Aymer, qui sortait de l'hôtellerie avec frère Denis à ses côtés venu lui souhaiter bon voyage, eut un mouvement de surprise en voyant cette scène. Il jeta un long regard interrogateur au corps dissimulé à la vue et se dirigea à grands pas vers Hugh qui mettait pied à terre.

— Qu'est-ce, seigneur shérif ? Un autre cadavre ? Avez-vous enfin trouvé mon homme, mais mort ?

Il ne savait pas s'il devait s'en plaindre ou s'en réjouir au cas où la réponse serait positive, partagé entre le regret de perdre avec Hyacinthe une source appréciable de profit et la satisfaction d'être enfin vengé, alors qu'il désespérait d'obtenir l'un ou l'autre et qu'il était sur le point de lever le camp.

L'abbé était lui aussi descendu de sa monture et le regardait, impassible. Les deux groupes donnaient l'impression curieuse d'une image en miroir avec ce mort qui arrivait et cet autre qui s'en allait. Les palefreniers de l'abbaye qui étaient venus prendre la bride du shérif et celle de l'abbé se tenaient au premier rang de l'assemblée, peu désireux de s'éloigner.

— Eh non, répondit Hugh, ce n'est pas votre fuyard. Dans la mesure où c'est vraiment lui que nous recherchons. En tout cas, aucune trace de lui. Alors comme ça, vous rentrez chez vous ?

— Oui, j'ai assez perdu de temps et je me suis donné assez de mal. J'abandonne, mais c'est bien parce que j'y suis obligé. On a besoin de moi au château, j'ai du travail qui m'attend. Et lui, qui est-ce ?

— L'ermite qui s'est installé récemment dans la forêt d'Eyton. Votre père est allé lui rendre visite, précisa Hugh. Il pensait que son serviteur et votre serf étaient une seule et même personne. Mais il avait déjà pris la poudre d'escampette, et on est restés sur notre curiosité.

— Je me rappelle, le père abbé m'en a parlé. Ainsi, c'est lui ! Je n'y suis pas retourné. A quoi bon si l'oiseau s'était envolé ?

Il regarda bizarrement le corps sous son linceul. Les porteurs avaient déposé leur fardeau, attendant de savoir où emmener le cadavre. Aymer se pencha et découvrit le visage de Cuthred. On avait écarté de ses tempes ses cheveux emmêlés et peigné sa barbe touffue. La lumière de midi tombait en plein sur sa figure maigre, ses yeux creux, ses paupières bombées, un peu marquées et bleuâtres à présent, son long nez droit patricien et ses lèvres pleines. Ses yeux flamboyants à demi ouverts s'étaient voilés et on avait supprimé le rictus de ses lèvres retroussées pour leur rendre leur dure élégance. Aymer se pencha plus près, stupéfait, incrédule.

— Mais... je connais cet homme ! Enfin, ce n'est pas le mot qui convient. Mais je l'ai vu et je lui ai parlé. Lui, un ermite ? J'ai peine à le croire ! Il était coiffé à la normande, avec une barbe courte et bien taillée, pas comme ça. Il avait une belle tenue de voyage, des bottes et tout, et pas cette robe et ces misérables sandales. Ah, j'oubliais, il avait aussi une épée et un poignard, et je parierais qu'il savait s'en servir et qu'il les portait depuis longtemps.

C'est seulement en se redressant qu'il se rendit compte de l'intérêt profond suscité par ses paroles. Le visage tendu de Hugh et la question qu'il s'empressa de lui poser achevèrent de lui confirmer qu'il venait sans s'en douter de toucher à quelque chose d'essentiel.

— Vous en êtes sûr?

— Certain, monsieur. Nous avons passé la nuit au même endroit, mais on a joué le dîner aux dés et mon père a défié cet homme aux échecs. Je n'ai aucun doute là-dessus.

— Où était-ce et quand?

— A Thame, on cherchait Brand du côté de Londres. Nous avons dormi dans la nouvelle abbaye des moines blancs, là-bas. Il y était arrivé avant nous, dans le courant de l'après-midi, et le lendemain il est parti vers le sud. Je ne saurais vous préciser le jour exact, c'était vers la fin de septembre.

— Si vous l'avez reconnu, changé comme il était, pensez-vous que votre père en aurait également été capable?

— Évidemment. Il était aussi observateur que moi. Ils avaient partagé le même échiquier, face à face.

Ainsi donc, songea Cadfael, quand il était parti à la recherche de son vilain à l'ermitage de la forêt, Drogo avait été confronté à l'ermite Cuthred dont la vocation était on ne peut plus récente. Et il n'avait pas vécu assez longtemps pour revenir à l'abbaye raconter ce qu'il avait vu. Peut-être ignorait-il tout de l'ermite... Certes, mais il risquait de tenir des propos susceptibles d'intéresser des oreilles ennemies et d'attirer chez le solitaire de la forêt d'Eyton un homme qui ne pourchasserait pas son vilain en fuite ni ne s'intéresserait à un faux prêtre. Seulement, au retour, le trajet de Drogo Bosiet s'était arrêté dans un bosquet épais de la forêt, assez loin de l'ermitage pour que nul ne songe à soupçonner un saint homme dont tout le monde croyait qu'il ne quittait jamais sa cellule.

Un faisceau de coïncidences ne constitue pas une preuve mais Cadfael était sûr de son fait. Là, sous leurs yeux, le cadavre dans son cercueil et le corps que l'on venait d'amener se croisaient un instant, avant que le prieur Robert ne dirigeât les porteurs vers la chapelle mortuaire. Aymer Bosiet recouvrit le visage de Cuthred et revint à ses préparatifs de départ. Il avait d'autres soucis en tête. A quoi bon l'en distraire et le retarder maintenant. Mais une étrange question se présenta soudain à l'esprit de Cadfael.

— Quel cheval montait-il quand il s'est arrêté pour la nuit à Thame?

Aymer, qui resserrait sa sangle, se retourna, passablement surpris. Il ouvrit la bouche pour répondre et se trouva embarrassé. Il plissa le front, essayant de se souvenir.

— Il était là bien avant nous. Il y avait déjà deux chevaux aux écuries du prieuré quand nous y avons été. Et le lendemain, il est parti le premier. Mais dites, j'y pense, quand on s'est mis en selle, les deux chevaux que nous avions vus la veille étaient encore dans leurs stalles. C'est curieux! Pourquoi un chevalier aussi bien mis, à en juger par ses armes et son allure, s'en irait-il à pied?

— J'imagine qu'il avait un autre cheval ailleurs, suggéra Cadfael comme si le problème était dépourvu du moindre intérêt, alors qu'il était crucial, qu'il fournissait la clé de l'énigme. Là, sous le regard de tous, l'assassin et la victime étaient réunis, la justice avait été rendue, mais qui, dans ce cas, avait poignardé l'assassin ?

Ils étaient partis, Aymer sur le beau rouan clair de son père, Garin tenait par la bride le cheval que montait Aymer à l'aller ; quant au petit palefrenier, il avait pris place dans la charrette, près du charretier. Après les premières étapes, Aymer quitterait sûrement la petite procession pour galoper vers ses terres, laissant aux valets d'écurie le soin de ramener la bière à un rythme plus décent. Il enverrait sans doute des gens à lui à la rencontre du cortège, une fois qu'il serait rentré. Dans la chapelle mortuaire, sous le regard de Cadfael, on avait déposé comme il convient le corps, dont on avait peigné la barbe et les cheveux, peut-être pas aussi soigneusement que lorsqu'il était chevalier à Thame, mais assez pour lui donner l'austère dignité de la mort et un visage convenable pour un religieux digne de ce nom. Il n'était pas juste que la dépouille d'un criminel ait aussi noble allure qu'un paladin de l'impératrice.

Hugh s'était enfermé avec l'abbé et jusqu'à présent avait gardé pour lui les impressions que lui avait laissées le témoignage d'Aymer, mais les questions qu'il avait posées montraient qu'il avait opéré le même rapprochement que Cadfael, qu'il en était donc forcément arrivé aux mêmes conclusions. Il s'en entretiendrait d'abord avec Radulphe. A présent, le rôle du moine était de pousser Hyacinthe à réapparaître de façon à le laver de tout soupçon. Si l'on exceptait quelques menus larcins commis pour se nourrir après sa fuite, et un ou deux mensonges histoire d'éviter des difficultés, on n'avait rien à lui reprocher. Et Hugh ne s'attarderait pas là-dessus. Et puis cela réglerait une fois pour toutes le mariage célébré par Cuthred, si certains s'interrogeaient encore sur sa validité. Une conversion soudaine peut certes changer un soldat en ermite, mais pour devenir prêtre et donner les sacrements, c'est une tout autre affaire.

Cadfael attendit donc Hugh dans son atelier du jardin aux simples où ce dernier ne manquerait pas de se rendre après être sorti de chez l'abbé. C'était un endroit tranquille, familier, plein de bonnes odeurs dont Cadfael avait été éloigné trop souvent ces derniers temps. Il lui faudrait songer à remplir ses étagères avec l'hiver qui arrivait, avant que rhumes et catarrhes ne débutent et que les articulations des plus âgés ne deviennent douloureuses au point d'éveiller des gémissements. On pouvait compter sur frère Winfrid pour se charger du jardin ; bêcher, arracher les mauvaises herbes n'avait plus de secret pour lui, mais à l'atelier il avait encore beaucoup de progrès à faire. Quand Hyacinthe irait prendre des nouvelles d'Eilmund, il apprendrait qu'il pouvait se montrer au grand jour et présenter sa défense. Et Cadfael se remettrait enfin à ses tâches ordinaires.

Après avoir traversé les plantations, Hugh vint s'installer près de son ami avec un bref sourire soucieux. Il resta un moment silencieux.

— Ce que je ne comprends pas, dit-il enfin, c'est le pourquoi de la chose. Quoi qu'il ait pu avoir à se reprocher avant, il a mené ici une vie impeccable. Qu'est-ce qui a bien pu le pousser à se débarrasser de Bosiet pour l'empêcher de parler ? On peut trouver bizarre qu'un homme change à ce point d'apparence et de style de vie mais ce n'est pas un crime. Que pouvait-il y avoir d'autre qui justifie un meurtre ? Quoi de si terrible à cacher, sinon un autre meurtre ?

— Ah ! s'exclama Cadfael, avec un soupir de satisfaction, je pensais bien que nous avions suivi le même raisonnement. Je ne crois cependant pas que ce soit un assassinat qu'il a tenté de dissimuler sous la robe de bure d'un ermite au fin fond d'une forêt. C'est ce que j'ai cru d'abord. Mais c'est sûrement plus compliqué que ça.

— Comme toujours avec vous, répliqua Hugh avec un brusque sourire en coin. A mon avis, il y a des choses que vous avez gardées dans votre manche. Que signifie cette question sur le cheval qu'il montait à Thame ? Qu'est-ce que ce cheval a à voir dans tout ça ?

— Le cheval, rien, mais le fait que Cuthred l'a laissé derrière lui. Vous voyez un guerrier ou un chevalier se déplacer à pied ? Mais un pèlerin qui ne veut pas qu'on le remarque, si. Maintenant, j'avoue que je sais quelque chose que vous ignorez. Je sais où est Hyacinthe. Contre ma volonté, j'ai promis de me taire tant qu'Aymer Bosiet n'aurait pas renoncé à le traquer et ne serait pas reparti. A présent, voici le garçon tiré d'affaire. Il peut venir s'expliquer et, croyez-moi, il n'a pas la langue dans sa poche !

Hugh considéra son compagnon sans manifester trop d'étonnement.

— C'était donc ça ! Allons, j'aurais mauvaise grâce à lui reprocher d'avoir été prudent. Il ne me connaît pas. Quant à moi, pour ce que je savais de lui, il aurait très bien pu être coupable. Personne, à notre connaissance, n'avait de meilleur mobile. A présent il est inutile qu'il s'explique là-dessus, cette affaire est terminée. En ce qui concerne sa liberté, il n'a rien à craindre de moi. J'ai suffisamment de travail pour ne pas courir après un serf qui s'est enfui du Northamptonshire. Amenez-le-moi quand vous voudrez, il nous en apprendra peut-être sur ce que nous ignorons.

Songeant à la parcimonie des confidences de Hyacinthe sur son ancien maître, c'est aussi ce que pensait Cadfael. Parmi ses amis, il s'était volontiers étendu sur sa vie de vagabond et les ennuis qu'il avait causés à Eilmund, mais il avait soigneusement évité de discréditer Cuthred, ne fût-ce que par allusion. Seulement, Cuthred était mort et on savait qu'il avait tué Drogo. Il consentirait peut-être à se montrer plus loquace, même s'il ne savait probablement pas grand-chose de son compagnon de voyage, sans parler de meurtre.

— Où est-il ? demanda Hugh. Pas loin, je suppose, c'est lui qui a glissé à l'oreille du jeune Richard qu'il pouvait se marier sans risque. Il était mieux placé que quiconque pour savoir que l'ermite était un imposteur.

— Il est tout simplement chez Eilmund où le père et la fille sont aux petits soins pour lui. Tiens, justement, il faut que je passe le voir. Voulez-vous que je le ramène avec moi ?

— Mieux que cela ! s'exclama Hugh. Nous chevaucherons de conserve. Qu'il évite de sortir de son trou avant que les recherches ne soient officiellement arrêtées. Que tout le monde sache qu'il est innocent, libre de se promener en ville et d'y chercher du travail comme tout citoyen ordinaire.

***

Aux écuries, où il était allé seller, Cadfael tomba sur le bai clair au chanfrein blanc. Il était comme une statue lumineuse sous la main caressante de son cavalier ; il avait pris un peu d'exercice et se montrait content, confiant. Après le pansage, sa robe avait la nuance du cuivre poli. Rafe de Coventry se tourna vers le nouvel arrivant et adressa à Cadfael un sourire calme, réservé, auquel ce dernier commençait à s'habituer.

— Vous repartez, mon frère ? Vous avez dû avoir une journée épuisante.

— Pas moi seulement. Mais j'espère que le pire est passé. Et vous, les affaires ont bien marché ?

— Très bien, je vous remercie ! Très, très bien ! Je m'en irai demain matin après prime. J'en ai déjà informé frère Denis, répondit-il d'une voix aussi mesurée qu'à l'ordinaire, fixant Cadfael droit dans les yeux.

Pendant une minute ou deux, Cadfael continua ses préparatifs en silence. Quand on connaissait Rafe de Coventry, ce n'était pas gênant, puis il prit la parole :

— Si vous avez beaucoup de route à faire le premier jour, je pense que vous aurez besoin de mes services avant de vous mettre en chemin. Il a blessé son adversaire, expliqua-t-il brièvement, car il voyait que Rafe avait du mal à le suivre. Une partie de mes fonctions consiste à soigner les malades et les blessés. Mon art ne m'oblige pas au secret de la confession mais je ne suis pas homme à parler à tort et à travers.

— J'ai déjà été blessé, répliqua Rafe dont le sourire devint plus chaleureux.

— Comme il vous plaira. Mais je suis là. Si cela vous paraît nécessaire, venez me voir. Il n'est pas bon de négliger une blessure ni de se fatiguer trop à cheval.

Il vérifia sa sangle, réunit ses rênes et se mit en selle. L'animal s'ébroua joyeusement, impatient de se dégourdir.

— Je m'en souviendrai, promit Rafe. Je vous remercie. Vous ne comptez pas m'empêcher de partir, n'est-ce pas ? ajouta-t-il aimablement, mais l'avertissement était clair.

— Ai-je essayé ? riposta Cadfael, et il quitta l'écurie.

Hyacinthe était assis près de l'âtre de la chaumière d'Eilmund ; les flammes projetaient leurs reflets cuivrés sur ses pommettes, ses mâchoires et son front.

— Je n'ai pas dit toute la vérité, pas même à Annette. Sauf en ce qui me concernait moi. Là, elle est au courant de tout. Mais pas pour Cuthred. Je savais que c'était une crapule et un vagabond. Mais je ne valais guère mieux et j'ignorais qu'il y avait plus grave. Je me suis donc tu. Un fuyard n'ira pas en trahir un autre et j'apprends maintenant que c'est un assassin et qu'il est mort !

— A présent il ne risque plus rien, du moins en ce bas monde, répliqua Hugh avec bon sens. Il faut que vous me racontiez tout. Où avez-vous décidé de vous associer ?

— A Northampton, au prieuré clunisien. Annette et Eilmund le savent, mais ça ne s'est pas passé comme ils le pensent. Il n'était pas vêtu en pèlerin alors. Il portait de beaux vêtements noirs, un manteau avec une capuche. Il était armé également, mais il dissimulait son épée. On est entrés en relation par hasard, du moins c'est ce qu'il m'a semblé. En réalité il a dû deviner que je m'étais enfui. Il ne m'a pas caché que c'était le cas pour lui aussi. Il m'a proposé de voyager avec lui, on passerait plus facilement inaperçus. On se dirigeait tous deux vers le nord et l'ouest. C'est lui qui a eu l'idée de se déguiser en pèlerin. Cela lui allait comme un gant. Vous l'avez vu, je ne vous apprends rien. J'ai volé la robe pour lui au magasin du prieuré. La coquille de saint Jacques, c'était facile. Il avait déjà la médaille. Elle lui appartenait peut-être, qui sait ? Quand nous sommes arrivés, il connaissait son rôle par cœur ; sa barbe et ses cheveux avaient poussé. Pour la châtelaine, à Eaton, ce fut une vraie bénédiction. Tout ce qu'elle savait, notez, c'est qu'il était prêt à la servir si elle l'accueillait. Il a prétendu être prêtre ;

elle l'a cru. J'étais mieux informé qu'elle et il ne jouait pas la comédie en privé. Ça l'amusait beaucoup. Mais il parlait bien, il l'a convaincue. Elle lui a donné l'ermitage qui avait l'avantage d'être tout près des terres de l'abbaye, comme ça elle pourrait nuire à l'abbé tant qu'elle voudrait. Je vous ai parlé de la part que j'ai prise dans les dégâts commis. Lui n'était pas au courant. J'ai menti à son sujet. Il ne m'aurait pas trahi, et je ne l'aurais pas livré non plus.

— Il vous a laissé tomber, affirma carrément Hugh, quand il a appris que vous étiez recherché. Alors n'ayez aucun scrupule à son sujet.

— Il est mort et moi je vis toujours. Je ne vois pas pourquoi je lui en voudrais maintenant. Vous connaissez mes rapports avec Richard. On ne s'était parlé qu'une fois, mais il a tout de suite eu confiance et m'a témoigné son amitié. Il ne voulait pas qu'on me reprenne et que je redevienne serf. Cela m'a rendu le respect de moi-même. Je n'ai appris qu'après qu'il avait été enlevé en revenant à l'abbaye ; moi, j'étais forcé de me sauver ou de me cacher. J'ai choisi de me cacher et je me suis efforcé de le retrouver. Si Eilmund n'avait pas été aussi bon envers moi malgré les torts que je lui avais causés, vos hommes m'auraient mis la main au collet dix fois ! Mais vous savez que je n'ai rien à voir avec la mort de Bosiet. Annette et Eilmund pourront témoigner que je n'ai pas bougé d'ici depuis mon retour de Leighton. Moi non plus, je n'ai aucune idée de ce qui est arrivé à Cuthred.

— Peut-être sommes-nous un peu moins ignorants, remarqua Hugh souriant, adressant un clin d'œil à Cadfael. En définitive, vous n'avez pas manqué de chance. A partir de demain vous n'aurez plus rien à craindre de mes hommes. Personne ne vous empêchera d'aller vous chercher un maître en ville. Quel nom souhaitez-vous garder pour la vie que vous allez commencer ? Je vous conseille de n'en avoir qu'un. Ce sera plus facile pour tout le monde.

— Je laisse à Annette le soin de choisir, après tout, c'est elle qui s'en servira le plus pour le restant de mes jours.

— J'ai peut-être voix au chapitre là-dessus, grommela Eilmund, de l'autre côté de la cheminée. Je te conseille de ne pas l'oublier, ou tu n'es pas au bout de tes peines.

Mais il avait l'air de s'accommoder fort bien d'une situation sur laquelle ils avaient déjà dû se mettre d'accord. Et ce grognement n'avait pas de quoi inquiéter.

— Hyacinthe m'a plu tout de suite, murmura Annette. Alors va pour Hyacinthe et oublions Brand.

Jusqu'à présent elle s'était tenue à l'écart, en fille obéissante, attentive à ne pas laisser les coupes vides, sans tenter de prendre part à la discussion des hommes. Mais pour Cadfael, ce n'était ni de la soumission ni de la modestie ; simplement elle avait déjà obtenu ce qu'elle voulait et elle était sûre que personne, suzerain, père ou shérif, n'aurait le pouvoir ni la volonté de le lui reprendre. Sa réponse n'en était pas moins la sagesse même. A quoi bon revenir, voire regarder en arrière ? Brand était un vilain du comté de Northampton qui ne possédait pas un sou vaillant. Hyacinthe serait artisan, libre et vivrait à Shrewsbury.

— Un an et un jour après le moment où un maître m'aura accepté comme apprenti, je viendrai vous demander la main de votre fille, maître Eilmund. Pas avant !

— Et si je pense que tu l'as méritée tu l'auras, répliqua Eilmund.

Ils repartirent ensemble tandis que descendait le

crépuscule. Il leur était arrivé maintes fois de cheminer de compagnie depuis leur première rencontre; alors ils se méfiaient l'un de l'autre et s'étaient affrontés avant de se lier d'une solide amitié. La soirée était calme et douce; au matin, il y aurait de nouveau de la brume. Dans la vallée, les prairies luxuriantes deviendraient d'un bleu translucide, comme la mer océane. Déjà, la forêt sentait l'automne, la terre mouillée, la mousse, et le parfum riche et triomphant des feuilles en décomposition.

— Je n'ai pas respecté ma vocation, se désola Cadfael, que l'heure et la saison attristaient. Je le sais. J'ai choisi la vie monastique, mais maintenant je suis sûr que je ne pourrais plus la supporter si vous n'étiez pas là. J'ai besoin de ces excursions clandestines hors les murs. Car c'est bien de ça qu'il s'agit. C'est vrai que je dois souvent sortir pour des raisons légitimes, mais j'en profite pour prendre plus que ma part dans les affaires du monde. Il y a plus grave encore, Hugh, je n'en ai pas de remords! Croyez-vous qu'il y ait place dans l'univers de la grâce pour celui qui a mis la main à la charrue et qui, à chaque instant, abandonne son sillon pour retourner parmi les moutons et les agneaux?

— Eux en tout cas ne s'en plaindraient pas, répondit Hugh avec un sourire grave. Ils prieraient pour lui. Même les brebis égarées et les moutons à cinq pattes que vous avez naguère défendus contre Dieu et moi.

— Très peu sont irrécupérables. Ils me rappellent plutôt ce cheval pommelé que vous montez souvent, qui est à la fois blanc et noir. Nul d'entre nous n'est parfait. C'est peut-être une bonne chose, cela nous rend plus indulgents envers le reste de la création. Mais j'ai péché quand même, et surtout j'y ai pris plaisir. Je m'en repentirai comme il convient en passant l'hiver sans sortir de la clôture, à moins d'y être obligé ; en ce cas je me dépêcherai de terminer pour rentrer.

— En attendant qu'un autre chien perdu sans collier croise votre chemin. Et cette pénitence, quand commence-t-elle ?

— Dès que cette affaire aura trouvé sa conclusion.

— Tiens, vous voilà prophète, à présent ! s'exclama Hugh, amusé. Et quand connaîtrons-nous cette conclusion ?

— Demain. Si Dieu le veut, demain.

CHAPITRE QUATORZE

En ramenant son cheval à l'écurie, alors qu'il disposait de près d'une heure avant complies, Cadfael vit dame Dionisia sortir des appartements de l'abbé. Sa démarche était modeste et, pour se rendre à l'hôtellerie, elle s'était couvert la tête d'une mante. Elle se tenait toujours très droite et on aurait pu croire qu'elle marchait comme à l'ordinaire, ferme et fière, mais non, cette lenteur ne lui était pas habituelle, ni sa façon de baisser les yeux et de regarder par terre alors qu'elle donnait toujours le sentiment de défier l'horizon. Rien ne filtrerait de sa confession, mais Cadfael était enclin à penser qu'elle avait livré tous ses secrets. Elle n'était pas femme à faire les choses à moitié. Elle n'essaierait plus de soustraire Richard à la tutelle de l'abbé. Dionisia avait essuyé un échec trop profond pour recommencer ses menées tant qu'elle se souviendrait de cette mort sans confession dont l'aile l'avait effleurée.

Elle semblait avoir décidé de passer la nuit sur place, peut-être pour signer une paix à sa façon avec son petit-fils, qui pour le moment dormait à poings fermés, heureux d'être resté célibataire et d'être de retour là où il voulait vivre. Absous de leurs péchés, ravis du retour de leur camarade, les enfants goûteraient un repos mérité. Il y avait là matière à actions de grâce. Quant au cadavre dans la chapelle mortuaire, connu sous un nom qui n'était sûrement pas le sien, il ne projetait aucune ombre sur l'univers des petits.

Cadfael conduisit son cheval dans la cour de l'écurie que deux torches éclairaient à l'entrée, le dessella et le pansa. On n'entendait, à l'intérieur, que le souffle léger de la brise qui s'était levée dans la soirée et une bête qui s'agitait brièvement dans sa stalle. Sa monture installée, il suspendit sa selle et sa bride et se prépara à partir.

Une ombre massive se tenait immobile dans l'encadrement de la porte, immobile.

— Bonsoir, mon frère ! murmura Rafe de Coventry.

— Ah, c'est vous ! Vous me cherchiez ? Désolé de rentrer si tard alors qu'une longue route vous attend demain matin.

— Je vous ai vu dans la cour, répondit Rafe calmement. Je me suis rappelé votre offre. Si elle tient toujours, j'aimerais en profiter. Je m'aperçois que ça n'est pas facile de soigner une blessure, avec une seule main.

— Venez ! Allons dans ma cabane du jardin, nous y serons plus tranquilles.

La nuit n'était pas encore complètement tombée. Les dernières roses, un peu dégingandées, s'épanouissaient sur leurs tiges trop longues ; elles avaient perdu la moitié de leurs feuilles et évoquaient des fantômes tout pâles flottant dans la pénombre. Derrière les hauts murs rassurants du jardin aux simples s'attardait un peu de chaleur.

— On n'y voit goutte, dit Cadfael. Attendez que j'allume.

Cela lui prit quelques minutes pour obtenir une étincelle qu'il put transformer en une flamme qu'il appliqua à la mèche de la lampe. Rafe attendit sans bouger ni murmurer que la lumière fût suffisante, puis il entra dans l'atelier. Il regarda avec intérêt les rangées de pots et flacons, les balances et autres mortiers, et les bouquets d'herbes sèches qui bruissaient au-dessus de sa tête en exhalant une odeur capiteuse qui parfumait le courant d'air venu de la porte. Silencieusement, il enleva sa tunique et abaissa sa chemise à partir dc l'épaule jusqu'à ce qu'il pût dégager son bras de sa manche. Cadfael rapprocha la lampe qu'il disposa de façon qu'elle éclairât au maximum le bandage souillé et froissé qui couvrait la blessure. Patient et attentif, Rafe attendait, assis sur le banc contre le mur, étudiant non sans curiosité le visage buriné qui se penchait vers lui.

— Il me semble, mon frère, que vous avez le droit de connaître mon nom, finit-il par dire.

— Vous en avez un, Rafe me suffit.

— A vous, peut-être, mais pas à moi. Si on m'aide généreusement, la vérité est le moins que je puisse payer. Je m'appelle Rafe de Genville...

— Restez tranquille pour l'instant. Le tissu a collé, ça va être douloureux.

Il fallut arracher le pansement, mais Rafe de Genville se montra indifférent à cette souffrance comme à celle qu'il avait endurée avant. La blessure était longue, depuis l'épaule jusqu'en haut du bras, mais peu profonde; elle n'en avait pas moins des lèvres béantes qu'il était impossible de réunir d'une seule main.

— Ne bougez pas! On peut arranger cela, sinon vous garderez une vilaine cicatrice. Mais quand j'aurai remis une bande, vous aurez de nouveau besoin d'aide.

— Je sais où en trouver quand j'aurai quitté ces lieux et bien malin qui devinera comment j'ai attrapé cette estafilade. Vous seul, vous êtes au courant, mon frère. Apparemment, il n'y a pas grand-chose que vous ignorez, mais je peux peut-être vous fournir quelques précisions supplémentaires. Je me nomme Rafe de Genville, je suis le vassal et, Dieu m'en est témoin, l'ami de Brian FitzCount. Je suis aussi l'homme lige de la suzeraine de mon seigneur, l'impératrice. Tant que je serai en vie, je m'opposerai à ce que l'on cause du tort à l'une ou à l'autre. Enfin, l'homme auquel je pense ne blessera plus personne, soit dans les armées du roi, soit outre-mer, au service de Geoffroi d'Anjou, qu'il comptait rejoindre plus tard, à mon sens, quand le moment serait propice.

Cadfael appliqua un bandage bien serré sur la blessure.

— Mettez votre main droite là et tenez bon, la plaie se refermera rapidement. Vous ne saignerez plus ou très peu, et ça devrait se cicatriser sans histoire.

Il observa Cadfael en train de lui appliquer un pansement qui ne le gênerait pas.

— Vous avez le coup de main, mon frère. J'aimerais vous emmener avec moi comme prise de guerre.

— On aura besoin de tous les médecins et chirurgiens qu'on pourra dénicher à Oxford, j'en ai peur, admit tristement Cadfael.

— Non, ce n'est pas pour cette fois. Oxford ne sera pas envahie avant l'arrivée de l'armée du comte. Et même alors, j'en doute. De mon côté, je retourne d'abord à Wallingford auprès de Brian, pour lui rendre ce qui lui appartient.

Cadfael attacha soigneusement le pansement au-dessus du coude et lui tint sa manche cependant que le blessé y glissait son bras. Voilà, c'était terminé. Cadfael s'assit près de lui ; ils étaient face à face. Le silence qui descendit sur eux était de la même qualité que la nuit qui les enveloppait : apaisant, tranquille, empli d'une douce mélancolie.

— Le combat fut loyal, déclara Rafe au bout d'un long moment, regardant Cadfael dans les yeux et revoyant la chapelle de pierre nue dans la forêt. Comme il n'avait pas d'épée, j'ai posé la mienne. Il avait gardé son poignard.

— Qu'il a utilisé contre l'homme qu'il avait rencontré en tant que chevalier à Thame, ajouta Cadfael, un homme qui aurait pu s'interroger sur sa vocation. Le fils n'y a pas manqué, lorsqu'il vit Cuthred mort, sans se douter qu'il avait sous les yeux l'assassin de son père.

— Ah ! c'était ça ! Je me posais des questions.

— Avez-vous trouvé ce que vous cherchiez ?

— C'était lui que je cherchais, affirma Rafe d'une voix sinistre. Mais je suis votre pensée. Oui, j'ai trouvé, dans le reliquaire sur l'autel. Pas seulement des pièces. Il y avait aussi des bijoux qui ne prennent pas de place et qu'on transporte aisément. C'était ses bijoux à elle et elle y tenait. Mais elle tenait davantage encore à l'homme auquel elle les envoyait.

— Il y avait aussi une lettre, paraît-il.

— Il y a une lettre, que j'ai prise. Vous avez vu le bréviaire ?

— Oui, digne d'un prince.

— D'une impératrice. Il y a un compartiment secret dans la reliure où on peut dissimuler une feuille pas trop épaisse. Quand ils étaient séparés, le bréviaire, apporté par un messager fidèle, leur servait de trait d'union. Dieu sait ce qu'elle a pu lui écrire alors que sa fortune est au plus bas, qu'elle se trouve éloignée de lui de quelques milles infranchissables, avec les armées royales qui referment leur étau sur elle et ses derniers fidèles. Au plus profond du désespoir, qui se soucie de sagesse ? Qui met un frein à sa langue ou à sa plume ? Je n'ai pas tenté de l'apprendre. L'homme que cette missive est destinée à consoler la recevra et la lira. Un autre l'a eue sous les yeux, il aurait pu en mésuser, mais il n'a plus d'importance à l'heure actuelle.

Une vague de passion réchauffait sa voix qu'il tenait inflexiblement sous contrôle, mais il frémit de tout son corps, vibrant comme une flèche, soulevé par un amour jaloux et une haine implacable. Cette lettre qu'il apportait avec son sceau brisé, témoin d'une détestable trahison, il ne l'ouvrirait jamais ; le contenu lui en était aussi sacré qu'une confession et ne regardait que la femme qui l'avait écrite et celui auquel elle était destinée. Cuthred s'était aventuré en territoire sacré et il en était mort. Pour le crime qu'il avait commis, Cadfael n'eut pas le sentiment que le châtiment était trop sévère.

— A votre avis, mon frère, demanda Rafe qui retrouvait le calme dont il se départait si rarement, ai-je commis un péché ?

— Qu'attendez-vous de moi au juste ? Posez la question à votre confesseur quand vous serez arrivé à Wallingford. Tout ce que je sais est qu'il fut un temps où j'aurais agi comme vous.

Rafe de Genville ne se donna pas la peine de demander si son secret serait en sûreté, la question ne se posait pas.

— Il valait mieux qu'on en finisse ce soir, conclut Rafe en se levant. Il est inutile de troubler l'ordre de vos heures canoniales demain. Je pourrai partir de bonne heure et laisser ma place toute propre et prête pour un nouvel hôte. Et d'avoir eu un témoin impartial m'aidera à me sentir plus léger. Permettez-moi donc de prendre maintenant congé de vous. Que Dieu soit avec vous, mon frère.

— Qu'il vous accompagne aussi, répondit Cadfael.

Il était parti, s'enfonçant dans l'obscurité, foulant les graviers de l'allée d'un pas ferme et régulier. Quand il arriva sur l'herbe, le silence retomba mais, à ce moment précis, la cloche de complies sonna dans le lointain.

Cadfael se rendit aux écuries avant prime ; la matinée était sèche et ensoleillée, propice aux voyageurs. Le bai clair avec son étoile sur la tête avait quitté sa stalle. Tout semblait vide et calme, à l'exception de mots étouffés et d'un rire léger dans la pénombre. Richard s'était levé aux aurores pour choyer le poney qui l'avait si bien aidé, en compagnie d'Edwin, rentré en grâce auprès de son compagnon de jeux, qui l'assistait loyalement. Ils étaient aussi bruyants qu'une volée de moineaux, puis ils entendirent Cadfael approcher et changèrent bien vite de ton le temps de s'assurer qu'il ne s'agissait ni du prieur ni de frère Jérôme. Pour s'excuser, ils lui sourirent de toutes leurs dents avant de retourner admirer et caresser le petit cheval dans sa stalle.

Cadfael ne put s'empêcher de se demander si dame Dionisia avait déjà vu son petit-fils et tenté, dans la mesure où elle en était capable, de rentrer dans ses bonnes grâces. Elle refuserait certainement de s'abaisser. Elle aurait plutôt recours à un sermon du genre :

— Richard, j'ai parlé de ton avenir avec l'abbé. Tu veux rester ici et j'y consens. J'ai été honteusement trompée par Cuthred qui n'était pas prêtre, comme il le prétendait. Cet épisode est terminé, il est préférable de l'oublier.

Et sa péroraison serait à peu près comme suit :

— Si je t'autorise à demeurer ici, c'est à condition que tu t'y conduises bien. Obéis à tes maîtres, étudie dans tes livres.

Peut-être en partant l'aurait-elle embrassé un peu plus chaleureusement ou se serait-elle montrée plus prudente et respectueuse, sachant tout ce qu'il pourrait raconter sur elle. Mais Richard triomphait. Il n'y avait plus rien pour le menacer lui ou ses proches. Il pouvait se permettre de n'éprouver aucune rancune contre qui que ce soit.

A l'heure qu'il était, Rafe de Genville, vassal et ami de Brian FitzCount, serviteur loyal de l'impératrice Mathilde, devait être loin de Shrewsbury. Cet homme tranquille, qui n'avait rien d'extraordinaire, n'avait guère attiré l'attention pendant son séjour; on ne tarderait pas à l'oublier.

— Il est parti, avertit Cadfael. Ce n'est pas que j'aie voulu me substituer à vous dans ce domaine, bien que je pense savoir comment vous auriez agi en pareil cas. Quoi qu'il en soit, je m'en suis chargé pour vous. Il est parti et je n'ai pas cherché à l'en empêcher.

Ils étaient assis l'un près de l'autre, ce qui leur arrivait très souvent au moment où une affaire se terminait, et ils bavardaient sur le banc adossé au mur nord de l'herbarium, fatigués mais soulagés, profitant de la chaleur de midi qui régnait encore, malgré la brise légère. La douceur prolongée de cet automne clément n'allait pas durer pendant des lustres; d'ici une semaine ou deux, il ferait trop froid, trop mauvais, pour venir s'asseoir à cet endroit. Ceux qui savaient prévoir le temps sentaient l'arrivée des premières gelées et des abondantes chutes de neige de décembre.

— Si mes souvenirs sont exacts, remarqua Hugh, c'est aujourd'hui que vous m'aviez promis que tout se terminerait au mieux pour tout le monde. Si je comprends bien, un des meurtriers est parti ! Et vous l'avez laissé filer ! Il ne s'agit pas de Bosiet, j'imagine, dont vous n'attendiez qu'une chose : qu'il se fatigue et qu'il s'en aille, quitte à le lui suggérer discrètement. Eh bien, allez-y, je vous écoute.

Une chose était sûre, il savait écouter, il n'était pas du genre à interrompre inutilement ; il ne quitta pas des yeux le jardin en désordre, évitant de poser des questions ou de gêner son compagnon d'un regard. Pas un seul mot ne lui échappa, d'ailleurs, il n'avait pas besoin qu'on lui répète les choses.

— Je me confesserais volontiers, si vous vouliez me tenir lieu de prêtre, commença Cadfael.

— Je saurai moi aussi tenir ma langue, vous vous en doutez ! C'est d'accord. Je ne vous ai encore jamais vu me demander l'absolution. Alors, de qui s'agit-il ?

— D'un certain Rafe de Genville que l'on connaissait ici sous le nom de Rafe de Coventry, fauconnier du comte de Warwick.

— Un homme d'un certain âge, montant un cheval bai clair ? Il me semble l'avoir vu une seule fois. C'était un de vos hôtes et il n'avait rien à me demander, ce dont je lui ai été reconnaissant car j'étais assez occupé avec les Bosiet. Et qu'est-ce que ce Rafe de Coventry avait sur la conscience pour qu'on ait pu vouloir le retenir ?

— Il a tué Cuthred. En combat singulier. Il s'est battu contre lui au poignard et il l'a tué.

Hugh n'avait pas bronché, se contentant de tourner la tête vers son ami dont il étudia attentivement l'expression, attendant la suite.

— Il avait d'excellentes raisons d'agir ainsi. Vous

vous rappelez ce message de l'impératrice qui avait quitté Oxford avant que les armées d'Étienne ne finissent d'encercler la ville. Il était parti avec de l'argent, des bijoux et une lettre adressée à Brian FitzCount, isolé à Wallingford. On a retrouvé son cheval avec des taches de sang sur la selle mais pas de cadavre. Le sire de Wallingford, qui se dévoue à l'impératrice depuis des années et dont la garnison est affamée, attendait ardemment le messager en question. Or Rafe de Genville est non seulement son vassal mais aussi son ami dévoué ; c'est aussi un partisan de l'impératrice. Il n'était pas homme à laisser ce crime impuni.

Je ne lui ai pas demandé quelle piste il avait suivie pour arriver jusqu'ici. Le jour de sa venue, je l'ai rencontré aux écuries et il s'est trouvé que par hasard le corps de Drogo reposait dans la chapelle mortuaire. Je n'avais pas mentionné son nom, j'en suis sûr, mais de toute manière, cela n'aurait rien changé, à mon avis. Un nom, ça se change facilement. Aussitôt il est allé voir le mort. Mais au premier coup d'œil, il avait perdu tout intérêt. Il cherchait un étranger, un voyageur, pas Bosiet. Il m'a à peine écouté quand je lui ai parlé de Hyacinthe. Trop jeune. Il cherchait donc quelqu'un de son âge et de son milieu. Il avait sûrement entendu parler de l'ermite de dame Dionisia, mais il a dû penser qu'un homme d'Église était au-dessus de tout soupçon et il ne s'y est pas intéressé. Jusqu'au moment où il a appris par Richard que c'était un imposteur. Après, impossible de mettre la main sur Rafe ou sur son cheval. Envolés ! C'était un imposteur qu'il poursuivait. Il l'a trouvé cette nuit à l'ermitage. Après l'avoir tué, il a récupéré l'argent, les bijoux dans le coffret sur l'autel, ainsi que le bréviaire qui appartenait à Mathilde et servait à passer les lettres qu'ils s'écrivaient quand ils étaient séparés. Vous vous rappelez le sang sur le poignard de Cuthred. J'ai soigné la blessure de Rafe de Genville dont j'ai reçu les confidences et maintenant c'est à votre tour d'écouter les miennes. J'ajoute que je lui ai souhaité bon voyage jusqu'à Wallingford.

Cadfael s'adossa sur son siège avec un profond soupir de gratitude et appuya sa tête aux pierres rugueuses du mur. Ils observèrent un long silence tranquille.

— Comment avez-vous su pourquoi il était ici? Pour en apprendre autant, votre première rencontre me paraît un peu insuffisante. Il n'était pas bavard et chassait seul. Que s'est-il passé pour que vous deveniez aussi proches?

— Nous étions ensemble quand il a déposé son obole dans le tronc de la chapelle. Une pièce est tombée, je l'ai ramassée. Elle avait été récemment frappée à Oxford, à l'effigie de l'impératrice. Il ne s'en est pas caché. Il m'a demandé si je ne me posais pas de questions sur la présence d'un sujet de Mathilde si loin du champ de bataille? Un peu au hasard, j'ai suggéré qu'il pourrait bien être à la recherche du meurtrier du messager, ce Renaud Bourchier qui avait été dévalisé sur la route de Wallingford.

— Qu'a-t-il répondu?

— Que je m'étais trompé. L'idée n'était pas mauvaise et il regrettait vivement que ce ne soit pas ça. Et c'était la vérité. Il ne m'avait pas menti d'un iota et je le savais. A ce moment-là, Cuthred n'avait encore tué personne. Il a fallu pour qu'il verse le sang que Drogo Bosiet entre dans sa cellule à la recherche d'un jeune homme qui était peut-être son vilain en fuite et qu'il se retrouve nez à nez avec quelqu'un qu'il avait vu, eu comme partenaire aux échecs et à qui il avait parlé à

Thame quelques semaines auparavant, quelqu'un qui n'avait rien d'un ermite, portait la tenue et les armes d'un chevalier. Pourtant, il parcourait les routes à pied car il n'avait pas de cheval dans les écuries de Thame ou qui l'ait suivi quand il a quitté la ville. Et ceci se passait au début octobre. C'est ce que nous a raconté Aymer après que son père a été réduit au silence.

— Il me semble que je commence à voir où vous voulez en venir, articula lentement Hugh, plissant les paupières et regardant à travers les branches à demi dénudées par l'automne. Vous ne posez jamais de question sans une bonne raison pour cela. J'aurais dû comprendre quand vous avez parlé de ce fameux cheval. Nous avons donc un cavalier sans monture à Thame et un destrier abandonné dans les bois près de Wallingford. Il suffit d'additionner deux et deux. Mais non ! s'écria-t-il, choqué, horrifié par l'idée qu'il venait d'avoir. A quelle conclusion essayez-vous de m'amener ? Ou bien je me suis complètement trompé ou Cuthred c'était *Bourchier, en chair et en os*.

Un petit vent froid passa sur les herbes endormies qui frémirent doucement et Hugh se secoua, écœuré, incrédule.

— Eh oui, c'était la pire des trahisons, bien plus grave qu'un meurtre.

— C'est ce qu'a pensé Rafe de Genville. Et il en a tiré la vengeance qui s'imposait. A présent, il est parti et, je le répète, je lui ai souhaité bon voyage.

— J'aurais agi de même ! Que dis-je, j'*agirais* encore de même ! s'exclama Hugh avec une moue méprisante, réfléchissant à l'énormité de ce geste odieux autant que délibéré.

— Il n'y a rien, il ne peut rien y avoir qui justifie une vilenie pareille.

— Renaud Bourchier n'était pas de cet avis. Il ne

voyait pas les choses comme nous, répondit Cadfael, comptant sur ses doigts et hochant la tête à chaque point de son argumentation. Il s'est d'abord assuré de sa vie et de sa liberté. En l'envoyant loin d'Oxford avant que la ville ne soit encerclée, l'impératrice lui a laissé tout loisir de s'offrir une existence moins dangereuse. J'ajouterai qu'il n'avait même pas l'excuse de la lâcheté. Il a froidement décidé de ne pas s'exposer aux risques d'être tué ou capturé, risques qu'encourait quotidiennement l'armée impériale, à Oxford surtout. Il a délibérément rompu tous ses liens d'allégeance et il a été se cacher pour attendre et voir venir. Deuxièmement, en volant le trésor qui lui avait été confié, il avait de quoi vivre, où qu'il aille. Troisièmement, et pis que tout, il disposait d'une arme terrible qui lui permettrait de retrouver des terres, la faveur d'un souverain et tout ce qu'il avait perdu en s'enfuyant. Je veux parler de la lettre écrite par l'impératrice à Brian FitzCount.

— Dissimulée dans le bréviaire qui a disparu, suggéra Hugh. Voilà le vol que je n'arrivais pas à m'expliquer, bien que ce livre ait une grande valeur par lui-même.

— Ce qu'il y avait à l'intérieur valait encore plus. Je l'ai su par Rafe. On peut y cacher une fine feuille de vélin. Réfléchissez à sa situation quand elle l'a écrite, Hugh. La ville était perdue, seul le château résistait et les armées du roi étaient partout. Voici donc l'impératrice séparée de Brian, qui avait été son bras droit, son épée, son bouclier, Brian sur qui elle comptait comme sur son frère. Les quelques milles qu'il y avait entre eux auraient pu avoir la largeur de l'océan. Dieu sait s'il y a ou non du vrai dans les ragots de ceux qui prétendent qu'ils ont été amants, mais nul ne saurait douter qu'il y a entre eux un lien très fort! Et dans cette situation impossible, menacée qu'elle était d'être privée de nourriture, de se retrouver en prison, voire morte, et de ne jamais plus revoir ce fidèle, peut-être lui a-t-elle complètement ouvert son cœur, sans réticences, et lui a-t-elle confié des choses qu'elle n'aurait pas dû écrire et qui ne s'adressaient qu'à lui. Vous imaginez la valeur de cette lettre pour un homme sans scrupules, qui devait se refaire une place au soleil et recherchait la faveur des princes ? Son mari est beaucoup plus jeune qu'elle, ils ne débordent pas d'affection l'un pour l'autre et, cet été, il a refusé de l'aider en quoi que ce soit. Supposons qu'un beau jour Geoffroi d'Anjou décide qu'il y va de son intérêt de répudier une épouse âgée pour contracter une seconde union plus profitable. Entre les mains d'un Bourchier, cette lettre facile à authentifier lui fournirait un excellent prétexte, et quand on est prince on peut toujours imposer sa loi. Son informateur aurait eu tout à y gagner, y compris des terres en Normandie. Geoffroi a des châteaux qu'il vient de prendre et qu'il est prêt à offrir à ceux qui peuvent lui être utiles. Je n'affirme pas que le comte d'Anjou est capable d'utiliser ce genre de procédés, mais simplement qu'un individu comme Bourchier a dû l'envisager et garder cette missive pour le cas où il verrait une chance de s'en servir. J'ignore ce qui a pu amener Rafe de Genville à douter de la mort de Bourchier sur la route de Wallingford, je ne lui ai pas posé la question. Une chose est sûre, à partir de ce moment, rien n'aurait pu l'empêcher de poursuivre et de punir non pas quelqu'un qu'il soupçonnait de meurtre, il ne m'a pas menti là-dessus, mais un traître et un voleur, en d'autres termes Renaud Bourchier en personne.

Le ciel se dégageait, le vent se levait, chassant devant lui les morceaux de nuages qui traînaient encore. Pour la première fois, l'automne prolongé annonçait les prémices de l'hiver.

— J'aurais agi comme Rafe, conclut Hugh, sautant brusquement sur ses pieds, incapable de pardonner tant de bassesse.

— A l'époque où je portais les armes, moi aussi, expliqua Cadfael, se levant à son tour. On rentre?

Avec la fin de novembre, gelées et orages ne tarderaient pas à venir à bout des dernières feuilles. L'ermitage désert de la forêt d'Eyton fournirait un abri pour l'hiver aux petits habitants des bois, et le jardin, qui retournerait à l'état sauvage, offrirait de quoi se creuser un terrier à ceux qui hibernaient. Dame Dionisia y regarderait à deux fois avant de laisser un autre ermite s'installer sur ses terres. Les animaux sauvages les occuperaient en toute innocence.

— Eh bien, murmura Cadfael, entrant le premier dans l'atelier, c'est terminé. Avec un peu de retard, certes, la lettre de l'impératrice va enfin être remise à celui qu'elle était destinée à consoler. Et j'en suis fort aise ! Que leur affection ait été licite ou non, confronté au danger et au désespoir, l'amour a le droit de s'exprimer et il n'en reste qu'un aux autres : le droit de se taire. A l'exception de Dieu, cela va de soi, puisqu'il est aussi capable de lire entre les lignes et qu'il a toujours le dernier mot en ce qui concerne non seulement la passion mais aussi la justice !

Huit siècles et demi se sont écoulés depuis le temps où frère Cadfael arpentait les ruelles de Shrewsbury, mais le visiteur peut encore mettre ses pas dans ceux des moines.

L'abbaye de Saint-Pierre-et-Saint-Paul s'est associée à la municipalité pour organiser la visite des lieux. Le visiteur découvrira le château, l'église Saint-Gilles, les rives de la Méole au pied de l'enceinte. Les fouilles et la restauration se poursuivent, à grands frais. Les amis du Moyen Age qui voudraient contribuer à cette œuvre de sauvetage, ou être tenus au courant, sont priés d'écrire à :

Shrewsbury Abbey Restoration Project,
Project Office
1 Holy Cross Houses
Abbey Foregate,
Shrewsbury SY2 6BS
Angleterre

Impression réalisée sur Presse Offset par

CPI
Brodard & Taupin

La Flèche (Sarthe), 43789

N° d'édition : 2187
Dépôt légal : juin 1992
Nouveau tirage : novembre 2007

Imprimé en France